도르 강
바이셀
일바르 강
디안
번화의 산맥
마일린 강
마일라르 강
라덴 신전
카슈타르 사막
(얀 족의 땅)
룸바크
라덴 해
코슈
닌
트라스크반
간트
아위노르 탑
간타드 언덕
(간티 족의 땅)
사렐
간타드 신전
다글레두
아위노르
(용의 땅)
해양 왕국
(바루 족의 땅)
이수
글레수
아글리
텔리
리브 아르네트 섬
블레누
마법의 탑
신전
인간 왕국들
늪지

대신전
나나이
(거인족의 땅)
얼음 고리 산맥
타레스
(해적섬)
바니스
바니사르
놀리르
라헬드
나네텐
산다
다르트
탈리스
에스테인 강
아마르 강
레스
카슬룬 탑
슈르 이카일
(야만족의 땅)
에스티드 강
케스
에스메랄다 항
에벤
난델트
(인간 왕국들)
남레
룬 산
시아
누르곤
이베론 강
루드
아일 강
딩그라
낭갈
아와 숲
데르바드 탑
드락웬 탑
아렌
아와 강
알리스 리스반
(유니콘의 땅)
르히르
켈레스 반
셀레스티아
(천상족의 땅)
심연
율 강
데르바드
(요정족의 땅)

이둔의 기억

MEMORIAS DE IDHÚN

제2부 트리아다

MEMORIAS DE IDHÚN. TRÍADA
by Laura Gallego García

이 도서의 국립중앙도서관 출판시도서목록(CIP)은
e-CIP 홈페이지(http://www.nl.go.kr/cip.php)에서 이용하실 수 있습니다.
(CIP제어번호: CIP2008000355)

MEMORIAS DE IDHÚN

이둔의 기억

3

제2부 트리아다

제1권 깨어나다 I

라우라 가예고 가르시아 장편소설 | 고인경 옮김

문학동네

이둔 연대기

제1시대 § 마법의 시대

고대 신들이 여섯 종족(인간족, 요정족, 거인족, 바루 족, 천상족, 얀 족)을 창조한다. 여섯 종족이 신에게 기도를 올리자 유니콘이 도래하여 마법의 시대가 열린다. 마법을 배운 인간들은 마법사가 되었으며 마법의 네 탑이 건설된다. 어둠의 화신 셉티모의 자녀들이 세상에 도래하여 셰크가 나타났고, 여섯 종족의 신들은 이에 대항하여 용을 세상에 보낸다. 이둔인들은 셉티모에 대항해 전투를 벌이지만, 만오천 년 동안 계속된 이 시대는 어둠의 편으로 돌아선 강력한 네크로맨서 탈만논이 '뱀의 눈' 시스카셰그를 손에 넣어 마법사들을 조종하게 되면서 막을 내린다.

제2시대 § 어둠의 시대, 일명 탈만논 제국 시대

이둔을 손아귀에 넣은 황제 탈만논이 자신의 제국을 넓혀가고, 마법 종단의 모든 마법사들이 그에 복종하며 셉티모를 섬기는 약 천 년간의 시기. 시스카셰그의 마법을 견뎌낼 수 있었던 유일한 준마법사 아이셀(아와의 아가씨)이 유니콘과 함께 마법 지팡이인 '아이셀의 지팡이'를 만들고 사제 세력을 집결하여 탈만논에 맞섰으며, 용들도 셰크를 무찔러 이둔에서 추방하며 차원의 문을 닫는다.

제3시대 § 명상의 시대

여섯 신을 섬기는 사제들의 시대. 시스카세그는 어디론가 사라지고, 셉티모를 섬겼던 마법사들은 추방당하여 지구와 다른 세상으로 탈출한다. 지구의 마법과 림바드를 창조하고 『제3시대의 서』를 쓴 것도 그들이다. 교단에 대한 신뢰가 추락하고 마법사들이 귀환한다.

제4시대 § 대마법사들의 시대

돌아온 마법사들의 전성시대로 네 마법의 탑의 대마법사들이 중심이 되는 시대이다. 그런데 네크로맨서 아슈란이 흑마술로 여섯 천체를 결합시키고, 세크와 동맹을 맺어 그들을 다시 이둔으로 불러들인다. 이날 이둔의 모든 용과 유니콘이 떼죽음을 당하고, 마지막으로 살아남은 어린 용 얀드라크와 유니콘 루나리스가 바니사르 왕국의 왕자 알산과 마법사 샤일에게 구출되어 차원의 문을 넘어 지구로 보내진다.

이야기가 펼쳐지는 시점은 '대마법사들의 시대'의 말기로, 네크로맨서 아슈란은 이둔을 다스리며 지구와 그밖의 세계로 탈출한 '변절자'들을 찾아 처단한다. 탈출한 세력들은 곳곳에서 규합하여 저항 세력을 조직하고, 샤일과 알산은 빅토리아와 잭을 암살자들로부터 구해내어 제3시대에 만들어진 중간계 림바드로 데려와 보호한다.

등장인물 소개

잭 금발 머리에 마른 체구, 불같은 성격의 소유자로 주위에 불을 일으키는 염화 능력을 타고난 소년. '저항군'의 일원으로, 불의 검 도미바트의 주인이며, 마지막 드래곤 얀드라크의 영혼을 지니고 있다.

빅토리아 치유 능력과 마법사를 만들어내는 능력이 있으며, 전설의 무기 '아이셸의 지팡이'를 다루는 소녀. 잭과 키르타슈 사이에서 커다란 감정적 혼란을 겪는다. 최후의 유니콘 루나리스의 영혼을 지니고 있다.

키르타슈(크리스티안) 셰크와 인간의 혼혈인 하이브리드 암살자. 네크로맨서 아슈란의 명을 받아 루나리스와 얀드라크를 처단하는 임무를 맡았지만, 루나리스인 빅토리아와 사랑에 빠진다. 얼음의 검 하이아스를 주무기로 사용한다.

알산(알렉산더) 이둔의 인간 왕국 바니사르의 왕위 계승자. 누르곤 기사단의 전사이자 전설의 검 숨라리스의 주인이며, 엘리온의 흑마술로 인해 반인반수인 늑대인간이 되었다.

샤일 젊은 마법사. 천체 결합의 날에 루나리스를 구해냈고, 알산과 함께 최후의 유니콘과 용을 수호하기 위해 지구로 파견되었다.

알레그라 다스콜리(아일레 알레나이) 빅토리아를 입양하여 지구에서 키운 지혜로운 마법사 요정.

아슈란 최강의 흑마술을 구사하는 네크로맨서. 이둔의 여섯 천체를 결합시켜 셰크를 소환하고 용들과 유니콘을 전멸시켰다. 키르타슈의 후견인이자 아버지.

게르데 요정족을 배신하고 아슈란의 편에 가담한 마법사 요정. 빅토리아에게 강한 적의를 지니고 있다.

사이세이 천상족 여사제 중 하나로, 부상당한 마법사 샤일을 치료하고 그와 깊은 감정적 교류를 나눈다.

콰이다르 드락웬 탑이 낳은 최후의 인간 대마법사. 루나리스의 능력을 이용하여 이둔에 다시 마법의 힘을 되살리려 한다.

가에달루 세 달 교단의 여교왕. 바루 족으로, 셰크에게 강한 적대감을 품고 있다.

하딘 세 태양 교단의 교왕. 천상족이며 사람의 마음을 읽는 능력이 있다.

덴얄 이둔의 또다른 저항군인 누에보스 드라고스를 이끄는 지휘자.

이데온 크리스티안의 검인 하이아스를 만들어낸 거인족 장인.

세스하크 아슈란과 결탁한 셰크들의 왕. 셰크들을 이끌고 차원의 문을 넘어 이둔을 침략했다.

에이세슈 세스하크의 명을 받아 바니사르를 감시하는 셰크.

암린 알산이 실종된 뒤 바니사르 왕국의 보좌에 오른 알산의 동생.

용어 해설

이둔의 천체

이둔에는 세 개의 태양과 세 개의 달이 뜬다. 세 개의 달은 각각 가장 작은 아예아, 중간달 일레아, 가장 큰 달 에레아로, 세 달 교단의 상징이다. 세 태양은 가장 큰 칼리노르와 쌍둥이 태양 이메노르, 아베노르로 이루어져 있으며, 세 태양 교단의 상징이다.

이둔의 종족들

용 불의 신 알둔이 창조했다는 전설에 따라 불의 본성을 지닌다. 황금빛 눈에 날개와 치명적인 상처를 입힐 수 있는 발톱이 있으며, 불을 내뿜는다. 여섯 천체의 결합으로 멸종하기 전, 이둔 최남단의 아위노르에 살았다. 수백 년을 살 수 있으며, 셰크를 제압할 수 있는 유일한 존재.

유니콘 빛의 본성을 지녔다. 하얀 털과 갈기를 지닌 말 모양의 몸뚱이에 이마에 나선형의 뿔을 지녔다. 이둔의 대기에 흐르고 있는 마법을 전달해주는 매개체이자 순수의 상징이며 살아 있는 생물에게 마법사로서의 능력을 부여해줄 수 있는 유일한 존재. 여섯 천체가 결합하는 날 한 마리만 남고 모두 멸종했다. 네크로맨서를 파멸시킬 예언의 주인공.

셰크 물과 얼음의 성질을 지녔다. 어둠의 왕과 그 세계의 중심인 뱀 샤크시스의 결합으로 태어났다는 전설이 있다. 거대한 뱀의 몸뚱이에 날개가 달렸으며, 치명적인 독을 지녔다. 셰크들은 서로 텔레파시로 소통하며, 새로운 것에 대한 호기심이 많고 고도의 지능을 지녔다. 용에 맞설 수 있는 유일한 존재.

거인족 키가 삼 미터가 넘는 바위처럼 건장하고 용맹한 종족으로, 북쪽의 얼어붙은 산맥 나나이 왕국에 산다. 고독을 사랑해 다른 종족들과 어울리지 않는다. 보통 백 년 넘게 살며 수명이 길다. 돌의 신 카레반의 보호를 받는다.

바루 족 깊은 바다에 사는 양서류와 닮은 족속. 피부는 푸른색 비늘로 덮여 있으며 머리카락이 없다. 납작한 코에 아가미가 있으며, 물갈퀴가 있다. 이둔 남동쪽의 해양 왕국에 산다. 물의 여신 넬리암의 보호를 받는다.

얀 족 고대 이둔어로 '최후의 존재들'이라는 뜻. 전설에 따르면, 이둔이 젊은 별이었을 때 불의 신인 알둔이 세상에 내려오면서 남쪽 영토인 카슈타르를 태워버렸는데, 그 벌로 그의 자손들인 얀들은 사막이 되어버린 그곳에 살게 된다. 이둔에 사는 종족들 중 신에게나 인간에게나 가장 믿음을 주지 못하는 존재.

요정족 요정, 님프, 실포, 두엔데, 그노모, 트라스고 등의 종족으로, 이둔 동부의 데르바르 왕국의 숲속에 산다. 초록빛 머리칼을 지녔고, 대지의 여신 위나의 보호를 받는다.

인간족 지구인과 똑같이 생긴 종족으로, 주로 난델트라는, 고원과 언덕이 있는 지역에 여러 왕국을 이루어 산다. 빛의 여신 이리알의 보호를 받는다.

천상족 인간과 닮은 종족이지만 키가 더 크고 독특한 외양을 지녔다. 길쭉한 두개골에는 머리카락이 없고, 커다란 검은 눈과 하늘색의 고운 피부를 지녔다. 평화로운 종족으로, 공기의 신 요하비르의 보호를 받는다. 셀레스트 평원과 완만한 계곡에 산다.

이둔의 여섯 신 §

전설에 따르면 이둔에는 여섯 신이 있으며, 이들은 이둔의 세 달 중 가장 큰 에레아 달에 산다. 불의 신이자 얀 족의 수호신인 알둔, 돌의 신이자 거인족의 수호신인 카레반, 공기의 신이자 천상족의 수호신인 요하비르, 빛의 여신이자 인간족의 수호신인 이리알, 물의 여신이자 바루 족의 수호신인 넬리암, 대지의 여신이자 요정족의 수호신인 위나가 있다.

전설의 무기 §

도미바트 잭이 사용하는 전설의 무기. 불의 성질을 지니고 있다. 다른 전설의 무기와 마찬가지로 무기 스스로의 의지가 있어서 아무나 다룰 수가 없다. 전설에 따르면 불의 신이자 용들의 아버지 알둔이 사용한 검으로 용의 불로 칼날을 벼렸다. 숨라리스와 함께 하이아스에 대항할 수 있는 무기.

숨라리스 바니사르의 왕자 알산이 사용하는 전설의 무기. '무적의 검'으로 불린다.

아이셀의 지팡이 아이셀과 유니콘이 만든 경이로운 지팡이. 이둔의 대기 중에 떠도는 마법의 기운을 모으는, 유니콘 뿔과 유사한 능력을 발휘한다. 오직 준마법사 이상만 다룰 수 있다.

하이아스 키르타슈가 사용하는 전설의 검. 얼음의 성질을 가졌다. 칼날에 스치기만 해도 몸이 얼어붙는 치명상을 입힌다. 이둔의 북쪽 거인 왕국인 나나이에서 제조되었다.

그밖의 것들 §

간타드 신전(클라리비덴시아 신전) 달 교단의 본부. 대신전과 태양 교단의 신전이 파괴된 후, 이둔 전체에 유일하게 남은 사제들의 신전으로, 예언의 기록이 보관돼 있다.

네크로맨서 흑마술사. 악 또는 어둠의 상징으로, 마법의 근원적 힘은 '죽음'이다. 이둔에서 천체결합으로 권력을 잡은 탈만논, 아슈란이 바로 네크로맨서다.

누르곤 기사단 이둔 전체에서 가장 막강하고 영향력 있는 기사단. 알산 역시 이 기사단의 멤버이다. 명예, 용기, 정직이라는 기치를 세우고 있다. 이둔의 두 교단의 든든한 지원자로서, 사제들과 긴밀한 관계에 있다.

누에보스 드라고네스 아슈란에 맞서는 이둔인들의 저항 조직. 인조 용들을 개발해내 셰크들에게 대항한다.

데르바드 탑 요정 마법사 알레그라가 다스리던 마법의 탑으로, 셰크들에 의해 파괴되었다.

드락웬 탑 유니콘들의 성지 알리스 리스반 숲의 한가운데에 위치한 마법 종단의 메카. 위대한 대마법사들을 탄생시킨 가장 강한 마법의 탑이었으나 아슈란이 패권을 잡은 후, 그의 주요 거처로 사용된다.

루나리스 '마법을 연결해주는 생물'이라는 뜻을 지닌 이름의 유니콘. 이둔에 남은 최후의 유니콘이다. 수풀 속에서 떨고 있는 것을 마법사 샤일이 발견해 카슬룬 탑으로 데리고 가 목숨을 건졌다. 아슈란과 셰크들을 피해 지구로 도망쳐오다 실종된다.

림바드 이둔과 지구 사이의 중간계. 고대 이둔어로 '경계의 집'이라는 뜻. 제3시대 '명상의 시대' 때 사제들의 핍박을 받고 지구로 탈출한 마법사들에 의해 우연히 발견된 공간으로, 아슈란의 공포정치가 시작된 후 저항군이 머무르는 곳이 되었다.

마법사 이둔의 인간 왕국의 주된 두 세력 중 하나. 시스카셰그(뱀의 눈)에 홀려 네크로맨서 탈만논과 결탁했던 부끄러운 과거를 지니고 있다. 사제들과 대립 관계에 있다.

사제 이둔의 인간 왕국의 주된 두 세력 중 하나. 신탁의 예언을 해석하고 왕권의 비호 아래 세력을 유지한다. 오랜 세월에 걸쳐 마법사들을 핍박했다.

셉티모 '일곱번째'라는 뜻을 가진 어둠의 화신. 제3시대 때 마법사들과 결탁해 이둔을 지배하려 했다가 사제들의 저항으로 그 꿈이 좌절되었다.

시슈 뱀 인간. 아슈란의 호위대 및 지상군이며, 셰크들을 섬긴다.

시스카셰그 일명 '뱀의 눈'. 마법 도구로, 선한 의지를 꺾고 의식을 조종할 수 있는 힘을 지녔다. 제2시대 '어둠의 시대'에 이둔을 손에 넣으려는 네크로맨서 탈만논이 마법사들을 조종하는 데 사용되다 탈만논이 몰락한 후 사라진다. 후에 키르타슈의 부적이 되어 그가 빅토리아에게 주는 정표이자 둘 사이의 메신저가 된다.

아위노르 이둔 최남단에 있는 용의 땅. 같은 이름의 마법의 탑이 있었으나 천체 결합이 있던 날 무너졌고, 이후 아위노르 지역은 용들의 거대한 무덤이 되었다.

알리스 리스반 이둔 남동쪽에 있는 유니콘의 땅. 아슈란과 셰크의 공습으로 초토화된다.

얀드라크 이둔어로 '최후의 용'이라는 뜻. 위대한 업을 이룰 황금빛 비늘의 용으로, 여섯 천체의 결합으로 용들이 모두 죽은 뒤에 살아남은 유일한 용이기도 하다.

얼음 고리 산맥 나나이를 둘러싸며 난델트와 경계를 가르는 일련의 거대한 산들이 연결된 산맥.

에스쿠페푸에고 반군인 누에보스 드라고스들이 발명해낸 불을 뿜는 인조 용.

의사소통 부적 세 달과 세 태양이 결합하고 있는 육각형 모양의 부적. 이둔어를 모르는 지구인도 이 부적을 목에 걸면 이둔인과 아무런 어려움 없이 의사소통할 수 있다.

카슬룬 탑 마법사 시마넨이 다스리던 마법의 탑. 유일하게 남아 있던 마법의 보루였으나 결국 아슈란과 게르데의 손에 넘어간다.

하이브리드 변종생물. 두 생물의 영혼이 한 생물의 몸에 결합한 존재로 원래의 두 생물로 각각 변신이 가능하다. 알산과 크리스티안이 그 예이다.

이 이야기를 믿고

지지해주고

함께 이둔으로 떠나며

이 모든 일을 자기 일처럼 여겨준

마리네야에게.

모든 애정과 감사를 보낸다.

너와 함께할 수 있어서 정말 기뻤어.

우리의 여행은 계속될 거야……

그때 전사의 눈과 심장이 빛에 익숙해지기 시작했다.
이제 그는 빛에 놀라지 않았고, 전설을 가슴으로 받아들이게 되었다.
설사 그것이 위험을 감수해야 한다는 뜻이더라도.
오랫동안 잠들어 있던 그는
이제야 그 오랜 잠에서 서서히 풀려나기 시작했다.

세상의 모든 길은 전사의 마음으로 통한다.
그는 평생 동안 한결같이 흘러온 감정의 강물에
주저하지 않고 빠져든다.
전사는 자신에게 원하는 것을 선택할 자유가 있다는 것을 안다.
그는 용감하게, 무심하게, 그리고 때로는
광기에 휩싸인 채 결단한다.

그는 부딪히는 모든 장애물을 물처럼 받아들인다.
저항이 패배를 의미하는 바로 그 순간에 그는 상황을 포용한다.
물의 힘은 바로 그런 것이다.
망치에 부러지지도 않고, 칼에 상처를 입지도 않는다.
세상에서 가장 강한 검은 결코 흉터를 남기지 않는다.

파울로 코엘료, 『빛의 전사의 지침서』

차례

MEMORIAS DE IDHÚN

제3권 깨어나다 I

제4권 깨어나다 II

제3권

깨어나다 I

프롤로그

밤은 온갖 색으로 번득이는 눈을 가늘게 떴다. 작은 움직임이나 감정의 변화도 없이, 그가 텔레파시로 말했다.

'그들이 이곳에 있다.'

"알아."

방 맞은편에서 네크로맨서 아슈란이 나지막이 대답했다. 늘 그랬듯 그는 창가에 몸을 내밀고 이 세상의 지평선 위로 떠오르는 세번째 달을 응시하고 있었다.

뱀은 고개를 치켜들며 둥글게 똬리 틀고 있던 긴 몸통을 천천히 풀었다. 날개를 펼치지 않아도 어마어마하게 큰 몸집이었다. 몸통의 비늘 하나하나가 신비하고 치명적인 힘을 뿜어냈다. 누구라도 그 앞에 서면 공포에 질려 벌벌 떨게 될 것이다. 하지만 네크로맨서 아슈란은 평범한 인간이 아니었다.

뱀 역시 제 종족들 사이에서 평범한 존재가 아니었다. 그는 바로 셰크들의 군주, 날개 달린 뱀들 중에서도 가장 막강한 세스하크였다.

'용과 유니콘, 인간과 요정 마법사 둘. 그리고 반인반수의 누르곤 기사라.'

뱀이 그들을 하나하나 열거했다. 아슈란이 미소를 지었다.

"별난 패거리인 건 확실하군. 무슨 일을 벌일지 지켜볼 만하겠는걸. 그런데 그게 전부가 아니지. 여섯째 인물이 있을 거야."

짧은 침묵이 감돌았다.

세스하크가 차갑게 경멸을 담아 대답했다.

'배신자가 놈들과 같이 있다. 당신 아들이라 불렸던 놈은 이제 저항군의 여섯째 변절자지.'

아슈란은 상대방의 말투에 담긴 분노를 못 들은 척했다. 키르타슈가 배신한 이후, 그 이름을 입에 올리는 셰크는 아무도 없었다. 네크로맨서가 대답했다.

"그 녀석을 죽이고 싶은 마음은 잘 안다. 이제 곧 그 욕망을 채우게 될 거야. 하지만 지금은 용과 유니콘이 더 중요해."

세스하크는 아무 말도 하지 않았지만 아슈란은 그가 못미더워하고 있음을 감지했다.

"예언이 실현되고 있어."

아슈란이 불쑥 내뱉었다.

"자넨 그 운명에 맞서 싸울 수 있다고 생각하는 건가?"

'운명 따윈 존재하지 않아.'

셰크가 대꾸했다.

'용들은 우리 셰크들을 영원히 세상의 경계에서 떠돌게 했지만, 보라고, 우린 지금 이곳에 있잖아. 이 행성과 우리 운명의 절대적인 주인은 우리다. 게다가 우린 용을 모조리 없애버렸지.'

"전부는 아니지."

아슈란이 상기시켰다. 셰크의 무지갯빛 눈에 번쩍하는 분노의 섬광이 스쳤다.

'아무리 그렇다 해도, 우리 셰크들에겐 도망친 용보다 배신자를 처단하는 게 우선이다.'

아슈란이 미소 지었다.

"하지만 너희는 용과 마주치자마자 다시 증오심에 굴복하고 말걸. 언제나 그랬듯이 말이야. 아무리 마지막으로 남은 한 마리라 해도 용은 여전히 위험한 적수지."

셰크의 입에서 격노에 찬 쉭쉭거림이 흘러나왔다.

'인간성에 오염된 용 한 마리 따위가 뭐 그리 위험하다는 거지?'

"어떻게 그렇게 그들을 과소평가할 수 있는 거지, 세스하크? 놈들은 평범한 생물들이 아니야. 예언의 일부다. 그리고 그 예언의 배후에는 신들의 손이 있지."

'그렇다면 놈들이 돌아오게 하지 말았어야지.'

세스하크가 반박했다. 아슈란은 어깨를 으쓱했다.

"그들은 지구에 머무르는 동안 내 사정권에서 멀리 떨어져 있었지. 내가 무슨 짓을 하더라도 림바드에 피해 있으면 탈을 모면할 수 있었고. 하지만,"

아슈란은 고개를 들어 은빛 눈으로 뱀을 빤히 쳐다보았다.

"이제 림바드는 더이상 존재하지 않아."

'언제라도 돌아갈 수 있을걸.'

"아니. 이제는 그럴 수 없어. 하지만 아직 놈들은 모르지."

세스하크는 천천히 고개를 끄덕였다.

'이제 알겠군. 예언이 정말로 실현되고 있다면, 그리고 그에 따라 놈들이 우리를 이길 게 분명하다면 당신이 직접 놈들에게 맞서선 안 된다. 지금 놈들은 여기, 이둔에 있어. 이제는 우리 셰크가 이들을 짓밟을 차례다.'

아슈란은 그 제안을 곰곰이 생각했다. 수백 년 동안, 마법의 주문 때문에 셰크들이나 용들은 지구로 가는 차원의 문을 통과할 수 없었다. 그래서 네크로맨서의 권력에 반대하며 카슬룬 탑에 머물렀던 마법사들은 어쩔 수 없이 예언에 등장한 용과 유니콘의 영혼만을 지구로 보내어 인간의 몸으로 다시 태어나게 했다. 아슈란 역시 그들을 뒤쫓아 하이브리드 생물이자 소년의 몸으로 변신한 셰크 키르타슈를 보내야만 했다. 그러나 불행히도 키르타슈는 인간적인 감정을 상당 부분 받아들이게 되었고, 끝내는 적들과 한편이 되어버렸다.

하지만 지금 그들은 이둔에 도착했고, 곧 전투를 벌이러 이곳에 당도할 것이다. 이제 셰크의 공격을 이 땅에서 저지할 수 있는 것은 아무것도 없다. 아슈란이 물었다.

"놈들이 어디 있는지 알고 있나?"

순간 뱀의 눈에 얼핏 사악한 빛이 비쳤다.

'물론이지. 내가 텔레파시로 전갈을 보내기만 하면 부하들이 공격에 나설 예정이다.'

아슈란은 고개를 끄덕이다가 의외의 말을 내뱉었다.

"어쩌면 놈들을 이길 수 없을지도 모르지."

세크는 모욕을 받고 온몸이 굳어졌다. 한마디 말도 하지 않았으나 그 분노의 기운은 아슈란에게도 고스란히 전달되었다.

"그들에게는 이상한 힘이 있어. 이 탑을 보라고, 세스하크. 죽은 채 버려진 건물 더미에 지나지 않았지만 지금은 사방에 에너지가 넘쳐나고 있어. 그 여자애가 한 일이지. 그것도 혼자서 말이야. 그녀는 단순한 유니콘이 아니야. 최후의 존재고, 종족의 모든 힘이 그애에게 축적된 셈이지."

아슈란은 세스하크의 노여움뿐 아니라 그의 생각도 알아차렸다. 세크는 빅토리아라는 소녀를 포로로 잡았을 때 그 아이의 생명을 없애자고 주장했다. 하지만 아슈란은 그녀의 힘을 이용하기로 했고, 마지막 유니콘의 영혼을 품고 있던 그녀는 결국 그들의 손아귀에서 빠져나갔다. 그리고 바로 그 유니콘과 그녀의 동행자인 최후의 용이 이제 제국의 안정을 위협하고 있다.

"그 용도 제 힘을 사용하는 법을 터득하게 되면 무시무시한 적수가 될 거야."

'그러니까 그런 일이 벌어지기 전에 놈들을 없애버려야만 한다.'

"우린 십오 년 이상을 애써왔다고, 세스하크. 그런데 아직도 성공하지 못하고 있지."

'예언의 실현을 피할 수 없다는 생각이 드는 건가?'

세스하크의 음성이 머릿속에 울려 퍼졌다.

"아니. 그동안 전략을 제대로 구사하지 못했다는 생각이 들기 시작했지."

뱀은 아무 말도 없이, 최면을 거는 듯한 무지갯빛 눈으로 네크로맨서를 응시했다.

"세스하크, 불행히도 난 필요한 만큼 놈들을 알지 못했다. 하지만 키르타슈에 대해서는 잘 알고 있지. 그애가 생각하는 것 이상으로 훨씬 더 많이. 잠시의 기회 덕분에 빅토리아에 대해서도 이제 어느 정도 알았다. 그 계집애는 아직 모르고 있겠지만, 앞으로 그애는 우리 계획에서 중요한 존재가 될 거다. 하지만 그 사내애, 용은 내겐 여전히 전혀 낯선 존재지. 난 그게 마음에 들지 않아. 이제 그들이 이곳에 있으니 기회를 봐서 놈들을 살펴보고, 궁리하고 제대로 이해하게 되면……약점을 찾을 기회가 있겠지."

세스하크는 입을 벌려 둘로 갈라진 긴 혓바닥을 내보이며 아슈란을 향해 비웃듯 한마디했다.

'그런 건 셰크의 기본 전략이지.'

아슈란이 고개를 끄덕였다.

"어쨌든, 자네들이 먼저 공격하는 건 반대하지 않아. 셰크의 시선을 빠져나갈 수 있는 존재는 거의 없지. 미덥지 못한 구석은 있지만, 결국 놈들이 어디로 가든 찾아내겠지. 그러면 놈들을 없앨 수 있을지도 몰라. 최소한 놈들 중 하나라도 말이야. 그렇다면 더 말할 필요도 없겠지. 실패한다 해도 저항군이라는 놈들을 더 자세히 알아볼 기회를 갖게 되는 거고. 그러면 내 의심을 확인해볼 수 있다."

셰크는 눈을 가늘게 뜬 채, 네크로맨서의 말을 기다렸다. 이슈란이 그를 쳐다보며 미소를 지었다.

"어쩌면, 그들을 파괴할 열쇠는 우리에게 있는 게 아니라 바로 그들 자신에게 있을지도 모르지."

마법사가 나지막이 말했다.

세스하크는 그 말뜻을 알아들었다. 파충류의 얼굴에 천천히 교활한 미소가 떠올랐다.

1

카슬룬 탑

빅토리아가 눈을 떴다. 무슨 일이 있었는지 전부 떠올리는 데 조금 시간이 걸렸다. 머릿속은 온통 혼란스러운 이미지로 뒤죽박죽이었다. 아름다운 꿈, 혹은 기이한 악몽과 같은 환상적인 이미지들이었다.

그녀는 몸을 약간 일으켜 바로 곁에 누운 익숙한 얼굴을 보았다. 잭이 곁에서 눈을 감고 있었다. 순간 가슴이 철렁 내려앉았다. 하지만 곧 그가 잠을 자고 있거나 의식을 잃은 것인지는 몰라도 부상을 당하지는 않았다는 걸 알았다. 편안한 표정이었고 호흡도 규칙적이었다. 빅토리아는 그의 얼굴을 다정하게 어루만졌다. 잭은 꿈을 꾸며 미소를 지었지만 잠을 깨지는 않았다.

두 사람은 삼 년 전 처음으로 알게 되었다. 네크로맨서 아슈란이 보낸 자객이 잭의 부모님을 암살했을 때의 일이다. 잭은 이둔이나 빅토리아가 속한 저항군에 대해 아무것도 알지 못했다. 그리고 자신이 알지도 못하는 세상을 구원하려는 전쟁에 어떤 식으로든 관련돼 있다는 사실을 어쩔 수 없이 받아들여만 했다. 그렇게 잭은 아슈란과 날개 달린 괴물 뱀인 셰크들의 지배에서 이둔을 자유롭게 하기 위해 싸우는 저항군에 가담했고, 전투하는 법과 방어하는 법, 그리고 살아남는 법을 배워야만 했다.

하지만 그 덕분에 빅토리아도 알게 되었다. 빅토리아는 둘의 첫 만남을 떠올리며 미소 지었다. 그때만 해도 두 사람은 아직 어렸지만 이제는 많이 컸고, 두 사람을 이어주는 우정도 뭔가 다른, 좀더 강하고 깊은 감정으로 변했다. 불과 몇 주 전, 그들의 운명이 이미 태어나기 전부터 정해져 있었고, 그들이 바로 네크로맨서를 쳐부수고 이둔을 구하도록 선택된 존재라는 사실을 알게 되었을 때 이 감정은 더 굳건해졌다. 두 사람 안에는 각각 얀드라크와 루나리스의 영혼, 즉 최후의 용과 최후의 유니콘의 영혼이 숨쉬고 있고, 신탁의 예언에 따르면 둘은 아슈란의 세력을 끝장낼 유일한 존재였다.

갑자기 오싹한 기분에 사로잡힌 빅토리아는 눈을 들어 별을 바라보았다. 사실 그러고 싶지 않았다. 이 아름다운 보랏빛 하늘에서 무엇을 보게 될지 알고 있었기 때문이다. 하지만 이제 그들은 결정적인 발걸음을 내디뎠고, 이제 돌이킬 수 없다.

빅토리아는 거의 미움에 가까운 체념의 심정으로 창공에 빛나는 세 달을 응시했다. 이둔의 세 달, 그들이 이제 막 도착한 세상. 원래는 그들의 것이지만, 인간의 몸으로 지구에서 태어나고 자라난 빅토리아는 이 세상을 기억하지 못했고 이곳을 사랑하는 법도 배우지 못했다. 더할 나위 없이 아름다운 풍경이다. 세 천체는 지구의 위성도 부러워할 아름다운 그림자와 색깔을 띠고 있었다. 하지만 아무리 이 아름다움을 보고 감동한다고 해도, 그녀는 마음 한편으로 이곳에 싸우러 왔다는 사실을, 그리고 어쩌면 죽을지도 모른다는 사실을 고통스러울 정도로 뚜렷이 의식하고 있었다.

그녀는 세 달을 조금 더 지켜보았다. 어느 달도 보름달이 아니다. 중간 크기의 달은 기울고 있으며, 가장 작은 달은 만월이 되려면 아직 조금 더 남았고, 가장 큰 달 역시 서서히 차오르고 있었다. 빅토리아는 세 달이 각각 서로 다른 주기를 가지고 있구나 하고 짐작했다. 그리고 세 보름달이 같은 날 밤에 동시에 보름달로 떠오르는 날이 올지, 그리고 자신이 그 모습을 볼 수 있을지 궁금했다.

빅토리아는 바닥에 앉아 주위를 둘러보았다. 그들은 방금 차원의 문을 넘어선 것이다. 원래대로라면 아슈란에 맞서는 마법사들의 보루인 카슬룬 탑에 나타났어야 했지만 지금 그들은 숲의 공터에 있다. 위협적으로 보이는 건 아무것도 없었다. 하지만 빅토리아는 불안한 마음이 들었다. 나무는 어마어마하게 크고, 이상한 모양을 하고 있었다. 뿌리는 꼬여 있고, 잎은 서로 마구 뒤엉킨 모습이었다. 높이가 수십 미터에 이르는 거대한 수목들도 있다. 말할 수 없이 아름다운 꽃들이 거짓말 같은 각도와 실루엣을 이루며 취할 듯한 향기로 빅토리아를 에워싸고 있었다.

모든 것이 그녀가 아는 것과는 완전히 달랐지만 그런데도 이 장소가 비정상이라는 느낌은 들지 않았다. 이곳의 자연은 이보다 더 기상천외한 것들도 당장 만들어낼 것만 같았다. 대기 중에 진동하는 거대한 에너지의 양을 고려하면 이상할 것도 없다고 빅토리아는 혼자 생각했다.

빅토리아는 친구들을 찾아 고개를 돌렸다. 샤일, 알레그라, 그리고 알렉산더가 보였다. 잭이나 빅토리아처럼 차원 이동중에 의식을 잃은 상태였다. 빅토리아는 미간을 찌푸렸다. 이동에 대한 기억은 거의 없다. 다만 벌어진 틈을 넘어서자 강한 빛이 보였고, 모든 것이 빙빙 돌더니, 갑자기 방향 감각을 잃었다. 어디가 위고 어디가 아래인지 도통 알 수 없었고 머리가 어질어질하여 그만 잭과 크리스티안의 손을 놓쳐버렸다.

크리스티안.

빅토리아는 벌떡 일어나 주위를 둘러보았지만 크리스티안의 날렵한 실루엣은 어디에도 보이지 않았다. 하지만 그가 어딘가 가까이 있다는 느낌이 들었고, 조금 마음이 놓였다. 그녀는 눈을 감고 크리스티안이 선물해준 마법의 반지, 시스카세그의 보석을 입술로 가져갔다. 그리고 직감이 이끄는 대로 따라갔다. 미지의 숲속을 혼자 들어가서는 안 된다는 건 잘 알고 있지만 크리스티안과 관련된 일에서 그녀는 한 번도 논리적으로 행동한 적이 없었다.

나무 꼭대기의 가지 사이에서 뭔가 움직이자, 빅토리아는 화들짝 놀랐다. 하지만 그저 새 비슷한 동물일 뿐이었다. 빅토리아는 미소를 짓고는 발길을 재촉했다.

공터는 숲 가장자리에서 그리 멀지 않았다. 나무들이 길을 조금 터주고 있어 그 사이로 세 달의 달빛에 빛나는 부드러운 고원의 형태를 볼 수 있었다.

그리고 그곳에 크리스티안이 있었다. 빅토리아는 맨 뒤의 나무들 사이에 있는 그의 모습을 발견하고 긴장하며 지평선을 살폈다. 그를 볼 때마다 매번 빅토리아의 심장은 모순된 감정의 물결 속에서 허우적댔다.

크리스티안은 키르타슈다. 아슈란이 자신의 제국을 위협하는 용과 유니콘, 그리고 저항군을 끝장내기 위해 지구로 보낸 젊은 암살자였다. 빅토리아는 그와 맞서 싸웠고, 두려워하고, 미워했다. 그리고 사실 처음부터 그에게 끌리고 있었다. 이런 느낌은 그를 만날 때마다 점점 커져가서 끝내는 억누르기 힘든 감정으로 변하게 되었다. 놀랍게도 상대 역시 마찬가지였다.

빅토리아는 그가 그녀의 적인 네크로맨서 아슈란의 아들이라는 사실을 알았을 때도 그 사랑을 단념할 수 없었다. 키르타슈가 온전한 인간이 아니며 그 안에 이둔을 정복한 치명적인 생물인 날개 달린 뱀 셰크의 영혼이 깃들어 있다는 사실을 알았을 때도 마찬가지였다. 심지어 크리스티안의 가장 어두운 부분이 되살아나 그녀를 고통스럽고 잔인한 방식으로 괴롭혔을 때도 미워할 수 없었다. 크리스티안은 결국 자기편을 배신하고 저항군에 가담했다. 빅토리아는 결코 잭과 크리스티안 사이에서 선택할 수 없었다. 두 사람 모두 사랑하고 있기 때문이다.

빅토리아는 이 문제를 어떻게 풀어야 할지 알지 못했다. 그러나 기다려야만 한다는 사실만은 분명했다. 그녀는 의심과 감정을 추스르고 억지로라도 정신을 가다듬어 사랑에 빠진 혼란스러운 사춘기 소녀가 아니라 저항군의 전사로 행동하고자 스스로를 다잡았다.

그녀는 조용히 크리스티안에게 다가갔다. 하지만 그는 보거나 소리를 듣지 않아도 빅토리아가 그곳에 있다는 걸 알아챘다.

"이제 모두 깬 거야?"

빅토리아는 고개를 가로저으며 그의 곁에 섰다.

"나만. 다른 사람들은 아직도 의식이 없어. 무슨 일이 있었던 거야?"

크리스티안이 목소리를 낮춰 설명했다.

"장애물과 부딪친 거야. 앞으로 나아가기 위해 차원의 문을 재조정해야만 했지."

"우린 지금 어디 있는 거야?"

"목적지에서 그리 멀지 않은 곳이야. 저기 봐."

그가 지평선의 한 지점을 가리키자 빅토리아는 숨을 멈추었다.

밤하늘을 뒤로하고 뿔 모양의 높은 탑이 솟아 있었다. 단단한 기반 위에 세워진 그 날렵한 끝은 가장 큰 달을 향해 찌를 듯 높이 솟아 있었다. 너무 멀리 있어 건물의 세세한 부분을 감상할 수는 없지만 빅토리아는 첫눈에 그 아름다움과 불길함에 이끌렸다. 탑과 그 실루엣 속엔 뭔가 친숙한 게 있었다.

"저게 카슬룬 탑이야?"

빅토리아가 나지막이 물었다. 크리스티안이 고개를 끄덕였다.

"저곳이 우리를 거부했어. 생각하면 이상한 일도 아니지. 마법사들이 아주 강한 주문으로 탑을 보호하고 있으니까. 그래서 요 몇 년 동안 나도 아버지도 셰크들도 탑을 정복할 수 없었지. 하지만 탑은 예언의 영웅인 너희들을 몇 년 전부터 기다리고 있었어. 그러니 우리가 림바드에서 왔다는 걸 감지하고 통과시켰어야만 했는데."

빅토리아는 불안한 표정으로 크리스티안을 쳐다보았다. 그가 모른다면 그 이유를 알 수 있는 사람은 아무도 없다. 셰크인 그는 종종 사물을 파악하는 힘이 누구보다도 앞섰다.

"내가 끼어 있다는 걸 탑이 감지했을 수도 있어."

크리스티안이 계속 말을 이었다.

"어쩌면 함정이라고 생각했을 수도 있지. 하지만……"

빅토리아가 즉각 대답했다.

"창문에 빛이 없어. 안에 아무도 없는 것 같아."

"나도 이미 눈치 챘어."

크리스티안이 긴장한 자세로 고개를 끄덕였다.

"이곳에 뭔가 좋은 않은 일이 일어나고 있는 거야."

그는 반사적으로 손을 뒤로 가져가다 멈췄다. 그의 검인 하이아스가 등 뒤에 걸려 있지 않다는 사실을 깨달았기 때문이었다. 빅토리아는 그의 손가락이 떨리는 것을 걱정스레 바라보았다.

"다른 사람들을 깨워야겠다. 어쩌면 할머니는 무슨 일인지 아실지도 몰라."

크리스티안이 고개를 끄덕였다. 빅토리아는 공터로 돌아가려고 돌아섰다. 하지만 크리스티안은 그녀를 따라오지 않고 고양이 처럼 날렵한 동작으로 탑을 향해 살그머니 다가가고 있었다. 빅토리아는 다가가 그를 멈춰 세웠다.

"어디로 가는 거야?"

크리스티안이 성가시다는 듯 혹은 재미있다는 듯한 표정으로 잠시 그녀를 쳐다보았다.

"지형을 살펴보려고. 저 탑에 이상한 게 있다 해도 이곳에서는 알 수 없으니까."

"꿈도 꾸지 마, 크리스티안. 혼자 가면 안 돼. 내 말 알겠니? 저들이 널 죽이게 내버려두지 않을 거야."

크리스티안은 아무 말 없이 그녀의 눈길만 바라보았다. 빅토리아의 심장이 걷잡을 수 없을 정도로 뛰기 시작했다. 두 사람을 비추는 달빛에 마법과 같은 분위기가 더해졌다. 하지만 빅토리아는 정신을 차렸고, 크리스티안이 키스하려고 가까이 다가오자 다정하게 그에게서 떨어졌다. 그녀는 그에게 상기시켜주었다.

"다른 사람들을 깨워야만 해."

크리스티안이 고개를 들자 조금 떨어진 곳에서 두 사람을 지켜보는 그림자가 있었다. 잭이었다. 빅토리아는 친구의 어두운 표정을 못 본 척하며 그에게 다가가 말을 걸었다.

"우리는 카슬룬 탑 근처에 와 있어. 하지만 크리스티안은 왜 그 문이 우리를 탑 안으로 통과시켜주지 않았는지 모르겠대. 이제 모두 깨어난 거야?"

"그래."

잭이 대답했다. 그는 크리스티안을 앞세우고 빅토리아의 팔을 붙잡으며 두 사람을 떼어놓았다.

"다시는 이러지 마."

잭은 화가 나서 작은 소리로 속삭였다. 빅토리아가 항변했다.

"뭘? 질투한다고는 하지 마. 너도 잘 알잖아……"

"그런 게 아니야, 빅토리아."

잭이 말을 끊으며 조금 괴로운 표정을 지었다.

"네 감정을 간섭하는 일 따윈 절대 하지 않을 거라고 이미 말했잖아. 내가 말하려는 건, 갑자기 사라져서 저 자식과 단둘이 있는 거야. 그가 지난번처럼 또 미쳐버리면 어쩌려고. 정신이 들었는데 네가 아무 데도 보이지 않으면 내가 무슨 생각이 들지 모르겠어? 그때 그런 일이 있었는데 말이야."

친구의 마음을 이해한 빅토리아는 주저하며 대답했다.

"그는 나를 해치지 않을 거야, 잭."

"알 수 없는 일이야, 빅토리아."

"난 위험을 무릅쓸 각오가 돼 있어."

잭이 진지한 눈길로 빅토리아의 눈을 바라보았다.

"하지만 난 아냐."

빅토리아는 대답하려 했지만 적당한 말을 찾을 수 없었다. 잭이 그녀의 손을 찾아 꼭 쥐었고, 둘은 그대로 손을 잡은 채 공터로 돌아왔다.

이미 정신을 차린 다른 일행들은 크리스티안의 분명하고 간략한 설명을 심각한 표정으로 듣고 있었다.

"탑이 우리를 안으로 들여보냈어야 하는데."

알레그라가 다른 사람들의 생각을 대신하여 말했다.

빅토리아는 할머니가 이제 위장 마법을 벗어버리기로 했다는 사실을 알아차렸다. 그녀는 더이상 인간의 모습으로 보이지 않았다. 대신 나이를 짐작할 수 없는 중성적인 요정의 얼굴이 나타났다. 은색 머리칼의 이국적이고 섬세한 용모에, 눈동자 전체가 완전히 검은 요정의 눈은 마치 세상의 모든 지혜를 다 품고 있는 듯 보였다. 빅토리아는 할머니라고 믿었던 이가 실제로는 이둔의 막강한 마법사라는 사실이 아직도 낯설기만 했다.

무리의 또다른 마법사 샤일이 고개를 가로저으며 말했다.

"그들은 우리가 드락웬 탑에서 빅토리아를 구해냈다는 걸 모르는 거야. 내가 틀린 게 아니라면 네크로맨서는 원하는 바를 이루었고, 드락웬 탑은 다시 난공불락이 되었으니까."

샤일이 크리스티안을 쳐다보자 그는 샤일의 말을 확인해주듯 고개를 끄덕였다.

"카슬룬 탑의 마법사들은 빅토리아가 탑에서 죽었다고 생각했을 수도 있어. 그래서 모든 희망을 잃은 걸지도 몰라."

알렉산더가 말했다.

"하지만 우리를 이곳에 내팽겨치다니! 카슬룬 탑은 이곳에서 유일하게 안전한 곳이란 말이야. 지금 이대로라면 공격당하기도 쉽고……"

"……아슈란이 십중팔구 우리가 도착했다는 사실을 알고 있을 거라는 사실은 굳이 언급하지 않더라도 말이죠."

크리스티안이 덧붙였다. 알렉산더가 나지막이 욕을 했다.

잭은 몸을 꼿꼿이 세웠다.

"난 탑에 가까이 가서 무슨 일인지 알아보자는 데 한 표 던지겠어요."

"만일 함정이라면?"

크리스티안이 말했다. 그러자 샤일이 대답했다.

"누구의 함정이라는 거지? 네 아버지는 카슬룬 탑을 손에 넣지 못했을 거야. 내가 떠난 후 그 짧은 시간 동안 탑을 차지했다는 건 불가능한 일이야. 지난 십오 년 동안 난공불락이었다는 사실을 고려한다면 더더구나 그렇고."

크리스티안은 아무 말도 하지 않았지만 빅토리아는 그의 얼굴에 어두운 의혹이 스치는 걸 알 수 있었다.

카슬룬 탑은 그들이 방금 지나온 고원처럼 작은 관목숲이 여기저기 흩어진 바닷가의 벼랑에 솟아 있었고, 절벽을 따라 입구까지 긴 길이 나 있었다. 탑으로 오르는 길은 길고 험했다. 잭이 벼랑으로 이어지는 길 가장자리로 다가가자 크리스티안이 말렸다.

"미쳤어?"

그가 나지막이 말했다.

"지금 밀물이 들어오고 있잖아."

잭은 무슨 말인지 알아듣지 못했다.

"그래서 뭐? 무슨 말을……"

그는 미처 말을 다 끝맺지 못했다. 바로 그때 절벽 끝으로 거친 파도가 천둥치는 소리를 내며 부딪혀왔기 때문이었다. 잭은 가쁜 숨을 몰아쉬며 뒤로 물러섰다. 홀딱 젖은 채 숨도 쉴 수 없었다.

"적어도 십오 미터는 되겠는데, 아니면 훨씬 더 높았을 거라고 장담해도 좋아."

잭이 어이가 없다는 듯 중얼거렸다.

"정말 그랬어."

샤일이 웃으면서 대답했다.

빅토리아가 잭의 팔을 잡으며 조용히 하늘을 가리켰다. 잭은 그녀가 하려는 말을 알아들었다. 이둔의 세 달 때문에 이곳의 바다는 당연히 지구보다 조수 간만의 차가 훨씬 더 컸던 것이다. 잭은 침을 삼키며 절벽으로부터 더 물러났지만 탑의 발치에 이르기 전까지는 안전하다는 기분이 들지 않았다.

저항군은 단단히 닫힌 문 앞에서 발걸음을 멈추었다. 주변에는 아무도 보이지 않고, 건물 안에서도 별다른 움직임을 느낄 수 없었다.

샤일이 중얼거렸다.

"이건 마음에 들지 않는데. 틀림없이 이미 우리가 오는 걸 봤을 텐데."

"아무도 못 봤을 수도 있어, 샤일."

알레그라가 우울하게 대답했다.

"탑 안에 아무도 없다면 말이야."

"뭐라고요?"

그러자 크리스티안이 말했다.

"이 문을 열어요. 가능한 한 빨리 탑 안으로 들어가야만 해요."

"왜?"

알렉산더가 불신이 가득한 눈으로 쳐다보며 물었다.

"크리스티안의 말이 맞아요."

어둠을 살피던 잭이 칼집에서 검을 꺼내면서 대답했다.

"이건 함정이에요. 모르시겠어요?"

그 말을 미처 끝내기도 전에 수십 개의 번득이는 눈이 어둠 속에서 불쑥 솟아나왔다. 구불구불하고 기다랗고 거대한 몸통이 물을 뚝뚝 흘리며 절벽 안쪽에서 솟아올라 일행을 둘러싸고 교묘하게 움직였다. 그들 중 몇 놈이 날개를 활짝 펼쳐 밤하늘의 어둠을 가렸다. 빅토리아는 찬 기운에 몸서리를 치며 놈들이 그들이 오는 것을 어떻게 감지했는지 궁금해했다. 셰크들은 교활하고 아주 영리한 생물이다. 그들은 아무도 모르게 몸을 숨기고 참을성 있게 기다리고 있다가 일행을 성벽 쪽으로 몰아붙인 것이다. 지금은 신중하게 거리를 두고, 마치 평가하듯 그들을 뚫어져라 지켜보고 있지만 곧 공격에 나설 것이다. 저항군이 이길 수 없는 불공평한 싸움이 되리라는 사실에는 의심의 여지가 없었다.

그들이 살아서 빠져나갈 유일한 방법은 탑 안으로 몸을 숨기는 것뿐이다. 하지만 빅토리아는 알레그라와 샤일이 문을 부수려고 마법을 합치기도 전에, 그것을 부술 수 없으리라는 사실을 깨달았다. 탑을 보호하는 마법이 격렬한 불꽃을 튀기며 두 마법사의 힘을 튕겨냈고, 그 힘이 너무 거세어 두 사람은 뒤로 내동댕이쳐졌다.

셰크 하나가 고개를 내밀어 치명적인 독니를 내보이며 분노에 찬 쉭쉭 하는 소리를 냈다. 손에 무기를 든 잭과 빅토리아, 알렉산더는 셰크에게서 눈을 떼지 않은 채, 뒷걸음질치며 마법사들을 엄호하는 동시에 탑의 출입문이 있는 거대하고 우아한 현관에서 방비책을 찾았다.

알렉산더가 쉰 목소리로 말했다.

“그 문을 열어요. 아니면 우리가 지고 말 거예요!”

알레그라가 중얼거렸다.

“이건 내가 모르는 마법이야. 이 문은 보통 마법사들의 힘과는 다른 힘으로 봉인돼 있어.”

“아버지의 마법이에요.”

크리스티안이 작게 중얼거렸다. 더이상 아무 말도 없었지만 모두 그 말이 무슨 뜻인지 알아들었다.

카슬룬 탑은 함락되었다. 어떤 식으로든 아슈란이 탑을 차지한 것이다. 그 안에 살고 있던 마법사들이 어찌 되었을지는 그저 짐작만 할 수 있을 뿐이다. 이제 기댈 만한 구석은 어디에도 전혀 없었다.

그때, 셰크들이 공격해왔다.

뱀들은 입을 크게 벌린 채, 어둠 속에서 눈을 번득이며 일행들 위로 덮쳐왔다. 물결치는 듯한 둥글고 긴 몸통이 어찌나 빨리 움직이는지 그들은 간신히 눈으로 그 움직임만 좇을 뿐이었다.

잭은 두렵고도 강렬한 감정과 마주쳐야만 했다. 하나는 모든 종류의 뱀에 대해 그가 느끼던 비이성적인 공포였다. 그리고 또

하나, 그의 영혼을 새롭게 사로잡은 불길한 감정은 다름 아닌 심연의 심장부처럼 어둡고 깊은 증오심이었다. 그는 두려움을 억누르고 증오를 다스리려고 애쓰며, 고함을 내질렀다.

첫번째 뱀과 맞서 전설의 검 도미바트를 높이 들어올리자 칼날이 즉각 용의 불길로 타올랐다. 셰크는 조금 물러선 채 증오와 불신이 담긴 눈으로 검을 주시했다. 잭이 다시 일격을 가하자, 이번에는 그 생물도 재빨리 움직이며 날렵하고 우아한 동작으로 벗어났다. 무슨 일인지 채 알아차리기도 전에, 뱀의 머리가 잭 바로 위에 와 있었다. 잭은 그의 검이 조상 대대로 셰크들의 적이었던 용들의 작품이라는 걸 뱀이 알아챘음을 의식하며 둘 사이를 검으로 가로막았다. 그러나 뱀은 전광석화처럼 빨랐다. 그는 정통으로 공격할 틈을 찾지 못해 뒤로 물러나야만 했다.

다른 일행들 역시 곤란한 지경에 처해 있었다. 샤일이 주위에 둘러친 마법 보호막을 뱀들이 통과하려 하고 있었고, 잭은 머지않아 보호막이 뚫릴 것임을 알았다. 빅토리아와 알렉산더도 각자의 무기를 가지고 싸웠다. 빅토리아의 지팡이는 지구나 림바드에서보다 이곳 이둔에서 더 많은 에너지를 모을 수 있었다. 그것은 예전보다 훨씬 더 치명적인 무기가 되었고, 알렉산더의 검을 포함한 그 어떤 검보다도 효과적이었다. 지팡이 덕분에 빅토리아는 거리를 두고 마법을 사용하며 뱀들에게 근접할 필요 없이 공격을 가할 수 있었다.

하지만 알렉산더는 이 가공할 생물과 맞서 싸우며 잭과 똑같은 문제에 맞닥뜨리고 있었다. 보름달이 뜨는 밤이면 그를 사로잡았던 동물적인 분노가 잠을 깼고, 잭과 달리 알렉산더는 이 분노를 다스릴 힘이 없었다. 저항군 리더의 두 눈이 어둠 속에서 번득였고, 잭은 그가 으르렁거리며 초인적인 민첩함으로 이쪽저쪽을 오가며 맹렬히 공격하는 모습을 보았다.

그러는 동안, 알레그라는 계속해서 문을 부수려 애쓰며 침착하고 분명한 목소리로 가장 강력한 주문을 읊조렸다. 하지만 문은 계속 굳건히 버티고 있었다.

잭은 뒤쪽에서 움직임을 감지하고 본능적으로 검을 들어올렸다. 도미바트의 칼날이 셰크의 비늘 덮인 몸에 닿자, 성난 비명이 들리고 살이 타는 냄새가 났다. 놈이 뒤로 물러나는 걸 보고 잭은 만족스러운 웃음을 지었지만, 위를 쳐다보자 그 웃음은 그대로 입가에 얼어붙고 말았다.

수십 마리의 셰크가 있었다. 오십 마리는 넘는 듯했다. 뱀들은 거대한 콘도르처럼 허공을 맴돌며 저항군이 항복하거나 무너지길 기다리고 있었다. 만에 하나 그들의 동료들이 싸움에 지는, 거의 있을 수 없는 상황이 벌어지면 당장이라도 내려올 기세였다. 공포가 엄습하자 잭은 깨달았다. 그들이 이길 가망이 전혀 없으며, 유일한 탈출구는 탑 안으로 피하여 튼튼한 성벽의 보호를 받거나 다른 곳으로 도망가는 것뿐이라는 사실을. 절망한 잭은 샤일과 알레그라가 왜 아직도 순간 이동을 하려 하지 않는지 궁금했다. 지금으로서는 그가 할 수 있는 일이 아무것도 없기 때문이었다.

그때 크리스티안이 소리쳤다.

"잭!"

잭이 꿈결처럼 뒤를 돌아보자 무기도 없이 서 있는 크리스티안이 보였다. 그는 오래전에 자신의 검을 잃어버렸고, 다른 검을 잡기를 거부했다. 하지만 검이 없다 해서 겁에 질린 것 같지는 않았다. 크리스티안이 외쳤다.

"변신을 해, 잭! 그런 상태로는 놈들과 싸울 수 없어!"

잭은 무슨 말인지 알아들었다. 그의 안에 최후의 용 얀드라크의 영혼이 깃들어 있으니 원하기만 한다면 그는 용으로 변신할 수 있다. 이론적으로는 그랬다. 지금까지 한 번도 그런 적은 없지만 말이다. 단 한 번도.

잭은 주저하는 눈길로 크리스티안을 보았다.

"변신하라니까!"

크리스티안이 계속 외쳤다.

"우리는 네가 필요해!"

잭은 고개를 끄덕였다. 그러자 크리스티안이 등을 돌리며 변신을 시작했다. 불과 몇 초 후 그곳엔 열일곱 살의 젊은이는 사라지고 거대한 날개 달린 뱀이 나타났다. 크리스티안은 분노와 자유의 외침을 내지르며 동료이자 가족이며 같은 편이었던 다른 셰크들과 맞서기 위해 위로 치솟아올랐다. 잭도 이를 악물고 자기 안에 있는 용을 불러내려고 애썼다.

잭의 모습을 본 빅토리아가 그가 정신 집중하는 동안 엄호하고자 달려왔다. 계속 버티고 있던 샤일의 보호막이 무너지기 시작했다. 가끔씩 셰크가 막을 뚫고 들어오면 빅토리아와 알렉산더가 놈들과 맞서 싸웠다.

그러는 동안 공중에서 크리스티안은 패하기 일보 직전이었다. 셰크로서 그는 막강했지만 그와 대등한 수많은 셰크와 맞서야 하는 상황은 불리할 수밖에 없었다.

"못 하겠어!"

낙담한 잭이 한탄했다.

"뭘 해야 할지 모르겠어!"

알렉산더가 외쳤다.

"다른 데 정신 팔지 마! 검을 가지고라도 싸우라고!"

잭은 안도하며 그 말에 따랐다. 용으로 변신해야 셰크를 쳐부술 수 있겠지만, 지금 당장 할 수 있는 것은 검을 가지고 싸우는 일뿐이었다. 주문을 외는 알레그라의 목소리가 그들 위로 또다시 울려 퍼졌지만 문은 여전히 열리지 않았다.

"크리스티안!"

그때 빅토리아가 소리쳤다. 잭은 셰크로 변한 크리스티안의 구불구불한 긴 몸통이 일렁이는 모습을 보았다. 다른 셰크들에 맞선 유일한 셰크였기에 그의 모습은 쉽사리 눈에 띄었다.

"돌아와! 이쪽으로 와!"

크리스티안이 빅토리아의 말을 알아들었을지 의문이었지만, 어쨌든 그가 공중에서 몸을 돌려 덮쳐드는 뱀 두 마리를 피하며 급강하하는 모습이 보였다. 크리스티안이 빅토리아 곁에 자리 잡자 잭은 그가 부상당했음을 알아챘다. 빅토리아가 그에게 달려가더니 등에 올라탔다.

"빅토리아!"

당황한 잭이 그녀를 불렀다.

"뭘 하는 거야?"

빅토리아는 대답하지 않았다. 잭은 크리스티안이 빅토리아를 등에 태우고 다시 날아오르는 모습을 무력하게 지켜보았다. 빅토리아가 별처럼 반짝이는 지팡이를 들고 공중에서 싸우기 시작했다. 아름다웠다. 또한 동시에 두려움을 자아내기도 했다. 날개 달린 뱀의 등에 탄, 전설의 영웅처럼 빛나는 지팡이를 든 소녀. 크리스티안과 빅토리아. 둘은 함께 날면서 나란히 싸우고 있었다.

잭은 둘을 잇는 운명의 고리가 강하고 확실하다는 것을 느꼈다. 네크로맨서가 크리스티안으로 하여금 강제로 빅토리아를 배신하게 하기는 상당히 힘들 거라는 생각이 들었다. 모든 권력이 아슈란의 수중에 있는 게 분명하지만 그럼에도 그의 아들인 셰크는 여기 이렇게 저항군과 함께 싸우고 있지 않은가. 오로지 빅토리아를 지키기 위해.

두 사람에 비해 자신은 하찮고 쓸모없다는 생각이 들었다. 생전 처음으로 그는 용으로 변신할 수 있기를 온 마음을 다해 간절히 바랐다.

하지만 불가능한 일이었다.

수백 미터 공중에서 빅토리아는 이상한 꿈을 꾸는 듯했다. 날개 달린 뱀들의 출현이 무섭기도 했지만, 한편으로 크리스티안의 등을 타고 하늘을 나는 것은 마법 같은 경험이었다. 이 순간을 제대로 즐기지 못하는 게 안타까울 정도였다.

빅토리아는 몇몇 셰크들이 저항군의 다른 멤버들과 싸우기를 포기하고 두 사람의 뒤를 쫓아 날아오고 있음을 알아챘다. 평소에는 바위처럼 감정이 없는 이 경이로운 생물들의 두 눈에 타오르는 강렬한 분노가 느껴졌다. 그녀는 머리 위로 지팡이를 들어 올리며 혼잣말을 했다.

"무슨 일이지? 왜 저렇게 화가 났지?"

빅토리아가 정신을 집중하자 지팡이 끝에서 고리 모양의 에너지가 뿜어져나와 몇몇 셰크들에게 닿았다. 놈들은 고통과 분노에 찬 신음을 내뿜으며 뒤로 물러섰다.

'나 때문이야.'

크리스티안이 텔레파시로 대답했다.

'날 종족의 배신자로 여기는 거야. 용서할 수 없는 죄를 지었기에 나를 없애고 싶어하지. 널 등에 태우는 게 아니었는데. 넌 잭이랑 다른 사람들과 같이 있는 편이 더 안전했을 거야.'

"난 신경 쓰지 마."

빅토리아가 맹렬한 기세로 대답했다.

"가능한 한 놈들의 주의를 돌려 샤일과 할머니가 저 문을 열게 해야 해."

'문은 열리지 않을 거야, 빅토리아. 너도 알잖아.'

빅토리아는 오싹한 한기를 느끼며 셰크의 몸통에 박차를 가했다. 그의 말이 옳으며 그들이 정말로 무시무시한 적과 맞서고 있다는 것을, 그리고 십중팔구 두 사람 다 죽을 거라는 사실을 그녀도 잘 알고 있었다.

하지만 죽어야 한다면 끝까지 싸우다 죽겠다고 결심했다. 그렇게 하여 친구들이 빠져나갈 일말의 가능성이라도 있다면, 기회를 잡을 수만 있다면.

적어도 잭만이라도 살아서 이 아수라장에서 빠져나갈 수 있다면.

"들어갈 수 없을 거야."

지친 알레그라가 말했다.

"쓸데없는 짓이야. 내 마법으로는 문의 봉인을 풀 수 없어."

알레그라는 목소리를 낮추었지만, 도미바트를 높이 든 채 보호막을 넘어온 셰크와 싸우고 있던 잭은 그 말을 놓치지 않았다. 그것은 사형 선고와도 같았다.

"그럼 이곳을 벗어나야만 해!"

알렉산더가 송곳니를 드러내며 외쳤다. 싸우는 동안 동물적인 힘이 풀려난 그는 절반쯤 변신한 상태였다. 주둥이가 앞으로 돌출했으며, 털이 북슬북슬했다. 짐승의 앞발이 된 손으로 그의 검 숨라리스를 휘두르자 검은 깃털처럼 가벼워 보였다.

"하지만, 어떻게?"

샤일이 힘겹게 물었다. 그는 마법 보호막을 치느라 에너지를 있는 대로 다 사용하여 남은 힘이 거의 없었다.

"우리는 수가 너무 많아. 한꺼번에 전부 다 이동하려면 아주 멀리는 못 갈 거야."

"하지만 그게 유일한 탈출구야."

알레그라가 대답했다.

그때 고통에 찬 비명소리가 들려와 잭은 시선을 돌렸다. 크리스티안이 공중에서 뒤로 물러나는 모습이 보였다. 빅토리아가 등에 단단히 매달리려고 애쓰고 있었다. 겉으로 보기에는 크리스티안을 공격하는 게 아무것도 없는데도, 그는 끔찍한 고통을 겪고 있는 듯 보였다. 잭은 다른 셰크들이 드디어 크리스티안의 정신 방어를 뚫고 들어와 텔레파시로 그를 굴복시키려 하고 있다는 걸 알 수 있었다.

"크리스티안, 거기서 내려와!"

잭은 무엇보다도 빅토리아의 안전을 걱정하며 소리쳤다. 만일 저 셰크가 죽는다 해도 그의 죽음을 애도할 만큼 그를 염려하고 있는지는 아직 확신이 없다.

크리스티안은 내려오려 했다. 그는 자신을 향해 돌진하는 뱀들을 피하며 불안정하게 하강했다. 빅토리아는 균형을 잡으려 애쓰면서도 싸움을 포기하지 않았다. 잭은 빅토리아의 지팡이 끝에 다시 불이 들어오는 걸 보았다. 그리고 그 에너지에 뱀 한 마리가 맞아 비명을 내지르는 소리를 들었다.

하지만 크리스티안은 더이상 버티지 못했다. 잭은 그가 바닷속으로 고꾸라지며 치솟는 파도에 부딪혀 물속으로 사라지는 모습을 보고 소리를 질렀다.

"빅토리아!!"

분출하는 화산처럼, 터지기 직전의 별처럼 그의 안에서 뭔가가 타올랐다. 셰크들과 싸우기 위해, 그리고 빅토리아를 지키기 위해 용이 풀려나길 원하고 있었다. 잭은 절벽 끝으로 달려가다가

멈춰섰다. 셰크 두 놈이 길을 가로막았기 때문이었다. 잭은 격분하여 도미바트를 쳐들고 일격을 가하며 거센 불길을 내뿜었다. 비록 한 마리도 맞히지는 못했지만 약간 뒤로 물러서게 할 수는 있었다.

그러고 나자 이상하리만치 텅 빈 느낌이 들었고, 그는 검을 통해 너무 많은 에너지가 빠져나갔다는 사실을 깨달았다. 이제는 그의 내부에 있는 용을 깨울 힘이 없었다.

바로 그때, 물거품을 일으키며 세 달의 달빛 아래 다시 날개를 활짝 펼치고 나오는 크리스티안이 보였다. 빅토리아도 여전히 등에 무사히 타고 있었다. 잭은 한 번 더 공격하며 셰크들을 뒷걸음치게 했고, 바로 그때 알렉산더가 잭의 퇴각을 엄호하기 위해 달려오는 모습이 보였다. 두 사람은 탑 쪽으로 후퇴했다.

드디어 크리스티안이 귀청이 떨어져나갈 듯 요란한 소리를 내며 그들 옆에 내려앉았다. 빅토리아는 날개 사이를 잘 붙들고 있었다. 알레그라는 모두를 멀리 떨어진 곳으로 보내기 위해 순간이동할 채비를 했고, 그동안 샤일은 마법 보호막이 작동하도록 젖 먹던 힘까지 내며 애쓰고 있었다.

크리스티안이 텔레파시로 말하는 소리가 모두의 의식 속에 들렸다.

'전부 다 데려갈 수는 없어요. 알레그라, 잭과 빅토리아를 안전한 곳으로 데려가주세요.'

"안 돼!"

잭이 그를 돌아보며 소리쳤다.

"우린 전부 같이 가는 거야."

알렉산더가 으르렁거리는 소리로 말했다.

"그의 말이 맞아. 마법으로 우리 전부 다 구해낼 수 없다면 너희들 둘만이라도 가야 해. 예언은……"

"빌어먹을 예언!"

잭이 소리쳤다.

"친구들을 뒤에 두고 나만 갈 수는 없어요!"

"빅토리아가 죽게 내버려둘 거야?"

크리스티안의 질문에 대꾸하려고 돌아보니 그는 다시 인간의 몸으로 변신해 있었다. 잭은 침착하게 그를 바라보았지만 뭐라고 대답해야 할지 알지 못했다.

"우리 전부 같이 가요."

빅토리아가 이마에 붙은 젖은 머리카락을 떼어내며 단호하게 자기 뜻을 밝혔다.

빅토리아가 알레그라에게 다가와 손을 잡았고, 지팡이 끝이 에너지로 가득 차 잔뜩 부풀어 오른 심장처럼 빛을 깜박였다. 마법사 할머니는 무슨 뜻인지 이해하고는 빅토리아가 전해주는 마법을 흡수했다.

"지금이야!"

샤일이 소리쳤다.

"서둘러!"

잭과 알렉산더는 알레그라와 빅토리아를 향해 달려갔다. 잭은 절뚝거리는 크리스티안을 돕기 위해 발걸음을 늦췄다. 뱀들이 이들의 의도를 알아차리고는 성을 내며 쉭쉭거렸다. 잭은 머릿속에서 이들의 필사적인 공격을 감지했다. 그들은 자신들의 먹이가 빠져나가려 하는 이 순간에도 여전히 마법 보호막이 그들을 차단하고 있다는 사실을 잘 알고 있다. 그러자 잭은 세크들 코앞에서 끝까지 마법 보호막을 유지하려고 애쓰는 샤일을 보며 곧 무슨 일이 일어날지 예감했다. 몇 분 지나지 않아 마법사는 뒤돌아 있는 힘을 다하여 그들이 있는 곳으로 달려오기 시작했다.

마법 차단막이 무너지자 세크들이 샤일에게 돌진해왔다.

"샤일!"

뒤에 남겨진 그를 보고 빅토리아가 비명을 질렀다.

알레그라는 이미 순간 이동 주문을 걸기 시작했다.

모든 게 순식간이었다. 잭, 크리스티안, 빅토리아, 알렉산더는 알레그라에게 매달렸다. 주문으로 순간 이동하려면 마법과 물리적으로 접촉해야만 했기 때문이었다. 그러면서도 그들은 자신들을 향해 달려오는 젊은 마법사에게서 눈길을 떼지 않았다. 맨 앞에 있던 뱀이 마법사를 덮쳐 치명적인 송곳니로 다리를 덥석 무는 모습이 보였다. 샤일은 비명을 지르며 바닥에 길게 뻗었다. 빅토리아는 알레그라를 잡고 있던 손을 놓고 샤일을 향해 달려가려 했다. 잭은 빅토리아의 팔을 잡으며 저지하려 하다가 일행에게서 떨어지고 말았다.

하지만 알레그라가 마지막 순간에 잭의 손을 잡았다. 빅토리아는 포기하지 않고 넘어져 있는 동료에게 지팡이를 내밀었다. 세크에게 붙잡혀 뒤로 끌려가려는 찰나, 샤일이 지팡이 끝을 쥐었다.

바로 그 순간, 알레그라의 주문이 완성되고 저항군은 그곳에서 모습을 감추었다.

2

피난처

잭은 쿵 하고 요란한 소리를 내며 바닥에 부딪혔다. 본능이 위험하다고 외치고 있었기 때문에 그는 옆구리에서 느껴지는 묵직한 고통도 무시하고 단숨에 벌떡 일어났다.

알레그라의 주문은 그들 모두를 카슬룬 탑에서 멀리 데려다놓았다. 샤일의 다리를 물고 늘어진 셰크까지 포함해서 모두를. 이제 놈은 포로를 위협적으로 덮치려 하고 있었다.

다른 데 한눈 팔 정신이 없었다. 잭은 도미바트를 들어올렸다. 뱀이 긴장한 자세로 샤일을 주의 깊게 노려보는 틈을 이용해 그는 모든 분노를 쏟아내며 이 생물의 비늘 덮인 몸통에 일격을 가했다. 놈이 고통에 찬 비명을 내질렀다.

저항군 전체가 잭을 도우러 서둘러 달려왔고, 있는 힘을 다해 마침내 거대한 파충류를 처치할 수 있었다. 모두 안도의 한숨을 내쉬었고, 잭은 눈을 감으며 미소를 지었다. 셰크가 죽어버리자 뭔가 말할 수 없는 즐거움이 느껴졌다. 하지만 무슨 이유에선지 이런 감정을 밖으로 드러내는 건 옳지 않은 듯했다. 다른 존재의 죽음을 이렇게도 흡족해하는 자신이 무서웠기 때문이었다. 설령 그 존재가 셰크라 해도 말이다.

크리스티안은 싸움에 개입하지 않고 따로 떨어져 있었다. 그는 셰크의 죽은 몸통이 그의 발아래 쓰러지자 물끄러미 그것을 바라보며 생각에 잠겼다. 속을 알 수 없는 표정이었다.

빅토리아는 그의 머릿속을 스쳐가는 생각을 짐작했다. 그리고 그의 어깨에 손을 얹었다.

"유감이야."

그는 어깨를 으쓱하며 대답했다.

"상관없어. 점점 더 익숙해지겠지."

하지만 크리스티안은 잭이 불의 검으로 셰크의 심장을 깊숙이 찌르는 모습을 보았다. 설사 크리스티안이 잭의 행동을 이해하고 십분 납득한다 해도, 뱀으로서 그의 본능이 그의 적인 용, 즉 잭에게 맞서라고 내몰고 있음을 두 사람 모두 잘 알고 있었다. 참기 힘든 일일 터이다.

잭은 크리스티안이 보내는 눈길을 알아챌 수 있었다. 손에 아직 검을 든 채 그의 곁을 지나던 잭은 그의 눈을 쳐다보았다. 필요하다면 뭔가 한마디하려는 듯한 눈길로. 하지만 크리스티안은 아무 말도 하지 않았다. 그의 눈빛에 담긴 것은 증오가 아니라 그답지 않은, 진정한 이해의 눈빛이었다. 잭은 놀라고 당황스러웠다.

빅토리아는 샤일의 다리에 난 상처를 염려하며 몸을 숙여 살폈다. 의식을 잃고 열에 들뜬 것이 특수한 독에 당한 것 같았다.

"셰크의 독이야."

크리스티안이 아무런 감정이 담기지 않은 어조로 말했다.

"살아난다면 운이 좋은 거야."

"독이 즉각 효력을 발휘하지 않는 게 놀랍군."

잭이 분노와 무력함을 감추려는 듯 비꼬는 투로 말했다. 크리스티안이 잭에게 짧은 눈길을 보내며 대답했다.

"원래는 그래. 빅토리아의 마법 덕분에 즉사하지 않은 거야. 하지만 바로 치료하지 않으면 곧 죽을 거야."

"우린 지금 어디 있는 거예요?"

빅토리아는 괴로운 표정으로 피할 곳을 찾아 주변을 둘러보며 물었다.

알렉산더가 사나운 표정으로 대답했다.

"슈르 이카일 경계야. 카슬룬 탑에서 멀지 않은 곳이지."

그가 특정 방향을 가리켰고 일행은 자줏빛의 드넓은 평원 너머, 지평선 중간에 선 가느다란 첨탑을 보았다.

알레그라가 한숨을 내쉬며 고개를 흔들었다.

"그다지 멀리 데려오지 못했어. 미안해."

잭이 대답했다.

"괜찮아요. 적어도 놈들한테서 떨어져 나왔잖아요."

크리스티안이 어두운 표정으로 끼어들었다.

"오래가지 않을 거야. 그들은 이미 이 셰크가 죽은 걸 감지했을 걸. 우리가 어디 있는지 알고 있으니 따라잡는 것도 시간문제지."

알렉산더가 고개를 끄덕였다. 그는 서서히 인간의 용모를 되찾고 있었다.

"시간이 별로 없어. 우리가 빨리 이동할 수 있는 처지도 아니고."

빅토리아가 물었다.

"가다니, 어디로요? 카슬룬 탑은 아슈란이 차지했어요. 우리가 의지할 유일한 피난처였잖아요."

그녀가 말을 이었다.

"림바드로 돌아가는 건 어때요?"

알렉산더가 대답하려 했지만 크리스티안이 한발 빨랐다.

"갈 수 없어. 이미 시도해봤어. 셰크들이 탑 아래서 우리를 포위하고 있을 때 차원의 문을 열려고 해봤는데 열리지 않았어."

"왜?"

이 세계에 갇힐 수도 있다는 생각에 불안해진 잭이 물었다.

"아슈란이 문을 차단했기 때문이지. 너한테까지도."

대신 대답한 알레그라가 크리스티안에게 확인을 구했다.

"안 그래?"

크리스티안이 어두운 표정으로 고개를 끄덕였다.

"그들은 우리가 이곳에 들어오는 건 막지 않았지. 내가 없으면 지구에서 저항군을 없앨 가능성이 없다는 걸 알고 있었으니까. 셰크들은 그 문을 넘어설 수 없고, 나 같은 하이브리드를 만드는 데는 몇 년이 걸릴지도 모르는 일이야. 하지만 그가 철저하게 통제할 수 있는 이 이둔에 우리가 와 있는 이상, 우리가 여기서 도망치도록 허락하지 않겠다는 거야."

"그럼, 우리가 갈 곳이 남아 있지 않은 거잖아."

잭이 중얼거렸다.

"아와 숲은 있지."

크리스티안이 목소리를 낮춰 말했다. 알레그라도 고개를 끄덕이며 눈을 감았다.

"그곳은 아직 버티고 있으니까. 우리 편 사람들이 그곳에서 부르는 소리를 느낄 수 있어."

"아와 숲은 너무 멀어요."

알렉산더가 미간을 찡그리며 지적했다.

"알아. 하지만 다른 선택이 있나?"

"바니사르, 우리 아버님의 왕국이 훨씬 더 가깝죠. 어쩌면 그곳에서는……"

"바니사르는 빅토리아에게 안전한 장소가 아니에요."

크리스티안이 단호하게 말을 잘랐다.

그에게 모든 문제는 빅토리아를 지키는 일로 귀결되었다. 크리스티안은 빅토리아가 무사하기만 한다면 설사 저항군 멤버들이 하나씩 죽어나간다 해도 눈 하나 깜박이지 않으리라.

빅토리아는 일행들이 벌이는 논의와는 상관없이 샤일에게 치유 마법을 시도하려고 애쓰고 있었다.

"못하겠어요."

마침내 낙담한 그녀가 목이 메어 말했다.

"독이 퍼지는 건 막았지만 사라지게 할 수는 없어요. 나도 너무 지쳤고요. 샤일이 여행을 견딜 수 있을지 모르겠어요."

크리스티안과 알레그라, 알렉산더는 의미심장한 눈길을 주고받았다. 잭은 모두 샤일이 뱀에게 입은 끔찍한 부상에서 살아날 수 있을지 미심쩍어했지만 그것을 입밖에 내지 않으려 한다는 사실을 깨달았다. 잭 역시 무척 지쳤지만, 이렇게 금방 샤일을 포기하려는 생각에는 반감이 들었다. 잭은 말했다.

"시도는 해봐야죠. 끝까지 싸워야 해요. 일찍 떠날수록 빨리 도착할 거예요. 바니사르든 아와 숲이든 상관없어요. 중요한 건 이곳에서 멀리 벗어나는 거예요."

알렉산더는 잠시 그를 바라보다 마침내 고개를 끄덕였다.

모두 동쪽을 향해 걸어가기 시작했다. 하지만 샤일을 부축한 잭과 알렉산더는 걸음이 느렸고, 잭 역시 그들이 벗어날 수 없는 상황에 처했음을 금세 깨닫게 되었다. 지평선 뒤쪽이 위협적인 기다란 실루엣으로 뒤덮이기 시작했기 때문이었다.

셰크들이 추격하고 있었고, 곧 따라잡을 기세였다. 잭은 이 사실을 잘 알고 있지만 쉽게 포기할 수 없었다. 아무리 지쳤어도 죽음을 기다리며 멈출 수는 없었다. 계속 앞으로 나아갔지만 그러는 사이 지평선의 그림자는 점점 더 커지고 있었다.

크리스티안과 빅토리아는 뒤에서 걸어오고 있었다. 크리스티안은 아직도 다리를 절고 있고, 가끔씩 빅토리아에게 슬쩍 기대야만 했다. 잭은 굳이 고개를 돌려 두 사람을 쳐다보려 하지 않았다. 빅토리아가 두 사람 사이에서 결정을 내렸다는 것을, 불행히도 그것이 자신이 아니라는 사실을 직감했기 때문이었다. 때문에 빅토리아가 발걸음을 서둘러 다가와 그의 손을 잡았을 때 깜짝 놀랐다. 잭은 조금 당황하며 그녀를 쳐다보았다. 빅토리아는 뭔가 중요한 할 말이 있다는 듯 눈길을 되돌렸지만, 주위에 다른 사람들이 있었고 이야기하기에 적당한 때는 아닌 듯했다. 하지만 셰크들의 그림자가 지평선을 뒤덮은 지금, 어쩌면 그들에게 다음이란 없을지도 모른다. 두 번 다시는.

알렉산더가 뒤쪽으로 짧게 시선을 던지며 말했다.

"이렇게 계속 갈 수는 없어. 금방 우리를 따라잡을 거다. 맞서서 정면대결을 벌여야만 해, 그게……"

"……등 돌리고 도망치는 것보다는 나으니까요."

잭이 미소를 지으며 그의 말을 마무리했다.

저항군 멤버들은 눈빛을 교환했다. 모두 그 말이 무슨 의미인지 잘 알고 있었다. 계속 걸어간다면 셰크들이 따라잡아 죽일 것이다. 싸우기 위해 멈춘다 해도 셰크들은 어쨌든 그들 모두를 처치할 것이다. 무엇을 하든 결국 최후를 맞이하게 된다는 말이었다.

"등 돌리고 도망치는 것보다는 나아요."

빅토리아도 당당히 고개를 들어올리며 같은 말을 되풀이했다.

나머지 사람들도 어두운 표정으로 고개를 끄덕였다. 모두 마지막이라는 걸 알면서도 전투를 치를 각오를 했다. 그리고 무기를 준비하고 적들을 기다렸다. 셰크들이 돌진해 내려올 때, 잭과 빅토리아는 어쩌면 마지막일지도 모른다는 생각에 서로의 손을 찾아 꼭 쥐었다.

빅토리아는 싸울 준비를 하고 지팡이를 들어올렸다. 그녀의 눈이 잠시 크리스티안에게 머물렀다. 그는 조금 떨어진 곳에서 그들을 향해 강하해오는 셰크들을 똑바로 노려보고 있었다. 그가 빅토리아의 눈길을 느끼고 돌아보았다.

'정말 미안해, 크리스티안.'

빅토리아는 생각했다.

'내 탓이야.'

그는 빅토리아의 마음을 알아차리고 반쯤 미소를 지었다.

'내 종족을 등지겠다고 마음먹은 건 나야.'

그가 텔레파시로 대답했다.

'내가 원해서 이곳에 있는 거야.'

빅토리아의 마음이 죄어왔다. 잭 때문에, 크리스티안 때문에, 샤일과 알레그라, 알렉산더 때문에, 그리고 빅토리아 자신 때문에. 그녀는 지팡이를 들어올리며 싸우다 죽으리라 다짐했다.

그때 크리스티안이 눈을 가늘게 뜨며 고개를 들어올리더니, 그의 귀에만 들려오는 무언가를 들으려는 듯 동쪽으로 고개를 돌렸다. 그곳에 여명의 첫 햇살이 비추고 있었다.

"저기요!"

그가 소리쳤다.

일행은 그가 가리킨 방향을 쳐다보고 그들을 향해 날아오는 황금빛 형상들을 보았다. 알레그라의 두 눈에 눈물이 고였다.

"이제 살았어."

알레그라는 이렇게 말할 뿐이었다.

혼란스러운 순간들이 이어졌다. 빅토리아는 알레그라가 그들을 주위에 불러모아 다시 한 번 순간 이동 주문을 걸었던 것만을 기억했다. 그들은 그리 멀리 도망가지 못했고, 셰크들과 맞닥뜨릴 순간은 단 몇 분밖에 남지 않았다. 하지만 구원군이 새벽 햇살 속에 다가오고 있었고, 그쪽으로 갈 기회를 잡을 수만 있다면 반드시 그래야만 했다.

빅토리아는 지팡이를 작동하여 대기중의 모든 마법을 최대한으로 뽑아올렸고, 저항군을 동쪽으로 멀리 데려가기 위해 알레그라와 함께 힘을 합쳤다. 순간 어지럽고 힘이 빠지더니 조금 멀리, 일이 킬로미터 정도 떨어진 곳으로 이동하는 듯했다. 힘센 앞발이 세게 그녀를 붙잡아 공중으로 들어올리는가 싶더니 빅토리아는 점점 멀어지는 땅을 바라보며 의식을 잃었다.

정신을 차리자 그녀는 거대한 황금새의 등을 탄 채 날아가고 있었다. 뒤에서 잭이 이 상황을 보고 놀라 떨어지지 않도록 두 팔로 그녀를 꼭 붙잡았다. 제대로 자리를 잡는 데 조금 시간이 걸렸고, 그런 뒤 그녀는 뒤돌아 친구를 보았다.

"잭? 어떻게 된 일이야?"

표정엔 피로가 잔뜩 묻어 있으면서도 잭은 미소를 지으며 그녀를 바라보았다. 바람이 그의 금발머리를 흐트러뜨렸다. 잭은 이 상황이 마음에 드는 모양이다.

"이제 우린 탑에서 멀어지고 있어. 이들이 우리를 구하러 왔고 셰크 놈들을 뒤에 떨어뜨려놓은 거야. 보라고."

빅토리아가 주위를 둘러보았다. 예전에도 황금새를 본 적이 있다. 몇 주 전, 이둔의 마법사들이 네크로맨서로부터 그녀를 구출하러 드락웬 탑에 왔을 때였다. 지금 그녀 가까이에 십여 마리의 황금새들이 각각 다른 종족의 마법사들을 태운 채 날고 있었다. 알레그라와 알렉산더가 탄 새가 바로 곁에서 날고 있었고, 조금 저쪽에 홀로 크리스티안을 태우고 있는 새도 보였다.

"샤일은 어디 있어?"

사경을 헤매고 있던 샤일을 떠올린 빅토리아는 불안한 마음에 물었다.

"저기 봐. 무리를 이끄는 새 위에 타고 있어."

빅토리아가 앞쪽을 보려고 목을 쭉 뻗자 잭이 조금 더 빨리 날도록 박차를 가해 제일 앞에 날고 있는 새 가까이로 다가갔다. 그러자 빅토리아는 죽은 사람처럼 창백한 얼굴로 의식을 잃은 샤일이 새를 몰고 가는 사람의 품에 안겨 있는 모습을 볼 수 있었다. 초록색과 은색의 튜닉을 입은 사람이었다. 기수가 이들의 출현을 알아채고 돌아보자, 빅토리아는 그가 고운 하늘색 피부를 지닌, 조금 긴 두상에 머리카락이 없는 여인이라는 걸 알았다. 짙은 보랏빛 눈이 짧은 순간 빅토리아를 응시하고는 샤일의 의식 없는 얼굴을 내려다보았다. 이 여인이 누구인지는 모르지만 어쨌든 샤일이 친절한 사람의 품안에 안겨 있다는 건 알 수 있었다.

다시 두 사람이 조금 뒤로 빠지자 잭이 빅토리아의 무언의 질문에 대답해주었다.

"저 여자 분이 여기까지 마법사들을 이끌고 왔어. 아마 내 짐작엔 제일 힘이 센 마법사인가 봐."

"아니야, 마법사가 아니야."

빅토리아가 부정했다. 그녀는 잭보다 더 큰 관심을 갖고 이둔의 서로 다른 종족들의 풍습을 공부해왔다.

"그녀는 사제야. 입고 있는 튜닉 색으로 보면 땅의 여신인 위나 신을 섬기고 있을걸."

"천상족 사제구나! 천상족들의 신은 바람의 신인 요하비르라고 생각했었는데, 아니야?"

"맞아. 하지만 요하비르는 트리아다, 즉 세 태양신들 중 하나야. 여자들은 세 태양 교단의 사제가 될 수 없어."

빅토리아의 시선은 다시 크리스티안을 찾아 헤맸다. 조금 떨어진 곳에 그가 보였다. 그가 타고 있는 황금새는 자신에게 배정된 기수가 그다지 마땅치 않았지만, 감히 불복종할 엄두를 내지 못하고 있는 듯했다. 빅토리아는 몸이 움찔했다. 새는 자신이 적인 셰크를 태우고 있다는 걸 알아챈 것이다. 그러자 마법사들, 그리고 특히 여섯 신의 사제들이 크리스티안의 진정한 정체를 알게 되었을 때 무슨 일이 벌어질지 궁금했다.

빅토리아가 크리스티안을 바라보고 있다는 걸 깨달은 잭은 다시 한 번 자신이 지금 이 자리에 어울리지 않는다는 생각이 들었다. 그는 용으로 변신하려고 애썼지만 그러지 못했다. 빅토리아와 그 이야기를 하고 싶었고, 그녀의 기대를 채워주지 못할 것 같은 두려움, 그리고 무엇보다 자신이 그녀에게 어울리지 않는것 같다는 의구심에 대해 말하고 싶었다.

하지만 그는 아무 말도 하지 않았다. 설사 빅토리아가 잭에게 아주 깊은 감정을 지닌 듯이 보이기는 해도, 이미 너무 늦었다.

조만간 빅토리아가 크리스티안과 함께 떠나는 것으로 결론이 날 것이다. 그리고 이 문제를 그녀에게 털어놓아서는 안 된다. 아무리 고통스럽다 하더라도 빅토리아가 가는 길을 방해하거나 그녀의 의지를 거스르며 곁에 잡아두어서는 안 되기 때문이다.

그녀의 시선을 피하자니 어색한 기분이 들었다. 빅토리아가 이를 눈치 챘다.

"잭, 무슨 일이야? 괜찮아?"

"괜찮아."

잭은 거짓말을 했다.

"아무것도 아니야. 그냥 좀 지쳐서 그래. 정말이야."

그녀가 믿지 못하겠다는 표정을 하자 그가 고집스럽게 말했다.

"긴장 풀고 여행을 즐기라고."

잭은 미소를 지으며 덧붙였다.

빅토리아도 미소를 지으며 고개를 끄덕였다. 잭에게 기댄 채 시선을 들어 하늘을 바라보자 그녀의 눈앞에 이둔의 세 태양이 빛나고 있었다. 칼리노르, 에바노르, 이메노르. 창공에 박혀 빛나는 세 개의 보석 같은 천체였다. 가장 큰 태양인 칼리노르는 거대한 붉은 구체로, 지구에서 빛나는 태양의 거의 두 배 크기였다. 흰색 쌍둥이 별 에바노르와 이메노르가 붉은 태양 아래 자리 잡고 있었고, 세 태양은 칼리노르를 꼭짓점으로 삼각형 모양을 이루고 있었다.

"쳐다보기만 해도 열기가 느껴져."

빅토리아가 흠칫 놀라며 말했다.

"그런데 어째서 우리는 불타지 않는 거지?"

잭은 태양들을 쳐다보며 생각에 잠겼다.

"그건 잘 모르겠네. 그런데 저 제일 큰 태양이 제일 나이 많은 별처럼 보여. 어디선가 읽었는데, 별들이 나이를 먹으면 크고 붉게 변한대. 바로 그 때문에 그다지 뜨겁지 않은 게 아닐까 싶어. 아니면 우리 생각보다 훨씬 더 멀리 있어서 그럴 수도 있고, 알 수 없지, 뭐. 그것도 아니면 대기의 구성 때문일 수도 있고. 아마 이 행성의 대기가 지구의 대기보다 더 효과적으로 태양광선을 차단하는 걸지도 몰라."

"공기가 더 무거워."

빅토리아도 동의했다.

"어떤 성분인지는 모르겠어. 어쨌든 마음에 들어. 뭐라고 설명해야 할지 모르겠지만 좋은 향기가 나."

잭이 미소를 지으며 말했다.

"숨쉬기도 아주 쉬워. 숨을 들이마실 때마다 영양 섭취를 하는 것 같고, 폐 안에 공기가 가득 차는 느낌이야. 희한하네, 그렇지?"

빅토리아가 물었다.

"이둔은 세 태양 중 하나를 중심으로 돌고 있을까? 아니면 세 태양 모두의 주변을 도는 걸까?"

"후자가 아니라면 절대로 밤은 오지 않을 거야. 안 그래?"

빅토리아는 고개를 들어 꿈꾸는 듯 천체를 바라보며 말했다.

"어쩌면 우리가 알고 있는 우주 법칙을 이곳에 적용하는 건 의미가 없을지도 몰라. 차원의 문을 넘어섰을 때, 우린 다른 세계가 아니라 다른 현실, 다른 우주에 온 것일 수도 있어. 그런 생각 안 들어?"

잭이 웃었다.

"내가 정말 궁금한 건 어떻게 영혼이 자기 몸도 아닌 다른 육체에 들어가고 또 몸이 그 영혼의 본질에 맞게 변하는가 하는 거야. 예를 들어 네 몸이 유니콘으로 변신하는 것처럼 말이야. 그거야 말로 모든 물리법칙에 모순되는 거 아냐?"

"그런 것 같네."

빅토리아가 미소를 지었다.

잭의 품에서 안전함을 느낀 빅토리아는 용기를 내어 좀더 앞으로 몸을 내밀고 풍경을 응시했다.

그들은 두 산맥 사이에 낀 거대한 평원 위를 날고 있었다. 북쪽으로는 거대한 돌로 이루어진 회색 산맥의 눈 덮인 꼭대기들이 짙은 보랏빛 구름에 둘러싸여 있었다. 남쪽으로는 갖가지 모양으로 연결된 황갈색 산들이 거대한 궁궐의 뾰족탑처럼 하늘 높이 솟아 있었다. 두 산맥 사이로 흐르는 강이 여기저기 흩어진 마을과 작은 숲, 경작중인 밭들이 있는 기름진 땅에 물을 대고 있었다.

"난델트야."

빅토리아가 림바드에서 본 지도를 떠올리며 말했다.

"인간들의 땅이지. 우린 바니사르로 가는 건가?"

잭은 어깨를 으쓱했고, 정작 그 질문에 대답한 사람은 빅토리아 자신이었다.

"아니야, 저길 봐! 여긴 난델트일 리가 없어!"

빅토리아가 가리킨 방향을 보자 지평선 쪽에 신비로운 안개에 둘러싸인 커다란 초록색 덩어리가 보였다. 일행은 거대한 숲 같은 그곳으로 향하고 있었다.

"저건 아와 숲 아냐?"

빅토리아가 왜 의아해하는지 몰라 잭이 물었다. 빅토리아는 고개를 가로저었다.

"내 기억이 잘못된 게 아니라면 아와 숲은 카슬룬 탑에서 아주 멀리 있어. 우리가 난델트를 이렇게 빨리 통과할 수는 없었을 거야. 아무리 날아서 간다고 해도 거기까지 가려면 여러 날이 걸릴 텐데."

잭이 크게 웃었다.

"물론이지. 네가 자느라 몰랐구나. 마법사들이 순간 이동을 해서 훨씬 더 빨리 온 거야. 우리를 곧장 목적지까지 데려가지는 못했지만 여행을 단축시킬 수는 있었지. 그러지 않았다면 셰크들을 떼어놓을 수 없었을 거야."

빅토리아는 고개를 끄덕일 뿐, 아무 말도 하지 않았다. 두 사람은 압도된 표정으로 눈앞에 야성적으로 펼쳐진 숲의 장관을 응시했다. 멀리서 보면 널리 펼쳐진 초록색 선일 뿐이지만 가까이서 본 아와 숲은 온갖 놀랄 만한 색채로 넘쳐나고 있었다. 그곳에 있는 것들은 모두 거대하면서도 유리세공품처럼 섬세해 보였다. 나무들은 끝이 이상한 모양을 이루고 있었다. 뿔처럼 뾰족한 것, 나선형, 총 천연색 실로 짠 듯 반짝이며 서로 얽힌 것, 잎이 어찌나 넓은지 용 한 마리 정도는 내려앉아도 끄떡없을 듯한 것들도 있었다.

꽃들도 무진장 많았다. 나무 크기만 한 꽃들, 멀리서 보면 한 송이로 보이지만 자세히 보면 여러 송이가 무리 지어 있는 작은 꽃들, 모자처럼 펼쳐진 것, 가시처럼 뾰족한 것, 스펀지처럼 부풀어오른 것, 하얀색, 파랑색, 빨강색, 보라색, 오렌지색, 벽옥색의 총천연색에 심지어 물처럼 투명한 꽃도 있었다. 가장 키 큰 나무들에서 떨어져 내려온 덩굴 비슷한 식물들이 폭포처럼 층을 이루었고, 옹달진 나뭇가지 사이에 흩어져 피어난 버섯들도 있었다. 사람 크기만 한 버섯 군락지도 있는데 어찌나 넓은지 공중에서도 구분할 수 있을 정도였고, 그 색은 또 어찌나 다양한지 쳐다보기가 어지러울 정도였다. 크리스털처럼 맑은 급류, 무성한 나뭇잎 사이로 어렴풋이 보이는 폭포도 있는데, 물소리가 새로운 생명의 상쾌한 약속처럼 그들이 있는 곳까지 콸콸 들려왔다.

새들이 하강을 시도하자 잭과 빅토리아는 떨어지지 않도록 깃털을 더 세게 붙들었다. 황금빛 물줄기가 나무에서 솟아오르는 것을 본 일행이 그쪽을 향해 방향을 틀었다. 아마 일종의 신호이리라. 더 가까이 다가가자 정말로 꽃가루 같은 황금빛 가루가 높이 솟구치는 모습이 보였다. 첫번째 새가 끽끽 하는 울음소리와 함께 바로 그 나무들 위로 파고들었다. 잭은 생각했다.

'저곳이 우리가 들어가야 할 곳인가봐.'

곧이어 모든 새들이 첫번째 새를 따라 숲속으로 들어갔다. 무성한 나뭇잎 사이로 한참을 더 내려가는 듯했고, 잭과 빅토리아는 나뭇가지에 걸리지 않도록 새 등을 더 꽉 잡아야만 했다. 식물들의 미로를 헤쳐갈 공간을 찾기는 쉽지 않았지만, 그래도 새들은 놀라울 정도로 손쉽게 길을 찾아가고 있었다. 몇 분 후, 그들은 개울 옆에 펼쳐진 숲속의 공터에 착륙했다.

잭은 단번에 새 등에서 내려왔다. 그리고 아직도 비행으로 들뜬 채 미소를 지으며 손을 내밀어 빅토리아가 내려오는 걸 도와주었다. 두 사람은 주변을 둘러보다가 그대로 숨이 멎어버렸다.

수십 명의 사람들이 그들 주위에 모여 경외심이 깃든 엄숙한 침묵 속에 그들을 쳐다보고 있었다. 인간도 있었지만 대부분 요정족, 천상족, 실포, 그노모, 두엔데, 사막의 주민인 얀 들이었고, 양서족인 바루 족도 두어 명 비늘이 덮인 머리만 물 밖으로 내민 채 두 사람을 주시하고 있었다.

그들 중 상당수는 마법사였다. 그들은 신비를 상징하는 수놓은 튜닉을 입고 다양한 유리구슬로 장식하고 있었다. 또한 그들의 구출을 주도한 천상족 여인과 같은 사제들도 있었고, 한 무리의 전사들과 용병들도 있었다. 그렇지만 단순히 피난민처럼 보이는 사람들도 많았다. 농부들, 목동들, 장사꾼들, 장인들로, 셰크가 무서워 고향 땅에서 도망쳐 나온 뒤, 아와 숲으로 숨어든 사람들이었다.

그때, 세 인물이 두 사람 앞으로 다가와 섰다. 인간 마법사 한 사람과 천상족과 바루 족 사제 둘이었다. 둘의 이마에는 황금빛 끈 장식이 둘러져 있었다. 잭과 빅토리아는 이들이 중요한 이들이라는 걸 즉각 알아챘다. 그들의 몸짓에선 권위와 위엄이 넘쳤고, 모두 그들의 말을 숨죽여 기다리고 있었다. 이둔의 위대한 왕의 아들인 알렉산더까지 그들 앞에서 머리를 조아리고 있었다. 잭은 분위기가 어색하여 두 다리에 번갈아가며 체중을 실었다. 마법사가 두 사람을 뚫어지게 쳐다보았다. 그는 초로의 나이에 청록색이 감도는 긴 머리카락을 뒤로 땋아내리고 있었다. 의심의 기미가 도는 그의 짙은 눈이 이미 많은 것을 알고 있다는 듯 두 사람을 주시했다.

"그대들이 예언에서 말한 자들인가?"

그가 질문했다.

잭은 무슨 말을 해야 할지 몰랐다. 빅토리아가 몇 걸음 앞으로 나와 아이셀의 지팡이를 잡고 공손하게 대답했다.

"전 루나리스, 최후의 유니콘입니다."

그곳에 모인 사람들 사이에서 술렁이는 소리가 났다. 잭이 깊이 심호흡을 하고 말했다.

"저는……얀드라크입니다."

그러고는 아무 말도 덧붙이지 않았다. 그럴 필요가 없었다. 그 이름에 그가 처한 상황과 정체성이 다 함축되어 있기 때문이었다.

술렁이는 소리가 한층 더 크게 높아졌다. 마법사는 고개를 끄덕일 뿐 아무 말도 하지 않았다. 이번에는 바루 족 여사제가 말을 걸었다.

'아와 숲에 온 걸 환영해요, 얀드라크, 루나리스.'

모든 사람들의 머릿속에 여사제의 목소리가 울려퍼졌다. 바루 족도 셰크들과 마찬가지로 발성이 부족해 텔레파시로 소통을 한다.

'내 이름은 가에달루, 세 달 교단의 존자(尊者)이자 여교왕(女敎王)이지요. 여기 나와 함께하고 있는 이들은 대마법사 콰이다르와 세 태양 교단의 존자, 교왕 하딘이에요.'

빅토리아는 재빨리 잭과 시선을 교환했다. 잭이 알아들었다는 표시를 했다. 마법 종단과 두 교단은 왕과 왕실, 귀족들보다 위에 있으며, 아슈란과 셰크들이 침입하기 전까지 이둔을 통치했다. 그 지도자들이 바로 눈앞에 있는 것이다. 잭과 빅토리아는 예언이 말한 구원자로서 이둔에 도착한 것이며, 콰이다르와 하딘, 가에달루가 두 사람을 직접 맞이했다는 것은 그들이 얼마나 많은 것을 기대하고 있는지 보여주는 증거였다. 그리 기분 좋은 일만은 아니었다. 잭과 빅토리아는 겨우 삼 주 전에야 그들의 정체성을 깨달았기 때문이었다.

"그대들은 예언을 실현하기 위해 온 것이오?"

콰이다르가 질문했다. 하딘이 진정시키려는 듯 동료의 팔에 손을 얹었다.

"진정해요, 대마법사. 예언에 대해 이야기할 시간은 따로 있을 거요. 이 젊은이들은 긴 여행에서 이제 막 도착했고, 불과 몇 시간 전에 죽음의 위기로부터 도망쳐 오지 않았소. 분명 지쳐 있을 것이오."

흥분을 가라앉힌 대마법사가 말했다.

"당신 말이 맞소. 나의 무례를 용서해주오, 젊은이들. 불과 오일 전에 카슬룬 탑이 함락되었고, 우린 그 충격에서 아직 벗어나지 못했소. 모든 희망을 잃어버렸기 때문이지."

"그것도 나중에 이야기합시다. 지금은 손님들을 보살펴야 합니다."

보랏빛 눈으로 방금 도착한 이들을 둘러보던 하딘의 온화한 표정이 돌연 평소에는 잘 짓지 않을 듯한 엄한 표정으로 얼어붙었다.

"넌……"

그는 단지 이렇게 말할 뿐이었다.

빅토리아는 그가 누구를 말하는지 알아채고 돌아보았다. 하딘의 눈길은 역시 크리스티안을 응시하고 있었다. 크리스티안은 무표정하게 아무 말도 없었다. 그저 감정 없는 눈으로 상대방의 눈길을 마주볼 뿐이었다.

"넌 셰크군."

하딘이 목소리를 낮추며 말을 끝맺었다.

사람들 사이에 웅성웅성하는 탄식이 들렸다. 몇몇 전사들이 크리스티안을 공격할 태세를 취하며 앞으로 나아오자, 하딘이 손을 들어올리며 조용히 하라는 표시를 했다. 모두 그 말에 따랐다.

"전 셰크입니다."

크리스티안이 시인했다. 그리고 아무 말도 하지 않았다.

대마법사는 격분하여 이제 막 도착한 사람들을 돌아보았다.

"그대들은 어찌 감히 이 생물을 아와 숲으로 데려올 수 있단 말이오?"

"아뇨, 그는……"

빅토리아가 말을 꺼내려 했으나 그 순간 가에달루의 생각이 모든 사람들의 머릿속으로 피할 수 없이 파고들어왔다.

'이곳은 우리에게 유일하게 안전한 곳이에요! 셰크가 여기에 온 이상, 이제 우리를 구할 길은 아무것도 없어요. 예언조차도 말이죠.'

"아니에요, 기다려요!"

콰이다르와 가에달루가 무리에게 전하는 말을 듣고 빅토리아가 소리쳤다.

"그는 다른 셰크들과 달라요. 우리가 이곳까지 오게 도와주었다고요. 모두 제 말 좀 들어보세요! 크리스티안은 우리 편이에요. 그는 여러 번 제 생명을 구해줬어요."

그리고 그녀는 나지막한 목소리로 마무리지었다.

"그 때문에 다른 셰크들은 그를 배신자로 여기고 있어요."

하딘이 걸어나와 빅토리아의 눈을 들여다보았다. 빅토리아는 결의에 찬 자세로 침착하게 그 눈길을 마주보며 그가 자신의 의식을 탐색하기를 기다렸다. 이 천상인이 빅토리아가 진실을 말하는지 알아내고자 할 게 분명했기 때문이었다. 하지만 하딘은 찬찬히 살펴보기만 할 뿐이었다. 그리고 그가 큰 소리로 알렸다.

"이 소녀가 하는 말이 옳아요. 우리는 예언이 어느 셰크에 대해서도 말하고 있다는 사실을 잊어서는 안 될 것이오."

가에달루가 마지못해 고개를 끄덕였다. 그러자 하딘이 크리스티안에게 다가갔다. 하지만 그는 움직이지 않고 가만히 있었다.

"그대는 우리 편인가?"

"저는 빅토리아의 편입니다."

그는 빅토리아를 손으로 가리키며 대답했다.

"그게 당신들 편임을 의미한다면, 네, 그렇습니다. 저는 당신들 편입니다."

다시 새로운 술렁거림이 일었다. 분개하는 사람들도 있고 소동을 일으키려는 사람들도 있었다. 잭은 무슨 일인지 즉시 알아채고 빅토리아에게 주의를 주려 했지만, 콰이다르와 가에달루가 듣지 않게 말할 방법이 없었다.

"이걸로 이제 충분한 것 같군요."

하딘이 알렸다. 그러자 가에달루가 말했다.

'내 생각은 그렇지 않습니다. 하딘, 당신이 예언 얘기를 꺼냈죠. 만일 이 젊은이가 신탁에서 말한 그 셰크라면 이미 자신의 역할을 다한 거예요. 우리 쪽에서 그를 처단한다면 분명 비열한 짓이 되겠죠. 그 말은 맞습니다. 하지만 그렇다 해도 그를 받아들이는 것 또한 미친 짓입니다. 이제 그는 더이상 이곳에서는 필요가 없습니다. 그리고 그가 자신의 옛 모습을 포기했는지도 알 수 없고요.'

"셰크는 떠나야만 하오."

대마법사가 결론을 내렸다.

"하지만 그는 떠날 수 없어요!"

빅토리아는 군중들이 모두 들을 수 있도록 외쳤다.

"만일 그를 내친다면, 그건 그에게 죽으라는 것과 마찬가지예요. 다른 셰크들이 가만두지 않을 테니까요!"

크리스티안을 죽이라는 외침이 들렸다. 가에달루는 고개를 가로저었고, 콰이다르의 표정은 여전히 돌처럼 굳어 있었다. 빅토리아는 친구들을 돌아보며 도움을 청했지만, 알레그라도 알렉산더도 그들 세계의 지도자들을 거스르는 행동을 할 수 있을 것 같지 않았다.

"믿을 수가 없어."

빅토리아는 격앙된 채 중얼거렸다.

"빅토리아, 기다려!"

잭이 외쳤지만 빅토리아는 그의 말을 듣지 못했다. 빅토리아는 크리스티안 앞에 꼿꼿이 서서는 당당하게 고개를 들며 선언했다.

"만일 그가 떠나야 한다면, 저 역시 떠날 거예요."

돌연 공터에는 무거운 침묵이 내려앉았다.

"그건 안 될 일이야."

하딘이 비탄에 잠겨 고개를 흔들며 작은 소리로 말했다.

빅토리아는 입술을 깨물었다. 이들에게 셰크를 믿어달라고 부탁할 수 없다는 걸 잘 알고 있었다. 그들은 십 년 넘는 세월 동안 셰크들의 지배를 받았다. 그들의 유일한 희망을 앗아가겠다고 위협해서도 안 될 일이었다.

그러나 크리스티안에게 등을 돌릴 수는 없었다. 그 모든 일을 겪고 난 지금 그럴 수는 없다.

"그가 어디를 가든, 난 함께 갈 거예요."

그녀는 부드럽지만 단호하게 말했다.

"여러분이 그를 죽음으로 내몰면 저도 동행할 거예요."

그녀의 이 뜻밖의 말에 어떤 이들은 실망하거나 두려워하기도 했고, 어떤 이들은 화를 내기도 했다.

가에달루는 빅토리아에게 차가운 시선을 던졌다.

'유니콘이 이런 식으로 행동하리라고는 한 번도 생각해본 적이 없군.'

잭은 잠시 눈을 감고 심호흡을 한 뒤 앞으로 한 걸음 내디뎠다. 그리고 나지막이 선언했다.

"두 사람이 간다면, 저 역시 떠날 겁니다."

모두 믿을 수 없다는 듯 쳐다보았지만 잭은 단호한 태도를 유지했다. 빅토리아는 감사의 눈빛을 보냈다.

'크리스티안 때문이 아니라 널 위해서야.'

잭은 빅토리아에게 그렇게 말하고 싶었다. 이 사람들은 빅토리아를 예언의 영웅으로, 아슈란과 셰크들로부터 자신들을 구해줄 영웅으로 여기고 기다려왔다. 루나리스가 셰크와 사랑에 빠질 수 있다는 일말의 가능성도 받아들이지 못할 것이고 그 생각만으로도 언짢아할 터이다. 잭은 그들이 극단적인 반응을 보이지 않기를 바랐다. 그건 상상조차 하기 싫은 일이었다. 만일 자신이 끼어들어 크리스티안에게 유리한 쪽으로 말한다면, 빅토리아와 셰크 사이가 특별한 관계라는 의심을 벗을 수 있을 것이다. 적어도 그럴 수라도 있기를 바랐다.

하지만 나중에 둘이만 있게 된다면 빅토리아에게 따로 설명을 해둬야 할 것이다.

"우리는 추방지에서 십오 년을 보냈습니다."

잭이 크고 분명한 목소리로 말했다.

"우리 세상이 아닌 곳에서 살아남은 겁니다. 이 셰크는,"

잭이 크리스티안을 가리키며 덧붙였다.

"아슈란과 자기편을 배신했고 그 때문에 혹독한 처벌을 받았습니다. 아슈란의 손아귀에서 빠져나와 저희와 한편이 된 거죠. 우리가 지구에 갇혀 있을 때 이둔으로 돌아오게 해주었고요. 그는 우리 편에서 함께 싸웠습니다. 저항군의 일원이라는 것을 직접 증명해 보인 겁니다.

우리는 아슈란에게 도전하고 예언을 실현할 목적으로 이둔에 돌아왔습니다. 여러분이 도와줄 거라는 기대를 갖고 이 숲에 온 겁니다. 그런데 지금 여러분은 뭘 하고 있는 거죠? 우리의 동맹자를 죽음에 처하게 하고 있지 않습니까!"

다시 술렁이는 소리가 들려왔다. 하지만 잭은 이제 사람들이 빅토리아를 불신의 눈으로 보지 않는다는 것을 감지했다.

"이 셰크는 우리와 함께 남을 겁니다."

잭이 선언했다.

"여러분이 동의하지 않는다면, 우리는 다른 곳에 기반을 마련하러 떠나겠습니다."

무리 속의 누군가가 소리를 질렀다.

"하지만 그자는 셰크야!"

"그리고 저는 용이죠."

잭이 냉랭하게 대답했다.

"최후의 용이죠. 그는 반드시 우리와 함께 남아야 한다고 말씀드립니다."

목덜미에 와닿는 크리스티안의 얼음 같은 시선을 느끼며 이런 상황에서 그가 무슨 생각을 할지 잭은 궁금해했다.

"당신이 용이라는 걸 우리가 어떻게 알죠?"

누군가 말을 꺼내자 여러 사람들이 이구동성으로 같은 질문을 던졌다.

대마법사는 손을 들어 항의하는 사람들의 입을 다물게 했다.

"그는 용이 맞습니다. 십오 년 전에 우리가 차원의 문을 통해 보낸 그 존재입니다. 하지만 지금은 그 이상이지. 안 그런가? 인간의 영혼도 지니고 있으니까."

잭은 대답 없이 마법사의 추궁하는 듯한 눈길을 마주 보았다.

"이 셰크도 단순한 셰크는 아니군."

하딘이 부드러운 목소리로 끼어들었다.

"내 말이 맞지요?"

"제 일부는 인간입니다."

크리스티안이 시인했다. 그는 뭔가 더 말하려는 듯했으나 그러지 않는 게 낫겠다고 판단했는지 그냥 입을 다물었다. 잭은 덧붙였다.

"저희는 지치고 부상을 입었습니다. 방금 전에 죽음의 위기에서 빠져나왔으니까요. 한 사람은 기적적으로 살아 있지만, 응급 조치가 필요합니다. 우리를 받아들일 건가요, 아니면 다른 장소를 찾아야만 하는 건가요?"

대마법사와 두 존자가 눈빛을 주고받았다. 콰이다르는 졌다는 듯이 어깨를 축 늘어뜨렸다. 가에달루의 입에서는 가벼운 한숨이 흘러나왔다. 그녀도 지친 모양이었다. 잭은 가에달루의 비늘로 덮인 피부가 갈라지기 시작하는 걸 보고 분명 너무 오랫동안 물 밖에 있어서 그런가보다 하고 생각했다. 하딘은 잭과 빅토리아를 푸른 눈으로 응시하며 말했다.

"아와 숲에 온 걸 환영하오."

그리고 그는 크리스티안을 돌아보며 미소를 짓고 덧붙였다.

"여러분 모두 말입니다."

크리스티안은 가볍게 고개를 숙이며 감사의 뜻을 표했다. 빅토리아는 안도의 한숨을 내쉬었다.

'놈들이 도망쳤군.'

세스하크가 말했다. 아슈란이 미소를 지었다.

"그 정도로 없앨 수 있을 거라곤 기대도 하지 않았지. 그들은 어쩔 수 없이 나와 맞설 운명이야. 그렇게 쉽게 죽일 수 있었다면 아마 꽤 실망했을걸."

'그들은 아와 숲으로 피난했다.'

셰크가 정보를 주었다.

"놀랄 일도 아니지. 이둔 전체에서 그들이 안전하게 있을 수 있는 유일한 곳이니까. 아니, 적어도 그들 생각으로는 그렇겠지."

아슈란이 뱀의 왕을 향해 돌아섰다.

"내가 부탁한 일은 했나?"

질문의 대답인 양, 세스하크는 번득이는 눈을 굴리며 서서히 문을 향해 고개를 돌렸다. 그는 머릿속으로 명령을 내려 문 밖에 대기하고 있던 생물을 들여보냈다. 아슈란의 지상군 병력인 뱀 인간 종족, 시슈가 고개를 숙이며 들고 있던 기다란 물건을 셰크의 발밑에 바쳤다. 세스하크는 무심하게 말했다.

'여기 있다. 완전히 죽었지. 부탁했던 대로.'

네크로맨서가 다가가 시슈가 가져온 물건을 응시했다.

"하이아스."

아슈란이 나지막이 뇌까렸다.

"안됐군."

키르타슈가 휘둘렀던 치명적인 죽음의 칼날이자 모든 얼음의 힘을 품은 장엄한 마법의 검은 이제는 그저 평범한 강철에 지나지 않았다. 비축하고 있는 신비한 힘을 과시하던 특유의 푸른빛을 띤 흰 광채도 꺼져버렸다. 아마도 영원히.

세스하크는 기다란 몸통을 똬리 틀어 그 위에 머리를 얹고는 무심한 표정으로 아슈란을 응시하며 말했다.

'검을 만들어서는 안 되는 거였다. 셰크의 힘을 담고 있는 무기를 인간에게 건네준 건 실수야. 사실 우린 그런 우스꽝스런 인간의 검 따윈 필요하지도 않았다.'

"당시에는 자네도 그게 나쁜 생각이라고는 말하지 않은 것 같은데."

아슈란이 상기시켰다.

그는 그늘진 구석에서 침묵을 지키며 대기하고 있던 한 인물을 돌아보았다.

"가까이 오너라."

아슈란이 말했다.

여인이 다가왔다. 야성적이고 마음을 들뜨게 하는 아름다움을 지닌 요정은 검은 눈에 올리브빛의 길고 부드러운 머리카락을 지니고 있었다. 아슈란이 검을 건네주자 요정은 고개를 숙이며 공손히 받았다.

"이 검으로 무엇을 해야 할지 알고 있겠지, 게르데."

요정이 사악한 미소를 지었다.

"실망시키지 않겠습니다, 폐하."

세스하크는 별다른 흥미 없이 이 장면을 지켜보았다. 게르데가 무용지물이 된 하이아스를 가지고 홀을 떠나자 그가 한마디했다.

'일이 제대로 될지 심히 의심스럽군.'

"이건 단지 시작일 뿐이라네, 친구. 게르데의 개입은 계획의 시작일 뿐이지. 물론 그들이 첫 단계에서 무너지지 않기를 바라는 바야. 그러면 너무 쉽잖아. 그런데 자네는 지극히 중요한 사항을 잊고 있군, 세스하크."

'뭘?'

"자네에겐 기분 나쁜 일이라 해도, 키르타슈가 아직 셰크라는 사실이지. 그게 무슨 의미인지 자네도 잘 알고 있겠지."

세월이 지나면서 아와 숲의 피난민들은 숲 한가운데 솟은 거대한 나무들 중에서 가장 낮은 가지와 뿌리 사이의 곳곳에 마을을 이루었다. 가까운 곳에는 비단처럼 부드러운 물질로 지은 기묘한 원형의 주거지가 있었다. 그 집들을 보면서 잭은 나비의 애벌레를 둘러싸고 있는 누에고치를 떠올렸다. 이 오두막을 누에고치로 만들었다면 그 안의 벌레는 인간만큼이나 클 터이다.

황금새들이 숲의 공터에 내려앉자마자, 사람들은 샤일을 치료하려고 그를 이 이상한 집들 중 한 곳으로 데려갔다. 빅토리아는 요정 치료사들이 그를 돌보게 해야 한다는 걸 알고 있었지만 자신에게 배정된 오두막 안에 그저 가만히 앉아만 있기가 힘들어 한 바퀴 돌아보려고 밖으로 나왔다.

그리 멀지 않은 곳에 잭, 알레그라, 알렉산더가 있었다. 콰이다르와 하딘도 함께였다. 가에달루는 분명 목욕을 하러 갔을 것이다. 교왕은 말했다.

"요정들이 숲 주위에 강력한 보호 주문을 쳐두었다오. 아슈란조차 어쩔 수 없는 힘이지. 이곳에서 우리는 십오 년 동안 안전하게 지내고 있고, 앞으로도 계속 그러길 바라는 바요."

알레그라가 물었다.

"카슬룬 탑은 어떻게 된 건가요?"

대마법사가 비통하게 대답했다.

"모든 일이 하도 급작스러워서 어떻게 설명해야 할지 모르겠군. 셰크들이 우리를 공격하자 마법 방어막이 무너졌고…… 네크로맨서의 힘을 더 버텨낼 수가 없었던 것 같소. 간단히 말해 네크로맨서의 마법이 더 강력해진 거요. 분명 드락웬 탑의 소생은 이와 깊은 관련이 있을 테고."

빅토리아는 불편한 마음에 시선을 피했다. 어찌 되었든 자기 탓이기 때문이었다. 아슈란은 탑의 힘을 증폭하려고 빅토리아를 이용했다. 그전까지 탑은 죽은 채 버려진 요새일 뿐이었다. 그때의 고통을 떠올리자 속이 죄어왔고, 빅토리아는 다시 현재에 집중하려고 애썼다.

"몇몇 마법사들만 빠져나올 수 있었고 대부분은 그 공격 때 죽고 말았지. 특히 견습생들이 많이 죽었소. 제일 약해 공격받기 쉬웠으니까.

다른 탑들을 부순 것처럼 그 탑도 부술 거라고 모두 생각했었소. 하지만 그대로 놔두더군. 놈들은 꼴 보기 싫은 뱀 인간들을 보내 보물만 모조리 약탈하여 아슈란의 발치에 갖다바쳤을 뿐, 나머지는 돌멩이 하나까지 그대로 두었소."

알렉산더가 중얼거렸다.

"함정을 판 거예요. 그래서 탑엔 손도 대지 않은 거죠."

"다른 두 탑은 파괴되었나요?"

이미 대답을 짐작하면서도 알레그라가 질문을 했다. 대마법사가 대답했다.

"그대도 알듯 아위노르 탑이 제일 먼저 무너졌소. 바로 천체 결합이 일어난 그날에. 데르바드 탑도 곧이어 운명을 함께 했다오."

알레그라는 눈을 가늘게 떴다. 빅토리아는 할머니의 기분이 어떨지 이해할 수 있었다. 데르바드 탑은 오래전 알레그라가 맡았던 곳으로, 천체 결합이 끝난 직후, 그녀가 예언 속의 용과 유니콘을 찾아 지구로 향하면서 떠나온 곳이기 때문이다. 하딘이 덧붙였다.

"신전들도 마찬가지라오. 셰크들은 돌멩이 하나 남기지 않았소. 무슨 이유에서인지 내가 빠져나가게는 해주었지만, 지금은 클라리비덴시아 신전만이 간타드 절벽 높은 곳에 서 있을 뿐이오."

알렉산더가 분노에 찬 눈으로 나지막히 중얼거렸다.

"오, 성스러운 이리알 여신이시여……"

하딘이 말을 이었다.

"셰크들은 나머지 곳들은 그리 심하게 파괴하지 않았소. 대부분 왕국들은 평화롭게 살게 내버려두었는데, 그곳 통치자들이 충성을 맹세했기 때문이었지. 셰크에게 대항하여 반기를 든 자들은 본보기로 처벌을 받았소."

그가 의미심장한 눈길로 알렉산더를 바라보자, 알렉산더는 불안한 마음에 몸을 곧추 세웠다.

"아무도 아슈란과 셰크의 뜻에 반대하지 않은 지 꽤 오래되었다오. 사람들이 점차 그자의 통치에 길들여지고 있다고 할 수 있겠지. 이미 그대가 보았듯 아와 숲의 피난민들이 그리 많지 않은 것처럼."

"그럼 바니사르는요?"

알렉산더가 단도직입적으로 물었다.

"저희 아버님의 왕국은 어떻게 되었습니까?"

바니사르 왕국이 셰크의 통치 아래 함락되었다는 말을 샤일이 했었지만 더이상 자세한 말은 없었다. 알렉산더는 샤일이 그 이상 알지 못하거나, 혹은 그후 그다지 큰 변화가 없었을 거라고 짐작할 따름이었다. 그가 떠나온 후, 계산한 대로 오 년이 아니라 십오 년이 흘렀다는 사실은 아직도 충격이었고, 더이상 질문하지 않는 게 낫겠다는 생각도 했었다. 하지만 이제는 알아야겠다는 각오가 섰다.

"많은 왕들이 침략 이후 셰크들과 싸우러 달려갔지, 알산 왕자. 브룬 왕도 그들 중 한 분이었소."

하딘은 잠시 멈추었다가 말을 이었다.

"그분은 불행히도 전투중에 돌아가셨다오."

알렉산더는 한동안 눈을 감았다. 잭은 친구의 팔에 손을 얹으며 위로했다.

"왕자인 그대도 사라지고 없는 상태였지. 그래서 그대의 동생인 암린이 브룬 왕이 돌아가신 후 왕좌에 올랐다오."

"동생은 통치 교육을 받지 않았는데. 또한 이런 위기에 맞설 준비가 되지도 않았고요."

"그가 왕으로서 제일 먼저 한 행동은 셰크들에게 항복하고 그들의 조건을 받아들이는 것이었지."

알렉산더는 시선을 피했다.

"그 일로 동생을 책망하지고 싶지는 않습니다. 아마 다른 선택이 없었을 테니까요."

"신하들도 처음에는 그를 탓했지만 지금은 불평하는 사람들이 거의 없을 거요. 바니사르는 셰크들과 동맹을 맺은 덕분에 평화를 누리고 있으니까."

"그런데 왜 저항군에 합류하지 않는 거죠? 상황이 많이 변했잖아요. 이제 용과 유니콘도 이둔에 돌아왔으니 우리가 이길 가능성도 있고요."

"그대가 동생과 이야길 나눠봐야 할 거요. 내가 보기엔 전쟁을 치를 준비는 전혀 하지 않는 것 같으니까."

"아니면 그럴 필요가 없는 거겠죠."

대마법사가 끼어들었다.

"알산, 자네는 왕국의 적법한 왕세자 아닌가. 바니사르에 돌아가면 왕위를 주장할 수 있을 터이네."

알렉산더는 망설였다. 잭은 친구의 딜레마를 이해했다. 이제 알렉산더는 더이상 몇 년 전 이둔을 떠난 그 사람과 같은 사람이 아니기 때문이다. 엘리온의 주문이 실패하여 그의 절반이 야수로 변신했고, 야수적 특성은 기회가 있을 때마다 나타났다. 언젠가 바니사르의 왕이 되겠다는 생각을 포기한 지는 이미 오래되었다. 간단히 말해 그 스스로 그럴 자격이 없다고 생각하기 때문이었다. 당연히 자격이 있다고 잭이 아무리 우겨도 아랑곳하지 않았다. 무엇보다 알렉산더 자신이 그런 상태로 스스로 왕위 계승자임을 주장할 수 없다고 느끼기 때문이었다.

바로 그때 자그마한 요정 실포가 날아왔다. 그들 앞에서 숨가빠하며 어쩔 줄 몰라하고 있었다. 급한 소식을 가져온 듯했지만, 대화에 끼어들기를 두려워하고 있었다. 대마법사, 두 존자, 바니사르 왕자, 그리고 당연히 예언의 두 영웅 앞에서 어려워하는 모양이었다.

"말하여라."

교왕이 다정하게 말을 걸었다.

"누굴 찾아왔느냐?"

바닥에 내려앉은 뒤에도 여전히 안절부절못하던 실포는 계속 날개를 떨며 빅토리아에게 깊은 존경의 표시로 몸을 숙였다. 실포가 말했다.

"루나리스 아가씨. 사이세이님이 당신을 찾으러 절 보내셨습니다. 젊은 마법사를 치료하는 데 당신의 마법이 필요하다고 하십니다."

"샤일?"

빅토리아가 걱정스러운 목소리로 물었다.

"안 좋은가요?"

"요정들은 그분이 살아나지 못할까봐 걱정하고 있습니다. 루나리스 아가씨."

3

대신 뭘 줄 거야?

빅토리아는 오두막 안으로 쏜살같이 뛰어들어가 주위를 둘러보았다. 샤일은 짚으로 만든 매트 위에 누워 있었고, 그 곁에는 카슬룬 탑에서 그들을 구출한 천상족 여사제가 있었다. 여사제는 젊은 마법사의 손을 잡고 다른 손으로는 젖은 수건으로 이마를 식히고 있었다. 천상족 여인이 짙은 보랏빛 눈동자의 시선을 들어올리자, 빅토리아는 아주 친밀한 뭔가를 방해한 느낌이 들었고, 다시 밖으로 나가고픈 충동을 억눌러야만 했다.

"루나리스 아가씨."

여사제가 사뿐히 일어나며 말했다. 그녀는 빅토리아보다 키가 컸고, 그들 종족이 모두 그렇듯 머리카락이 없었지만, 부드럽고 조화로운 용모에는 섬세한 아름다움이 깃들어 있었다.

"제 이름은 사이세이에요. 위나 여신을 섬기는 사제죠."

"샤일에게 무슨 일이 있나요?"

빅토리아가 말을 돌리지 않고 바로 물었다.

사이세이는 말없이 샤일의 몸을 덮고 있는 시트를 들추었다. 빅토리아는 마법사의 오른쪽 다리가 완전히 검게 변한 것을 보고 나지막한 탄식을 내뱉었다.

"셰크의 독이에요. 요정들이 일단 몸의 다른 부분으로 독이 퍼지는 걸 막았어요. 하지만 다리는 이미 못 쓰게 되지 않았나 싶어요."

빅토리아는 경악의 표정으로 바라보았다.

"정말인가요?"

기운이 쭉 빠지는 느낌에 그녀는 오두막의 부드러운 벽면에 몸을 기대었다. 사이세이가 고개를 떨구었다. 빅토리아만큼이나 괴로워하는 모습이었다.

"요정 치료사들이 수술에 필요한 것들을 챙기러 갔고, 곧 돌아올 거예요. 하지만 그동안 당신이 마법을 불어넣어주었으면 해요."

"물론이죠."

빅토리아는 미어질 듯한 마음에 작은 소리로 속삭였다.

오두막 안에는 모두가 들어갈 공간이 없었다. 잭과 알레그라, 알렉산더는 빅토리아가 샤일을 보러 들어가 있는 동안 밖에서 기다리고 있었다. 하던이 잭에게 다가와 나지막이 말했다.

"얀드라크, 잠깐 볼 수 있겠나? 그대와 나눌 말이 좀 있는데."

"하지만 샤일이……"

말을 꺼냈지만 자신이 친구를 위해 할 수 있는 일이 아무것도 없다는 걸 깨달은 잭은 곧 입을 다물고, 하딘의 제안을 받아들였다.

"네, 물론입니다."

하딘은 조금 멀리 떨어진 구석으로 그를 데려갔다. 잭은 불안한 마음에 안절부절못하며 자기도 모르는 사이에 다른 사람들이 있는 곳으로 눈길을 주었다.

"자네의 기분을 상하게 하고 싶지는 않네, 얀드라크."

"잭입니다."

그가 반사적으로 이름을 고쳤다.

"저는……친구들은 저를 잭이라고 부릅니다."

상대방의 당황해하는 표정을 보자 잭은 덧붙였다.

"잭."

하딘이 따라했다.

"루나리스와 저 세크의 사이에 대해 알고 있다는 말을 하려는 것뿐이네."

잭은 그대로 얼어붙었다.

"그가 평범한 뱀이 아니라는 것도 알고 있네. 바로 네크로맨서의 아들 키르타슈지. 내가 잘못 알고 있는 건가?"

잭은 나무 기둥에 몸을 기대고 이를 악물었다. 그가 아무 말을 하지 않아도 하딘은 이미 그 얼굴에서 진실을 읽었다.

"왜 그를 보호하는 거지?"

잭은 스스로도 그 해답을 찾기 위해 오랜 시간을 보냈고, 준비된 대답은 여러 가지였다. 비록 스스로 그 어느 대답에도 진정으로 납득하지는 못한다 해도.

"그건……키르타슈가 우리 편에 가담하기 위해 모든 걸 버렸기 때문이에요. 또 누구나 두번째 기회를 가질 자격이 있으니까요."

잭이 과감히 대답했다. 교왕은 걱정스럽다는 듯 고개를 가로저었다.

"그자는 셰크야. 더구나 여전히 암살자에다가 자신이 저지른 죄를 후회하고 있는지 어떤지도 알 수 없네. 그가 직접 말하지 않았나, 우리와 함께 있는 건 루나리스 때문이라고. 오로지 그 때문이라고 말이야."

"어쩌면 그 말이 맞을지도 모르죠. 그가 왜 이런 일들을 하는지 그와 같은 입장에 서지 않고서는 이해할 수 없을 테니까요. 하지만 루나리스에 대한 그 심정은 이해할 수 있습니다."

잭은 잘 알지도 못하는 사람에게 속내를 털어놓은 걸 곧바로 후회했다. 하지만 하딘에게는 신뢰를 불러일으키는 뭔가가 있었다. 이 천상인은 긴장을 풀게 하는 묘한 평화를 발산하며 잭의 기운을 북돋웠다.

"알고 있네."

하딘이 고개를 끄덕였다.

"키르타슈와 루나리스를 이어주는 운명의 끈을 보았지. 또한 자네와 루나리스, 두 사람의 인연도 보았다네. 기이한 인연이야."

"다들 그렇게 말하더군요."

잭이 미소 지었다.

"예언이 그것에 대해 이미 말한 바 있지. 놀랄 일은 아니었어."

잭이 고개를 들었다.

"사실이에요. 샤일이 그 이야기를 해줬어요. 다들 모두 예언이 용과 유니콘만 언급하고 있다고 생각한다고요. 하지만 샤일이 말하길 예언에는 셰크도 포함되어 있다고 했지요. 그렇지 않나요?"

교왕은 한숨을 쉬며 고개를 끄덕였다.

"신탁은 셰크에 대해서도 언급했었지. 난 예언을 전부 다 공개하자는 쪽이었네. 하지만 여교왕이 동의하지 않았어. 그녀는 그것이 잘못된 해석이 분명하다고, 셰크가 우리를 구할 수는 없다고 믿었지.

예언의 그 대목을 나 혼자 비밀리에 간직하고 있었던 건, 여러 가지 다른 이유에서였다네. 만일 셰크가 우리를 침략하러 돌아오고, 그 예언이 실현되고, 그 셰크가 이와 연관돼 있는 게 전부 사실이라면, 그걸 적들이 알아서는 안 되기 때문이지. 아무도 알아서는 안 되었네. 최악의 사태가 발생할 경우를 위해 우리의 비밀카드로 남겨두어야 했다네. 적들에게 충격을 가할 요소가 될 테니까 말이야."

잭은 아무 말도 하지 않고 멍하니 허공만 뚫어져라 쳐다보았지만 귀로는 하딘의 말을 주의 깊게 듣고 있었다.

"바로 그자야. 그렇지, 잭? 아슈란의 아들인 키르타슈는 예언의 그 셰크야."

"그런 것 같습니다."

"하지만 자네가 그를 보호하는 이유는 그 때문은 아니야."

"네, 아니에요."

잭이 마지못해 시인했다.

"우린 한때 그가 죽었다고 생각한 적이 있었어요. 그러자 빅토리아에게……그러니까 루나리스에게 말입니다……"

잭은 망설이다가 말을 이어갔다.

"무척 끔찍한 일이 일어났어요. 마치 그녀 안에서 뭔가 죽어버린 것 같았죠. 다시는 그런 모습을 보고 싶지 않아요, 다시는. 모르겠어요, 그 두 사람 사이에 무슨 일이 있었는지는. 잘 이해가 되지는 않지만, 때때로……제가 그 둘 사이를 방해해선 안 된다는 생각이 들어요."

짧은 침묵이 이어졌다.

"자신을 과소평가하는군, 얀드라크."

잭의 안에 잠든 용의 이름을 일부러 언급하며 하딘이 말했다.

"자네는 삼각형의 또다른 축이야. 트리아다의 세번째 요소지. 다른 두 사람만큼이나 중요하다네. 자네와 루나리스를 잇는 관계 역시 루나리스와 키르타슈를 잇는 관계만큼이나 단단하고 강력한 것이라네."

잭은 불편한 마음에 시선을 피했다. 하딘의 은밀한 힘이 어떤 것인지 깨닫기 시작했기 때문이었다. 그는 강력한 세크나 바루족들처럼 사람의 생각을 읽는 정도가 아니라, 아예 마음을 읽어내는 듯했다. 잭은 이런 능력이 세 태양 교단의 교왕인 하딘만이 가진 능력인지, 아니면 모든 천상인들이 지닌 능력인지 궁금했다.

"자네들은 셋이야."

하딘이 계속 말을 이었다.

"셋이라고. 세 태양, 세 달, 그리고 신들과 여신들의 수처럼 말이야. 자네들 사이의 그 관계가 힘이 되는 거지. 하지만 동시에 가장 큰 약점이기도 하고."

잭은 더이상 입을 다물고 가만히 있을 수 없었다.

"제가 그 사슬에서 가장 약한 고리죠. 아직 전 용으로 변신할 줄도 몰라요. 얀드라크가 제 안에서 깨어나길 거부하는 것 같아요."

교왕의 보랏빛 눈길이 잭의 초록색 눈을 응시했다. 잭은 책망의 소리를 기대했지만 다음 질문을 듣자 그만 어리둥절해졌다.

"뭐가 두려운 거지, 얀드라크?"

"혼자 남게 되는 거요."

잭이 즉각 대답했다. 일단 말을 하자 멈출 수가 없었다.

"유일한 존재가 되는 거요. 최후의 존재. 이 세계에서 제 위치를 찾지 못하는 거요. 그래서 쓸모 없는 존재가 되는 거요."

"……루나리스의 삶에서 말이지."

천상인이 알아맞혔다. 잭은 등을 돌리며 생각보다 더 많은 말을 한 것을 후회했다.

"자넨 용에 대해 뭘 알고 있지? 알고 있는 게 많지 않은 것 같은데."

"뭐가 더 있죠?"

잭이 본심보다 더 신랄하게 반문했다.

"모두 죽었잖아요."

"그렇지 않아. 자네가 남아 있네. 그 말은 이 세상에 존재했던 모든 용들이 이제 자네 안에 살아 있다는 뜻이지. 자넨 절대 혼자가 아니야, 무슨 말인지 알겠나?"

아니, 잭은 이해하지 못했다. 그는 이 대화가 편치 않았고, 때문에 주제를 바꿨다.

"크리스티안에 대한 건……"

잭이 말을 꺼냈지만 하딘이 손짓을 하며 막았다.

"아무도 알지 못할 테니 걱정할 것 없네. 진짜 정체가 드러나는 건 시간문제이긴 하지만 말이야. 안타까운 일이야……"

그는 혼잣말처럼 덧붙였다.

"뭐가요?"

"그건 말이 안 돼. 그에겐 사랑이 넘치지. 그런데 내가 아는 바로, 사랑은 셰크들이 경험할 수 없는 감정이거든."

"그의 인간적인 면 때문이에요. 그는……"

"그게 바로 내가 걱정하는 바라네. 지금은 인간적인 측면 덕분에 이곳에 있지만, 그 사랑이 강해지면 강해질수록 그의 안에 있는 셰크가 더욱 괴로워하겠지. 인간적인 감정이 그 생물에게는 독이 되니까."

놀란 잭이 물었다.

"괴로워한다고요? 그건 무슨 뜻인가요?"

"……크리스티안의 가장 중요한 부분이 대책 없이 죽어간다는 뜻이지, 잭. 그런 일이 벌어지면 그가 죽어버릴 가능성도 아주 높다네."

"알겠어요."

잭이 나지막이 대답했다. 하지만 하딘이 하는 말이 무슨 말인지는 대강 짐작만 할 뿐이었다.

"그렇다면 우리가 그 이야기를 해줘야만 할까요?"

"그럴 필요는 없다네. 그도 이미 오래전부터 알고 있을 테니까."

그때 세 요정이 샤일의 오두막 문 앞에 도착했다. 사이세이와 빅토리아가 밖으로 나오면서 요정들을 안으로 들여보냈다.

밖에는 저항군의 나머지 멤버들이 기다리고 있었다. 크리스티안만 빼고. 몇 시간째 그를 본 사람이 아무도 없었다. 빅토리아는 입구를 돌아보고는 입술을 깨물며 걱정스러운 표정을 지었다. 요정들이 무슨 일을 할지 알고 있었던 그녀는 마음 한편으로는 그러지 못하게 막고 싶어했다. 하지만 마음속으로는 하게 해야만 한다는 걸 알고 있었다. 그래야 샤일의 생명을 구할 수 있기 때문이다.

이 모든 일과 전투에 지쳐 그녀는 눈을 감았다. 샤일이 이런 일을 겪을 이유는 없어, 라는 생각이 들었다. 그러자 샤일의 검게 변한 다리가 떠올랐다. 또한 셰크로 변신한 크리스티안과 그의 독니 역시 샤일을 죽기 일보 직전으로 몰고 간 것과 똑같은 독을 지니고 있다는 사실도 떠올랐다.

그녀는 이런 생각을 머릿속에서 털어버리려고 고개를 흔들며 잭에게 다가갔다. 잭과 같이 있으면 늘 기분이 좋아졌다.

"샤일은 어때?"

알렉산더가 곧바로 물었다. 샤일과 그는 림바드에서 저항군을 함께 이끈 사이다. 처음에는 서로 다른 점도 있었지만 결국 두 사람은 친구가 되었다.

"위기는 넘길 거예요."

빅토리아가 작게 대답했다.

"하지만 요정들 말로는 오른쪽 다리를 잃을 거래요."

짧은 침묵이 깔렸고 알렉산더가 나직이 욕설을 내뱉었다.

"이건 공평하지 않아."

잭이 모든 사람들의 생각을 대신하여 말했다.

더이상 아무도 말이 없었다. 그들의 마음을 표현할 길이 없었기 때문이었다.

요정 치료사들이 작업을 하러 들어왔을 때도 샤일은 계속 깊은 잠에 빠져 있었다. 이들은 위대한 요정 가문들 중에서도 소수의 일파에 속하는 이들이었다. 세 요정은 작달막한 키에 민들레 홀씨 같은 머리카락과 나무껍질 같은 까끌까끌한 피부를 지니고 있어 실제보다 더 나이 들어 보였다.

그들은 한번도 아와 숲을 벗어나 본 적이 없었지만 대신 각각의 씨앗, 각종 나무, 모든 풀과 잎의 특성들을 아주 잘 알고 있었다. 그리고 숲속 가장 깊은 곳에서 자라는 신데 나무의 가지를 사용하는 법도 알고 있었다. 어린아이 머릿결처럼 가는 그 가지들은 나무 주위로 폭포처럼 뻗어내리며 원줄기를 감춘다. 하지만

이 가지들은 놀라울 정도로 강해서 그 무엇으로도 자를 수 없었다. 그래서 제대로만 사용하면 거의 어떤 것이라도 절단할 수 있었다.

제일 나이 많은 요정이 자루에 담아온 신데 나뭇가지 하나를 꺼냈다. 어찌나 가는지 빛에 반사시켜야만 보일 정도였다. 요정은 그걸 샤일의 다리에 감았다. 무릎 위 한 뼘 정도 되는 곳으로, 그보다 조금 위까지 셰크의 독으로 인해 살이 검게 변해 있었다. 그 사이 다른 두 요정은 땅의 여신 위나를 찬미하는 노래를 불렀다. 요정이 가지를 단단히 끈으로 묶고 두 동료에게 각각 그 끝을 건네주었다. 두 요정이 잠시 기다리는 사이, 나이 많은 요정은 이후에 필요할 허브 찜질을 준비했다.

그리고 신호와 함께, 두 요정이 동시에 끈을 세게 잡아당겼다. 실은 샤일의 살 속에 박히며 마치 버터를 자르듯 깨끗하고 손쉽게 살을 갈랐다. 한 번 더 당기자 그 어떤 칼날보다 날카로운 가지가 이번에는 뼈까지 절단했다.

마법사는 이 과정 내내 깨어나지 않았다. 요정들은 계속 일을 진행하며 출혈을 막고자 허브를 상처에 갖다대어 요정의 에너지로 봉했다. 그러는 동안 여신을 칭송하는 찬미의 노랫가락이 계속 흘러나왔다. 그들은 한순간도 망설이지 않았고, 불구가 된 젊은이에게 일말의 안타까움도 표하지 않았다. 이것만이 그의 생명을 구할 유일한 방법이었으며, 요정들은 그 무엇보다도 생명을 사랑하기 때문이었다.

곧, 상처가 봉해졌다. 샤일이 꿈을 꾸며 뒤척이자, 한 요정이

오렌지색 꽃 한줌을 그의 얼굴로 가져갔다. 마법사는 사람을 취하게 하는 그 향기를 들이마시고는 또다시 깊은 수면에 빠져들었다.

요정들은 물건을 챙겨 조용히 오두막에서 나왔다. 한쪽 다리를 잃는다는 사실이 젊은이에게 시련이 되리라는 걸 알지만, 그가 깨어났을 때 요정들은 그곳에 없을 것이다. 그들의 임무는 이제 끝났기 때문이다.

"셰크들은 무리 지어 싸우는 걸 좋아하지 않아요."

크리스티안이 말했다.

"대개는 혼자 사냥을 더 잘 하니까요. 때문에 그들이 카슬룬 탑에서 매복을 하고 우리를 기다렸다는 건 아주 중요한 점을 일러주고 있죠. 즉 그들은 필사적인 상태였거나 아니면 우리를 아주 위험한 적으로 간주했던 겁니다. 저는 두번째 경우에 가깝다고 봅니다."

크리스티안의 말이 끝나고, 그에 대해 뭔가 하고 싶은 말이 있었는지는 모르나 아무도 말을 꺼내지 않았다.

잭과 빅토리아, 알렉산더는 숲의 주인들이 강가에 피워둔 따뜻한 모닥불 가에 모여 있었다. 알레그라는 오래전에 숲으로 피난해온 데르바드 탑의 생존자들을 찾아 몇 시간 전에 자리를 뜨고 없었다. 그들이 어쩌면 알레그라의 책임 아래 있던 사람들에 대해 정보를 전해줄지도 모르기 때문이었다. 이미 그들에 대해 아무 소식도 듣지 못한 지 십오 년이나 되었다.

다른 사람들은 샤일이 잠에서 깨어나길 기다리며, 이둔에서 처한 그들의 상황을 직시하고, 과거의 감정에서 정신을 추슬러 바로 코앞에 닥친 미래를 대비하려는 계획을 세우고 있었다. 알렉산더는 동생을 만나기 위해 바니사르로 여행할 채비를 했다. 반면 알레그라는 그렇게 서둘러 숲을 떠나는 일에 완고하게 반대의 입장을 취했다. 무슨 이유에서인지 그녀는 눈에 띄게 불안해했지만 자신의 두려움을 일행과 함께 나누려 하지 않았다. 잭은 알레그라가 알렉산더에게 뭔가 알려주며 몰래 이야기를 나누는 모습을 보면서, 두 사람의 진지한 태도로 판단하건대 분명 심각한 일이 틀림없다고 생각했다.

결국 그들은 샤일이 함께 의논할 상태가 될 때까지 대화를 미루기로 했다.

해가 저물 무렵, 크리스티안이 피난민들의 캠프로 돌아왔다. 과일, 열매, 뿌리 등 여러 종류의 음식으로 차려진 저녁식사를 마친 후 빅토리아는 그에게 셰크와 맞서는 방법을 가르쳐달라고 부탁하기로 했다. 모두 크리스티안이 하는 말에 정신을 집중하려고 애썼지만 생각은 다들 멀리, 샤일에게 가 있었다.

크리스티안이 말을 계속했다.

"셰크들이 그렇게 덩치가 크니 탁 트인 곳에서 공격하는 걸 선호할 거라고 생각하기 쉽습니다. 하지만 오히려 그들은 숲 가장 깊은 곳에서 더 편안해하죠. 그곳에선 우거진 나무 사이에서 위장할 수도 있고, 산속 갈라진 틈이나 동굴 같은 곳에 숨어 제물이 될 희생자가 방심할 때를 노릴 수도 있으니까요."

"놈들이 속임수를 잘 쓰고 음흉하다는 건 익히 잘 알고 있지."

알렉산더가 으르렁댔다.

"또 정면대결로 명예롭게 싸우기보다는 등 뒤에서 공격하는 걸 좋아한다는 것도."

크리스티안은 잠시 알렉산더를 쳐다보기만 할 뿐 그 도발에 대꾸하지는 않았다.

"그들에겐 앞발 같은 게 전혀 없어요. 그리고 날개는 땅에서 싸울 때면 오히려 방해가 되죠. 인간이나 이와 유사한 생물과 싸울 준비가 되어 있지 않아요. 인간들이 셰크들에 비하면 너무 작아 독니로 깨물기 힘들기 때문이죠. 그래서 직접 몸으로 부딪혀 싸우는 데 능숙하고, 늘 공중에서 싸움을 펼치고 덩치가 비슷하거나 더 큰 적수를 상대하는 데 능한 거죠."

"예를 들어 용들과 말이지."

잭이 나지막이 말했다.

"바로 그렇지."

크리스티안이 순순히 동의했다.

"어떤 약점이 있지?"

알렉산더가 궁금해했다.

"그들은……불을 싫어해요. 우리 본성에 반대되는 성질이라 통제할 수 없기 때문이죠. 그래서 용들이,"

그는 잭을 쳐다보며 덧붙였다.

"때로 우리를 이길 수 있는 거예요. 그래서 네가 용의 불을 사용하는 법을 배우는 게 중요한 거야."

책은 불편하기도 하고 괴롭기도 하여 시선을 피했다. 용으로서 자신이 가치가 없다는 사실을 크리스티안이 상기시켜주는 건 전혀 고맙지 않았다. 빅토리아는 그가 어떤 기분일지 이해하고 주제를 바꿨다.

"셰크들의 텔레파시 능력에 대해서는 뭐 해줄 말 없니?"

그녀는 언제나 이 능력에 매료되어 있던 차라 질문을 던졌다.

크리스티안은 빅토리아가 생각하는 바를 짐작하며 슬쩍 미소를 짓고 쳐다보았다.

"텔레파시 능력이 있는 다른 존재들에게는 위험하지. 셰크의 텔레파시 파동은 오로지 텔레파시 능력이 있는 존재들에 의해서만 포착될 수 있어. 그걸 감지할 수 있을 정도로 예민한 정신을 가진 존재들 말이야."

"하지만 너는 사람들의 생각을 읽을 수 있잖아, 안 그래?"

빅토리아가 연이어 물었다.

"심지어는 하기 싫어하는 일을 억지로 하게 할 수도 있고……"

"눈을 들여다보는 거지."

크리스티안이 고개를 끄덕이며 빅토리아의 말을 보충했다.

"제가 계속 설명하려는 게 그거예요. 눈은 텔레파시 능력이 없는 생물들의 마음의 창이거든요. 셰크는 텔레파시로 여러분과 의사소통을 할 수 있고, 머릿속에서 그들의 목소리를 듣게 할 수 있어요. 하지만 눈을 쳐다보지 않는 한, 의식을 조종할 수는 없어요. 시슈나 바루처럼 정신 능력이 좀더 예민한 종족들에게는 그럴 필요가 없고요."

"셰크들끼리는?"

잭이 물었다.

"그런 식으로 다른 셰크를 통제할 수 있어?"

"우리는 다른 이가 의식 속으로 침입하는 걸 막아내는 방법을 알고 있지."

크리스티안이 낮은 목소리로 대답했다.

"같은 종족에 대항해서 보호할 필요는 없지만. 대개는 말이야."

잭은 그 말이 무슨 뜻인지 이해했고, 더이상의 말을 삼갔다. 샤일의 건강을 걱정하느라 하딘이 했던 말을 되새겨보지 못했지만, 지금 그 생각이 다시 떠오르자 크리스티안을 눈여겨보게 되었다. 크리스티안 안에 다른 무언가가 있다는 말은 맞았다. 그의 눈빛이 평소보다 더 뜨거워 보였고, 잭은 그것이 크리스티안이 점점 더 인간적으로 변해가기 때문인지, 아니면 그저 눈에 모닥불 불빛이 반사되었기 때문인지 궁금했다.

크리스티안이 잭의 눈길을 알아채고 돌아보았다. 잭은 다시금 대기중의 뭔가가 떨리는 걸 느꼈다. 두 사람은 태초부터 서로 증오해온 막강한 두 종족에 속했다. 이제까지 그들을 서로 맞서게 하고 죽을 때까지 싸우라고 내몰았던 본능을 억제하는 일은 쉽지 않았다. 하지만, 바로 그때 잭은 크리스티안을 미워하기가 점점 더 힘들다는 사실을 깨달았다.

크리스티안도 잭을 이해하는 듯했다. 잭은 그의 눈에서 아주 잠시 슬픔이 비치는 걸 본 듯했다.

알렉산더가 끈질기게 질문을 했다.

"그 말은, 셰크들이 눈빛만으로도 죽일 수 있다는 뜻이잖아. 많이 듣던 소리군."

크리스티안이 속을 알 수 없는 표정으로 그를 쳐다보았다. 모두 알렉산더의 말을 즉각 알아들었다. 크리스티안은 자신의 마법의 검, 하이아스로 많은 사람들을 암살했다. 하지만 많은 이들은 그의 얼음 같은 눈빛 때문에 죽음을 맞이하기도 했던 것이다.

"그래요, 나 역시 마찬가지예요."

아무런 동요 없이 크리스티안이 대답했다.

알렉산더가 그를 잠시 바라보았다. 샛노란 야성의 불길이 눈동자에 어리자 잭은 알렉산더가 자제력을 잃을까 두려워졌다. 세 달이 조금 전부터 창공에 빛나기 시작했다. 비록 알렉산더의 변화가 지구 달의 주기를 따르고 있다 해도, 잭은 이둔의 달들이 그에게 어느 정도까지 힘을 발휘할지 궁금했다. 알렉산더는 샤일의 일로 몹시 성이 나 있으니 누군가에게 그 절망감을 풀고 싶을지도 모른다. 그가 크리스티안을 공격하고 싶어하는 건 당연한 일이었다.

하지만 알렉산더는 가까스로 자제했다. 그는 고개를 흔들고 자리에서 일어나 한마디 말도 없이 멀어져 갔다.

잭과 크리스티안, 빅토리아만이 남았다. 잭과 빅토리아는 서로 바짝 붙어 앉았고 잭의 팔이 빅토리아의 허리를 감싸고 있었다. 세 사람은 지금 상황이 몹시 불편하다는 걸 즉시 깨달았고, 제일 먼저 반응을 한 쪽은 크리스티안이었다. 그는 고개를 숙여 두 사람에게 작별인사를 하고 어둠 속으로 사라졌다.

잭과 빅토리아는 눈길을 주고받았다. 잭은 하딘이 크리스티안에 대해 했던 말을 친구에게 해야 할지 말아야 할지 고민했지만 그럴 틈이 없었다. 바로 그때 한 요정이 도착하여 샤일이 잠에서 깨어났다는 소식을 전해주었기 때문이었다.

샤일이 눈을 떴을 때, 그의 곁에는 사이세이뿐이었다. 샤일은 분명 꿈을 꾸고 있다고 생각했다. 여사제의 얼굴이 시야에서 잠시 사라지고, 그의 친구들에게 알리라고 말하는 소리가 들렸다. 그는 정신을 차리려고 애썼다.

"내가 어디 있는 거죠?"

"아와 숲에요."

천상인이 다정하게 대답했다.

"이젠 무사해요."

샤일은 무슨 일이 있었는지 기억하려 했다. 카슬룬 탑 옆에서 벌인 필사적인 전투 장면들이 혼란스럽게 떠올랐다. 그것은 직접 겪은 실제라기보다 마치 악몽 같았다.

"사이……세이?"

그녀를 기억해내고는 나지막이 이름을 불러보았다. 그녀가 다정하게 미소를 지었다.

"다시 만나 반가와요."

샤일은 따뜻한 미소를 돌려주었다. 그는 이 년 전 이둔에 돌아왔을 때 사이세이를 처음 알게 되었고, 두 사람은 그때부터 친구가 되었다.

“나 역시.”

그가 마음을 털어놓았다.

사이세이의 눈에 억눌렸던 감정이 차올랐고, 샤일도 똑같은 눈으로 그녀를 바라보았다. 어색해진 두 사람은 눈길을 돌렸다.

“다른 사람들은 무사한가요?”

샤일이 물었다.

“친구들은 무사해요. 우리가 걱정했던 사람은 바로 당신이에요.”

대답하던 사이세이가 말릴 새도 없이 샤일은 덮고 있던 담요를 걷고 일어나려 했다.

그 순간 시간이 그대로 영원히 얼어붙은 것만 같았다.

잭과 빅토리아가 요정을 따라 샤일의 오두막에 도착했을 때 사이세이는 막 나오던 길이었다. 여사제의 아름다운 얼굴에는 온통 괴로움이 가득했고 눈가에는 물기가 어려 있었다.

“아무도 만나고 싶어하지 않아요.”

나지막이 말하는 사이세이의 목소리가 떨렸다. 잭은 놀랐다.

“네? 당신이 우리를 찾는다고 해서……”

“그는 혼자 있고 싶어해요.”

사이세이는 간단히 그렇게만 대답했다. 샤일의 반응을 이야기하는 건 별 의미가 없었고, 두 사람을 더 걱정시켜서는 안 되기 때문이었다.

“아주 심한 충격을 받았어요.”

빅토리아는 심장이 오그라드는 기분이었다.

"하지만 우리는 들어가게 해줄 수 있잖아요. 우린 친구고……"

"제발, 다들 가."

지쳐서 갈라진 샤일의 목소리가 오두막 안에서 들려왔다.

"아무도 보고 싶지 않아."

"하지만……"

"빅토리아, 제발 나를 혼자 내버려둬."

잭과 빅토리아는 눈빛을 교환하고는 천천히 돌아섰다. 잭이 위로하려는 듯 빅토리아의 어깨에 팔을 감았다.

"그러는 게 당연해. 무슨 일을 겪었는지 생각해보라고. 사실을 받아들일 시간이 필요할 거고……"

하지만 비통한 심정이었던 빅토리아는 아무 말도 할 수 없었다. 잭이 결심했다.

"난 알렉산더를 찾으러 가야겠다. 그래도 알렉산더라면 만나보고 싶어할 거야. 같이 갈래?"

빅토리아는 고개를 가로저었다. 아직 충격에서 벗어나지 못한 채.

불현듯 빅토리아가 말했다.

"예감이 안 좋아."

"샤일이?"

"아니, 그게…… 아냐."

그녀는 불편한 듯 눈길을 피하며 입을 닫았다.

잭은 빅토리아가 무슨 생각을 하는지 짐작이 갔다. 뭔가를 말하려던 그는 안 하는 게 낫겠다고 생각했다. 그리고 친구의 손을 다정히 잡으며 귓가에 속삭였다.

"조심해."

잭은 개울가 쪽으로 알렉산더를 찾아 멀어져 갔다. 빅토리아는 그 모습을 보며 한숨을 내쉬었다. 그녀는 샤일이 있는 오두막을 괴로운 표정으로 돌아보고는 반대 방향의 무성한 나무 사이로 향했다.

크리스티안은 홀로 있고 싶었다. 점점 더 혼란스러웠고 이런 종류의 감정에 적응하기가 쉽지 않았다.

타인들. 그는 사람들에 둘러싸여 있는 걸 좋아하지 않는다. 고독이 그리웠지만 저항군에 가담한 이후 혼자 있을 때를 찾기가 쉽지 않았다. 그가 가장 걱정하는 부분이자 점점 더 두려워지는 것이 바로 그 부분이었다.

강가에 외롭게 우뚝 선 바위를 찾아낸 그는 그 위에 앉아 생각에 잠겼다.

그때 뒤에 누가 있다는 느낌이 들었다. 그는 번개처럼 돌아서며 침입자를 나무로 몰아붙였다. 순식간에 단검의 날이 도발적인 아름다움을 지닌 요정의 목에 닿았다.

크리스티안은 그녀를 알아보았다. 그녀가 아와 숲의 주요 방어막을 통과했다는 사실에 놀라지도 않았다. 요정들이 짠 보이지 않는 이 방패막은 오로지 요정들만 제어할 수 있었다. 아무도 이 점이 문제가 될 거라고는 생각하지 않았나보다. 아슈란에게 그들을 팔아넘길 요정은 없다고 믿었던 모양이다.

게르데를 기억하는 사람이 아무도 없는 게 명백했다.

"친구를 이렇게 맞이하나, 키르타슈?"

벨벳처럼 부드러운 목소리에는 이런 불리한 상황에 대한 두려움이 조금도 묻어 있지 않았다.

크리스티안은 고개를 기울여 강철 같은 날카로움이 깃든 푸른 눈을 빛내며 요정의 눈을 들여다보았다.

"내가 널 죽이지 말아야 할 이유를 한 가지라도 대보시지."

"키르타슈, 아까 그 단검을 멈추지 말았어야지. 망설이지 말고 나를 죽였어야 하는 거야. 그렇게 하지 않았다는 건 네가 나를 보면 이전에 너의 것이었던 것, 그 계집애가 야금야금 네게서 갉아먹은 네 안의 그것을 떠올리게 된다는 이야기지. 사실 네 영혼 깊은 곳에서는 그걸 그리워하고 있잖아."

비수의 끝이 게르데의 부드러운 피부에 좀더 깊이 박혀들었다.

"무슨 말을 하려는 거야?"

"네게 선물을 가져왔어."

크리스티안은 아무 말도 하지 않았고 단검을 물리지도 않았다.

"무슨 말인지 알잖아."

게르데가 부드럽게 말했다.

"네가 드락웬 탑에 놓고 간 물건. 도망쳐 나갈 때, 그애를 지키려고 우리를 배신했을 때 말이야."

"하이아스."

크리스티안이 나직이 되뇌었다.

요정이 물었다.

"넌 이 검을 되찾으려고 이둔에 온 거야? 그게 아니라면 감히 어떻게 돌아올 생각을 한 건지 이해가 안 되거든. 아슈란님이 네 목에 아주 비싼 값을 걸어놓았으니까."

크리스티안은 비수를 물리고 요정에게서 몸을 뗐다.

"당연히 그랬겠지. 그러니 아버지가 검을 돌려주기로 하셨다는 건 놀라운 일이군. 그건 그분이 베풀 수 있는 유일한 친절이지만, 이런 상황에서는 내게 아직 그런 친절을 베풀고 싶지 않을 테니 말이야."

"하지만 여기 있잖아. 보라고. 보고 싶어했잖아, 아니야?"

게르데가 손을 들어올리자, 그녀의 두 손에서 크리스티안에게는 너무나 친숙한 날렵한 형상의 검이 형체를 드러냈다. 칼집에 들어 있어도 그는 즉시 검을 알아볼 수 있었다. 믿을 수 없다는 표정으로 그가 게르데를 바라보았다.

"대신 내게 뭘 바라는 거야?"

요정의 입에서 노래하는 듯한 부드러운 웃음소리가 새어나왔다. 더 가까이 다가서자 취할 것 같은 향기가 몰려왔다.

"넌 뭘 줄 수 있는데?"

요정이 속삭였다.

크리스티안이 눈을 가늘게 떴다.

"빅토리아를 배신할 생각은 없어. 그녀를 또다시 아슈란에게 넘기지는 않을 거야."

게르데가 다시 웃었다.

"잠시도 그 아이에 대한 생각을 멈추지 않다니 감동적이군, 키르타슈. 넌 힘을 잃어가고 있어. 예전이라면 내 의도가 뭔지 바로 알 수 있었을 텐데 말이야."

"내 인내심을 시험하지 마. 내 검 대신 뭘 원하는지 말해봐."

"넌 나한테 줄 만한 걸 아무것도 갖고 있지 않아."

게르데는 그에게 더 가까이 다가가 고개를 들며 똑바로 그의 눈을 들여다보았다.

"키스해줘."

"뭐라고?"

"알아듣기 어려운 말은 아닐 텐데. 키스해줘, 그러면 검은 네 것이 되는 거야."

크리스티안이 이맛살을 찌푸렸다.

"그것뿐이야? 그냥 키스만 해달라는 거야?"

"네 손에 있는 거나 마찬가지라고 이미 말했잖아."

"이건 또 무슨 속임수지?"

"잘 알잖아."

잔인한 웃음소리를 내며 게르데가 말했다.

크리스티안은 적개심이 가득한 한숨을 내쉬며 그녀와 조금 거리를 두었다.

"지금쯤이면 네 마법 따윈 나한테 아무 효과도 없다는 걸 분명히 배웠을 텐데, 게르데."

"그렇다면 뭘 망설이는 거야?"

크리스티안이 게르데의 팔을 거칠게 자기 쪽으로 잡아당겼다.

"네가 뭘 하려는 건지 난 잘 알아. 그 방식도 알고 있고."

"그렇다면 네가 지지 않으리라는 건 분명하겠군."

그녀가 미소를 지었다.

"아니면, 그래……이미 진 거든지."

크리스티안은 눈을 절반쯤 감았다. 그러고는 아무 예고도 없이 몸을 숙여 분노에 찬 키스를 퍼부었다.

게르데는 크리스티안의 목에 팔을 두르며 몸을 바싹 붙이고는 그의 머리카락 속으로 손가락을 집어넣었다. 크리스티안은 그녀에게서 흘러나오는 도발적인 힘을 느꼈다. 그가 익히 알고 있는, 다른 때에도 경험해본 적이 있는 힘이었다. 한 번도 그 힘에 휩쓸린 적은 없었다.

하지만 이번에는 게르데의 손길이 그를 미치게 했다. 저항하려 했으나 이미 이 사실을 깨달았을 때 그는 키스에 취해 눈을 감고 굴복하고 말았다. 그는 두 팔로 요정의 날씬한 허리를 감싸고, 그녀와 하나가 되고자 그 몸을 두 손으로 쓰다듬었다.

그때 등 뒤에서 놀라움의 소리가 들려왔다. 사태를 파악한 크리스티안은 게르데의 마법이 처음으로 그를 미치게 만들었다는 것을 깨닫고 격분했다. 그는 급작스럽게 그녀를 떼어내며 뒤를 돌아보았다. 거기 누가 있을지 그는 이미 알고 있었다.

두 사람을 지켜보며 깊이 상처받은 빅토리아가 서 있었다. 크리스티안은 아무 감정이 실리지 않은 눈길을 되돌렸다.

빅토리아는 평정을 되찾자 차가운 분노가 가득한 두 눈으로 게르데를 쏘아보았다.

"여기서 뭘 하고 있는 거야?"

게르데는 노래하듯 웃었다.

"뭘 하는지는 뻔하지 않나?"

빅토리아는 자책이나 후회의 표정을 기대하며 크리스티안을 바라보았지만 그의 얼굴에는 여전히 아무런 감정도 없었다. 크리스티안이 게르데에게 키스하고 애무하는 모습을 머릿속에서 지우려 했지만, 그 영상은 계속 그녀를 괴롭히며 떠나지 않았다. 잊으려 했던 기억들마저 떠오르기 시작했다. 그녀가 탑에 포로로 잡혀 있을 때, 마법사 아슈란이 야만적이고 잔인한 방법으로 그녀를 마구 착취할 때, 그녀가 죽어가는 모습을 보며 키르타슈가 게르데에게 입맞춤했던 기억들이 마구 떠올랐다.

그 사실을 떠올리는 것만으로도 갑자기 마음이 아파왔다. 그때 그녀가 겪었던 괴로움이 다시 얼음 같은 손아귀로 내장을 후벼 파는 듯했다. 구역질이 나고 몸이 떨려와서 나무 기둥에 몸을 기대야만 했다. 그녀는 잠시 눈을 감으며 마음을 다잡으려고 애썼다. 그가 또다시 배신하다니. 이렇게도 빨리……

"방해를 받다니 유감인데."

게르데가 한마디했다.

"그래도 결국 계약을 이행했으니, 그럼……"

빅토리아는 게르데가 크리스티안의 손에 검을 건네주는 모습을 보고 무슨 일인지 이해했다.

"꺼져버려."

크리스티안은 이렇게 말할 뿐이었다.

게르데가 발돋움을 하며 다시 한 번 키스하려 했지만 크리스티안은 그녀를 떼어내며 차갑게 쳐다보았다.

"행운을 너무 남용하지 말라고."

게르데가 매력적인 미소를 지으며 속삭였다.

"넌 내 거였어, 키르타슈. 네 마음에 들든 아니든. 그걸 너무 쉽게 잊지 말라고."

요정이 어둠 속으로 사라졌다. 빅토리아는 크리스티안에게 등을 돌리고 몸을 떨면서 그가 사과하기를, 최소한 설명이라도 해주기를 기대했다. 하지만 그가 그 일에 대해 아무 설명도 하지 않으리라는 것을 알아챈 그녀는 먼저 말을 꺼냈다.

"그래, 검을 돌려주러 온 거구나. 게르데도 그 선물꾸러미에 딸려온 거야?"

"내가 뭘 하든, 그건 내 일이야, 빅토리아."

크리스티안이 대꾸했다. 빅토리아는 화가 치밀었다.

"결국 알렉산더 말이 맞았던 거야. 너를 신뢰할 수 없다는 말. 한순간 안 보이나 했더니 그새 저……초록머리의 막돼먹은 여자랑 이상한 모습이나 보이고!"

"빅토리아……"

"나한테 어떻게 그럴 수 있어? 그 여자와 아슈란이 나한테 어떻게 했는지 알잖아. 네 눈으로 직접 봤잖아, 거기서 그 여자한테 키스를 하면서 말이야. 그런데 지금 이 꼴을 보고 내 기분이 어떨 것 같아? 그 빌어먹을 검이 나보다 더 중요한 거지?"

빅토리아는 다시 등을 돌려 눈물을 감추려 했다. 그에게 그런 만족까지 줄 생각은 없었다.

크리스티안이 곁으로 다가오는 게 느껴졌다. 그는 잠시나마 그녀를 안아주고, 위로해주고, 귓가에 사랑의 말을 속삭여주고 싶었지만, 결국 자신이 그렇게 하지 않으리라는 사실을 알고 있었다.

"나를 맘대로 다루려 하지 마, 빅토리아."

크리스티안이 조금 딱딱한 표정으로 경고했다.

"내 인생의 주인인 양 굴지 말라고. 내게 뭘 해야 할지 가르치려 하지 마. 절대로."

빅토리아는 간신히 눈물을 참았다. 그리고 나지막이 말했다.

"그럼, 너희 셰크들이 사랑을 할 수 없다는 것도 사실이구나."

"그렇게 생각하는 거야?"

빅토리아는 바로 귓가에 들려오는 그의 목소리에 화들짝 놀랐다. 여전히 마음이 상해 있던 그녀는 그에게서 물러나려 했다.

"난 모든 걸 버렸어."

크리스티안의 목소리가 등 뒤에서 들려왔다.

"당연히 차지할 권리가 있는 모든 권력을 말이야. 우리 편과 아버지에게 등을 돌리고 심지어 내 실체와 이름마저도 포기했지…… 너 때문에. 말해봐, 내가 뭘 더 해야 하는 거지? 네 발아래 쓰러져 너희 편을 위해 죽어야 정말로 내가 네 것이라고 믿을 거야?"

그의 목소리는 높지도 않고 침착했지만 빅토리아는 그 속에 감춰진 깊은 고뇌를 느끼고는 더이상 참을 수가 없었다. 돌아보고 그의 가슴에 손을 얹고 말하고 싶었다. 그가 그녀에게 얼마나 큰 의미를 지녔는지. 하지만 크리스티안은 이미 자리를 떠나고 없었다.

키르타슈에게 검을 건네준 후 그곳을 당장 떠나야 했지만, 게르데는 피난민들이 모여 있는 마을에 가까이 가보고픈 충동을 참을 수 없었다.

자신이 섬기는 군주를 위해 아와 숲을 염탐하러 온 것이 이번이 처음은 아니었다. 비록 그녀의 힘으로 요정의 방어막을 무너뜨린 뒤, 셰크들에게 숲으로 오는 길을 열어줄 수는 없었지만, 혼자서 들어오는 데는 별 문제가 없었다. 그녀는 자신이 키르타슈와 대화를 나눈 직후, 저항군이 이 사실을 알게 될 테고, 그러면 그뒤로는 마을로 잠입하기가 훨씬 어려워질 것이라는 사실을 알았다. 때문에 이번 기회를 최대한 이용하고 싶었다. 빅토리아가 사람들에게 죄다 알리기 전에 말이다.

하지만 아직 시간 여유가 있었다. 빅토리아는 키르타슈에게 질투심에 한바탕 퍼부어댈 게 분명했고, 이는 게르데의 계획에 유리한 일이었다. 잠깐 동안은 혼란스러운 감정에 빠져 저항군에게 경고할 겨를도 없을 테니까.

게르데는 빅토리아를 향한 적개심에 한숨을 내쉬었다. 그녀는 키르타슈를 거의 유혹할 뻔했다. 아슈란이 옳았던 것이다. 그의 아들은 점점 더 인간으로 변하고 있으며 힘을 잃고 있었다. 빅토리아가 끼어들지만 않았어도 게르데는 그에게 그날 밤을 떠올리게 하여 그의 아버지에게 돌려보낼 수 있었을 테고, 그러면 그의 안에 깃든 인간성을 몽땅 제거해버리는 임무를 완수할 수 있었을 텐데. 영원히.

그러나 일이 나쁘게 돌아간 것만은 아니었다. 이제 게르데는 키르타슈가 약해진 것을 깨달았고, 아슈란 역시 마찬가지다. 특히 키르타슈 본인도 이미 깨닫고 있을 것이다. 그는 곧 아슈란이 왜 검을 돌려주었는지 짐작하게 될 테고, 일이 잘 풀리면, 자신이 결국 모든 이들이 기대하는 대로 할 수밖에 없다는 사실도 깨닫게 될 것이다.

빅토리아가 방금 본 것을 쉽사리 용서하지 못하리라는 것은 언급할 필요도 없다. 게르데는 이맛살을 찌푸렸다. 어리석은 빅토리아. 키르타슈 같은 존재를 사랑한다는 것이 어떤 의미인지 그 애는 절대로 이해할 수 없을 것이다. 있는 그대로의 그를 결코 받아들일 수 없을 것이다. 요정은 과연 키르타슈가 빅토리아의 무엇에 이끌린 것인지 다시 한 번 궁금해졌다.

나뭇가지 사이로 모닥불 불빛이 비치자 그녀는 발걸음을 멈췄다. 덤불 속에 몸을 숨긴 그녀는 설사 누군가가 그곳을 뚫어지게 쳐다본다 해도 자신이 있는 곳을 알아볼 수는 없으리라 생각했다. 숲속에서는 요정들도 유니콘만큼이나 찾아내기 어려운 존재이기 때문이었다. 호기심 어린 눈길로 관찰하던 게르데는 모닥불 주위에서 쉬고 있던 피난민 사이에서 잭을 발견했다.

그녀는 관심을 가지고 그를 지켜보았다. 잭은 깊은 사색에 잠겨 불길을 응시하고 있었다. 게르데는 눈을 가늘게 뜨며 그의 아우라를 가늠해보았다. 기운이 좀 없어 보이기는 해도 지난번 만났을 때보다 훨씬 강해졌다는 걸 알 수 있었다. 이 사실을 염두에 둘 필요가 있었다.

뒤돌아 떠나려는데, 게르데 자신의 눈만큼이나 검지만, 훨씬 더 연륜 있고 현명해 보이는 눈이 불쾌감을 가득 담고 그녀를 주시하고 있었다.

"또 무슨 일을 꾸미는 게야, 이 작은 마녀야?"

게르데가 몇 걸음 뒤로 물러났다.

"아일레!"

알레그라 다스콜리는 몹시 화가 나 앞으로 걸음을 내디뎠다.

"이번에는 무슨 흉계를 꾸미는 거지? 감히 내가 보호하는 아이에게 접근할 생각이라면……"

게르데가 침착하고 도전적인 자세로 고개를 쳐들었다. 이미 자기 주위에 마법 방어막을 두른 그녀는 자신이 위험한 상대라는 걸 알면서도, 왠지 알레그라가 자신의 출현을 다른 이들에게 비밀로 하려 한다는 직감이 들었다.

게르데가 쏘아붙였다.

"그래서? 날 죽일 건가? 나와 맞서는 위험을 감수하겠다고?"

알레그라가 눈을 가늘게 떴다.

"그러고 말고. 게르데."

"정말?"

그녀가 웃었다.

"나와 싸우겠다고? 그런 상태로? 지구에서 보낸 십오 년 동안 당신이 힘이 약해진 걸 알고 있어. 그 힘을 되찾으려면 아직 한참 더 시간이 걸릴 거라는 것도."

알레그라가 주춤했다. 아주 짧은 순간이었지만, 게르데는 자신의 짐작이 맞았다는 걸 알아차렸다. 요정이 웃었다.

"그럴 줄 알았지. 넌 날 해치지 못해."

하지만 그때 불쑥 나온 알레그라의 손이 게르데의 뺨을 때렸다. 찰싹 소리와 함께 게르데는 화를 내며 뒷걸음질쳤다.

"내 마법이 예전 같지 않을 수도 있지. 하지만 반사신경은 아직도 탁월하단다."

알레그라가 차갑게 경고했다.

"이 일로 당신을 죽일 수도 있어. 그리고 당신이 보호하는 그 여자애도 함께."

"넌 마법사야, 게르데."

알레그라가 화를 억누르며 대꾸했다.

"빅토리아는 지금 네가 지니고 있는 그 힘을 전해준 유니콘이지. 지금의 너를 있게 한 존재 말이야. 감히 최후의 유니콘에게 반기를 들겠다고?"

게르데의 아름다운 얼굴이 증오로 경련을 일으켰다.

"그애한테서 유니콘의 모습 따윈 볼 수 없던데."

"그랬겠지. 넌 그애를 키르타슈를 훔쳐간 여자로만 보니까. 네가 이러는 건 질투 때문인가? 아니면 그저 야망 때문인가? 크리스티안이 네게 무슨 의미가 있지? 군주의 아들, 미래의 군주, 그 이상의 다른 의미가 있는 건가?"

요정이 노래하듯 웃었다.

"계속 궁금해하도록 내버려두지, 아일레."

게르데는 여전히 입가에 미소를 머금은 채 한 걸음 뒤로 물러서더니 그대로 사라져버렸다.

4

인간성

빅토리아는 어두운 표정으로 잭 옆에 털썩 주저앉았다. 잭이 쳐다보았다.

“무슨 일이야?”

“아무것도 아니야.”

빅토리아가 언짢은 표정으로 대답했다.

“지독한 하루였어.”

“정말이야. 샤일은 계속 기분이 안 좋은가봐. 알렉산더가 그와 이야길 했어. 그동안 무슨 일이 있었는지 전부 말해준 모양이야. 아마 샤일이 다른 쪽에 신경을 쓰게 하려는 거겠지.”

빅토리아의 심장이 철렁 내려앉았다.

“샤일을 보러가야겠어.”

“지금은 안 돼, 빅토리아. 사이세이가 그와 함께 있어. 그에게 뭔가 중요한 할 말이 있는 것 같았어.”

빅토리아가 주먹을 불끈 쥐었다.

"무슨 말? 그가 저항군을 위해 희생한 영웅이라는 말? 난 우리 중 누구도 영웅이 되길 원하지 않아. 특히 샤일은 말이야."

잭은 빅토리아의 얼굴에 드러난 분노에 놀랐다. 빅토리아의 어깨에 팔을 두르려 했지만 그녀는 고개를 돌려 잭과 거리를 두더니 몸을 웅크렸다. 눈물을 훔치려고 강물로 세수하는 시늉을 했지만, 잭은 빅토리아가 울고 있다는 걸 알았다. 잭은 한숨을 쉬며 뿌리치는 빅토리아를 안아주었다.

"그가 또 무슨 짓을 한 거야?"

빅토리아가 눈물을 참으려고 눈을 깜박이는 모습을 보자, 잭은 자신이 정곡을 찔렀다는 것을 알았다. 빅토리아는 목이 메어왔다.

"그 이야긴 하고 싶지 않아."

"날 못 믿는 거야?"

빅토리아가 고개를 떨구며 계속 잭의 시선을 피했다. 잭은 빅토리아를 더 꽉 끌어안으며 그녀에게 상처를 준 존재를 속으로 욕했다. 빅토리아가 속삭였다.

"물론 널 믿어. 그냥 이런 일로 널 귀찮게 하고 싶지 않아서야. 네가 이런 일을 떠안는 건 공평하지 않잖아."

'물론이지. 그애가 네게 입힌 상처를 내가 이렇게 달래야 하는 건 공평하지 않아.'

잭은 생각했다. 하지만 빅토리아의 마음이 어떨지 뻔했기에 모른 척할 수 없었던 그는 자기 어깨에 얼굴을 기대게 했다.

"상관없어. 울고 싶으면 울어."

"아냐. 울지 않을 거야."

잠시 작게 몸을 떨던 그녀는 조용히 울기 시작했다. 잭은 빅토리아가 잠시나마 마음 놓고 울게 내버려두었다가 나지막이 물었다.

"그놈이 또 뭐라고 한 거야?"

묻지 말아야 한다는 걸 알지만 어쩔 수가 없었다. 무엇 때문에 그 녀석이 빅토리아를 상심하게 했는지 궁금함을 참을 수 없었다.

빅토리아는 머뭇거렸다. 게르데와 크리스티안이 함께 있는 걸 봤다고 말할 수는 없었다. 그녀에겐 몹시 고통스러운 일이긴 했지만 그렇다고 그가 그들을 배신하려 한 것도 아니기 때문이었다. 그녀는 크리스티안이 저항군과 계속 함께할 것이라고 믿었다. 하지만 잭은 그렇게 받아들이지 않을 수도 있다.

"그 녀석이 네게 상처 주는 게 너무 싫어."

잭의 말에 빅토리아는 생각에서 깨어났다.

"그의 잘못이 아니야……"

잭의 입에선 자신도 모르게 적의에 찬 한숨이 새어나왔다.

"언제까지 그렇게 용서하기만 할 거야?"

빅토리아는 눈을 감고 잭의 어깨에 머리를 기댔다.

"모르겠어, 잭. 정말 모르겠어. 진작에 우리가 너무나 다르고, 우리 관계가 잘 풀리지 않을 거라는 걸 알아야만 했어. 그래, 그는 내게 이렇게 상처를 주는데, 난 멍청하게 그를 보고 싶다고, 영원히 잃어버릴지도 모른다고만 생각하고 있으니……"

빅토리아의 목소리가 갈라졌다.

"그를 정말로 좋아하는구나."

"그래, 잭. 미안해."

짧은 침묵이 감돌았다.

"그래, 이해할 수 있어. 어쨌든 그럴 줄 알았으니까."

빅토리아는 잭이 무슨 소리를 하는지 깨닫고 황급히 그에게서 몸을 뗐다.

"아니, 아무 말도 하지 마. 네가 어떤 감정인지, 네가 좋아하는 사람이 누구인지는 분명하니까. 하지만 그 뱀 녀석이 너를 행복하게 해줄 수 있다는 확신만 있다면 내가 좀더 마음이 놓일 텐데."

"하지만……"

"네가 어떻게 그런 것까지 용서할 수 있는지는 아직도 모르겠어. 어쨌든 그건 사랑하기 때문일 테고, 그러니 나로선 어쩔 도리가 없지……"

"네가 잘못 알고 있는 부분이 바로 그거야!"

빅토리아가 소리를 질렀다.

모닥불 둘레에서 색칠한 돌을 가지고 떠들썩하게 게임을 하고 있던 한 무리의 얀 족들이 일제히 뒤돌아보면서 빨갛게 달궈진 석탄처럼 반짝이는 눈으로 두 사람을 응시했다. 빅토리아는 얼굴이 빨개졌다.

"넌 이해 못 해."

빅토리아가 목소리를 낮춰 되풀이했다. 얀 족들은 다시 게임을 시작했다.

“난 너 역시 좋아해. 미칠 듯이. 단 한순간이라도 내가 널 특별하게 여기지 않는다고 생각하지 마. 왜냐하면……”

그녀는 계속 말을 이어갈 수가 없었다. 혼란스러운 마음에 빅토리아는 시선을 떨구었다. 잭이 그녀의 머리를 쓰다듬자 그녀는 그 다정함에 몸을 맡겼다. 둘은 애정과 은밀한 동조가 가득한 키스를 주고받았다.

“네게 상처 주기 싫어.”

빅토리아가 잭의 어깨에 머리를 기대며 한숨을 내쉬었다.

잭은 빅토리아의 말이 장난이나 거짓이 아닌 진심이라는 걸 깨달았다. 잭에 대한 그녀의 감정 역시 한결같고 진정이 깃든, 강렬한 마음이었다.

“아직도 나를 좋아하는구나.”

잭이 행복해하며 말했다.

“아주 많이.”

빅토리아가 살짝 얼굴을 붉히며 미소를 지었다.

“내가 오직 너만 좋아한다면 모든 게 훨씬 더 간단할 텐데, 그렇지?”

잭은 입을 다물고 그녀를 꼭 끌어안은 채 짙은 밤색머리를 쓰다듬으며 생각에 잠겼다. 심장이 고동쳤다. 잭은 마침내 빅토리아가 여전히 자신을 사랑한다는 사실을 받아들일 수 있었다.

“아직 넌 우리 둘 중에서 누굴 선택할지 마음의 준비가 되지 않았다고 생각해.”

“그래서……?”

잭은 망설였다. 지금 이 기회를 그냥 흘려보내선 안 된다. 하지만 빅토리아는 크리스티안 때문에 괴로워하고, 그를 그리워하며 진심으로 사랑한다. 자신이 그녀를 사랑하는 것과 마찬가지로. 잭은 속으로 한숨을 내쉬며 이런 제길, 하고 생각했다.

"그래서, 네가 크리스티안과 화해해야만 한다는 거야. 게다가……"

말을 잇기 전에 잭은 잠시 망설였다.

"……너희 두 사람 사이에 무슨 일이 있는지는 모르겠어. 하지만 내가 크리스티안에 대해 잘 알고 이해하는 유일한 사실은, 그가 네게 푹 빠져 있다는 거야. 결코 그걸 의심해선 안 된다고 생각해."

빅토리아는 그를 쳐다보며 말을 잊었다.

"잭, 왜 그런 말을 하는 거야? 그것도 다른 사람도 아닌 네가?"

"난 네 제일 좋은 친구니까. 그리고 널 보살펴야만 하고."

잭이 미소를 지었다. 빅토리아도 다시 미소를 지었다.

"고마워, 잭."

빅토리아가 속삭였다. 그리고 자리에서 일어나 크리스티안을 찾아 나무가 우거진 숲으로 멀어져 갔다. 잭은 다시 모닥불 가에 혼자 남아 그녀가 떠나간 자리를 응시하며 생각했다. 잘한 일일까, 주어진 기회를 그냥 놓쳐버린 건 아닐까. 자신이 지독한 바보라는 생각이 들었다.

교왕이 크리스티안에 대해 한 말이 떠올랐다. 아주 특이한 방식이긴 했지만 이 셰크는 빅토리아를 열렬히 고통스러울 정도로 사랑하고 있다. 하루하루 지나면서 잭은 이 사실을 점점 더 확고하게 깨닫고 있었다.

그들 두 사람은 서로 매우 다르다. 그리고 서로가 서로에게 많은 상처를 입혔다. 원치 않더라도 그것은 또다시 되풀이될 것이다. 하지만 그 관계 때문에 아무리 큰 고통을 겪더라도 그 사랑은 끝나지 않을 것이다.

잭은 한숨을 내쉬었다. 크리스티안은 여러 차례 빅토리아에게 상처를 주었지만 그 역시 그녀 때문에 많은 고통을 당했다. 그들을 떼어놓는다면 그건 두 사람에게 최악의 일이 될 것이다. 그리고 더 나쁜 건, 그렇게 되면 빅토리아가 어떻게 될지 잭 스스로 너무나 잘 알고 있다는 것이었다. 그녀를 너무나 좋아하기에 그녀가 그렇게 괴로워하는 모습은 보고 싶지 않았다.

'어쩌면 이건 그냥 나만의 문제일지도 몰라.'

낙담한 잭이 혼잣말을 했다.

샤일의 오두막 옆을 지나던 빅토리아는 사이세이가 이제 자리에 없을지도 모르고, 그러면 샤일과 말할 기회가 있지 않을까 하는 생각이 들었다. 무슨 말을 해야 할지 생각하며 조용히 다가가던 그녀의 귀에 누군가의 목소리가 들려왔다.

"당신이 그애에게 이야기해야만 해요. 셰크의 뒤를 따라가지 못하게 설득해야만 한다고요."

빅토리아는 걸음을 멈추고 어둠 속에 몸을 숨기며 오두막 벽에 붙어섰다. 누구인지 알 수 있었다. 천상족 여사제의 고운 목소리였다. 빅토리아는 두 사람이 크리스티안에 대해 말하는 거라고 확신했다.

"그애는 우리 중 누구보다도 훌륭하게 빅토리아를 아슈란으로부터 지켜냈어."

샤일의 목소리가 대답했다. 빅토리아는 그의 말에 어린 쓰디쓴 어조를 감지했다.

"정말로 빅토리아를 이곳에서 빼내, 친구들한테서 떼어놓으면서까지 신탁의 신전으로 데려가야 한다고 믿는 거요? 정말로 그게 더 안전하다고, 그러면 그애가 더 행복해질 거라고 믿는 거요?"

"그곳은 여신들에 의해 보호받고 있어요."

사이세이가 대답했다. 다정하던 그녀의 목소리가 지금은 차갑고 엄하게 들렸다.

"여신들이 아슈란과 셰크의 손길로부터 신전을 지키고 있으니 루나리스에게는 안전한 피난처가 될 거예요."

샤일은 기분이 나빠진 듯 숨을 몰아쉬었다.

"웃기는 소리 말아요. 신들은 오래전에 우리를 버렸어. 당신도 잘 알잖아. 신전이 건재하는 건 셰크들이 그러는 게 자기들한테 이롭다고 생각해 그대로 놔두고 있기 때문이지."

"어찌 감히 신들을 의심하는 거죠?"

사이세이가 낮은 목소리로 그를 꾸짖었다.

"당신들 마법사들은 어찌나 콧대가 센지. 잘난 당신들 힘을 믿고 여섯 신들을 트집 잡을 권리가 있다고 생각하고들 있으니. 바로 당신들의 야망과 그 믿음 없는 마음 때문에 이둔의 평화가 위협받게 된 거라고요."

샤일이 한숨을 내쉬는 것을 들은 빅토리아는 샤일과 여사제가 이런 논쟁을 벌이는 것이 처음이 아니라는 생각이 들었다.

"그러면 잭은 어떡할 거요?"

마법사가 화제를 바꾸어 물었다.

"당신들은 루나리스에게서 그애도 떼어놓으려는 거요?"

"용은 당연히 저희와 함께 가야지요. 하지만 어떤 경우에도 그 셰크가 루나리스 곁에 다가가게 하지는 않을 거예요. 절대로."

빅토리아는 마치 심장이 비수로 갈가리 찢기는 듯한 기분이었다. 강제로 크리스티안과 떨어져, 그와의 관계를 끊게 된다면 견딜 수 없으리라.

'언제까지 그앨 용서할 거야?'

잭의 말을 떠올리며 빅토리아는 슬픈 미소를 지었다. '한번만 더'라고 그녀는 생각했다.

샤일이 말을 이어가자 그녀는 오두막 안의 대화에 다시 주의를 기울였다.

"빅토리아가 크리스티안에게 어떤 감정을 품고 있는지 알잖소. 그리고 그 역시 같은 감정이라는 것도. 사이세이, 그들의 마음을 읽었잖아요. 그런데도 떼어놓자는 말이오?"

"그 관계는 두 사람에게, 그리고 얀드라크에게 고통만 안겨줄 거예요."

짧은 침묵이 감돌았다. 빅토리아는 눈을 감았다.

"실수하는 거요. 그애들을 신전에 데려가 신들에게 나머지 일을 맡겨버릴 순 없소. 우린 싸워야 하고, 아슈란에게 전면전으로 맞서야만 해요."

"싸우자고요? 전쟁이라고요?"

사이세이가 공포에 질린 어조로 샤일의 말을 되풀이했다.

"그런 건 다 필요 없을 거예요. 이제 얀드라크와 루나리스가 돌아왔으니까요, 안 그래요?"

"순진하게 굴지 말아요."

샤일이 딱딱하게 대꾸했다.

"가에달루가 왜 빅토리아를 신전으로 데려가려 하겠소? 바루족들은 그들의 수중 도시에 있으면 안전하다고 느끼지요. 하지만 그것도 이제 끝난 일이오. 내가 모르는 줄 알아요? 셰크들은 대륙을 정복했고, 물속에서도 활동할 수 있기 때문에 이제는 바다도 정복하려 하지요. 그들은 다글레두를 공격해서 텔레파시로 모든 주민들을 마비시켰어요. 다른 대양 왕국의 시민들 또한 항복한 상태고요. 클라리비덴시아 신전은 바루 족의 수도와 가까운 바닷가에 있잖소."

여사제가 그를 질책했다.

"샤일, 왜 그렇게 꼬여 있나요? 여교왕에 대해 왜 그런 식으로 말하죠? 그분은 이둔의 행복을 위해 행동하는 분이에요. 당신은 늘 나쁜 면만 보고 있다고요."

샤일이 무뚝뚝하게 대꾸했다.

"그 덕분에 저항군이 살아남은 거지. 당신들은 십오 년 동안 셰크의 지배 아래 있으면서 점점 그들에게 익숙해져왔지만, 우리에겐 그보다 짧은 시간이 흘렀고, 아직은 싸울 힘이 있는 거요. 그게 바로 우리가 하려는 일이오. 무슨 말인지 알겠소? 우리 힘은 모두 함께 싸우는 데서 나오는 거라고요. 우린 결코 흩어져선 안 돼요. 크리스티안도 우리 일원이오. 그는 내 생명을 구하기도 했고, 빅토리아에 대한 그의 감정도 진지하지."

빅토리아는 방금 전 크리스티안과 게르데가 함께 있던 모습을 떠올리며 몸을 떨었다. 그리고 그것을 잊으려 애썼다.

"그는 셰크에요, 샤일."

사이세이가 부드럽게 말했다.

"그래요, 루나리스에 대한 감정은 의심하지 않아요. 우리 천상족 모두 그걸 감지할 수 있으니까요. 하지만 셉티모 신을 숭배하는 그의 또다른 일면이 다시 나타나는 건 금방이에요. 다시 옛 본능에 휘말려 얀드라크를 공격하게 될 수도 있어요."

샤일이 침묵을 지켰고, 빅토리아는 좋은 징조가 아니라고 여겼다.

사이세이가 다정하게 말했다.

"이봐요, 당신은 큰일을 했어요. 두 사람을 안전하게, 무사히 데리고 왔으니까요. 이제 당신들 임무는 끝난 거예요. 더 힘세고 현명한 다른 이들이 두 사람을 돌보게 해줘요."

샤일이 나지막이 말했다.

"아슈란과 맞설 때 그 곁에 있고 싶었는데."

"둘은 최후의 용과 최후의 유니콘이에요. 아슈란에 맞서 둘 다

잃을지도 모르는 위험을 감수하는 게 정말 좋은 생각일까요?"

"하지만 예언은……"

"어쨌든 예언은 실현될 거예요. 그게 신들의 뜻이니까. 신전에 가면 틀림없이 우리에게 방법을 알려줄 것이고……"

"신들 이야기는 그만 해요!"

샤일이 고함을 지르다시피 했다.

"신들은 천체가 결합한 날 아무 일도 하지 않았고, 두 사람을 다른 세상으로 보낼 때도 도와주지 않았고, 그들을 찾아 다시 데려오는 일도 뭐 하나 수월하게 해주지 않았어! 말해봐요, 사이세이. 신들이 존재한다면, 아슈란이 용과 유니콘을 전부 전멸시킨 그날 어디 있었는지, 왜 우리를 저버린 건지."

긴장과 침묵이 감돌았다. 빅토리아는 숨을 참으며, 여사제의 튜닉이 부드럽게 스치는 소리를 듣고 벽에 더 바짝 붙었다. 샤일의 오두막을 나서는 여사제의 아름다운 보랏빛 눈에 언뜻 반짝이는 눈물이 비쳤다.

빅토리아는 그녀가 시야에서 사라지기를 기다렸다가 집 안으로 들어갔다. 짚 매트 위에 누운 샤일이 부드러운 담요를 허리까지 덮고 있어 빅토리아는 수술의 흔적을 볼 수 없었다. 하지만 그의 고통스러운 표정과 열에 들뜬 밤색 눈이 눈에 띄었고, 얼굴에선 창백함이 두드러졌다.

"안녕, 빅토리아. 들어와."

빅토리아는 두 사람을 엿들었다는 죄책감에 쭈뼛쭈뼛 들어갔다. 샤일이 미소 지었다.

"무슨 그런 표정을 하고그래? 우리 얘기라도 엿듣고 있었니?"

빅토리아의 얼굴이 붉어졌다.

"나는……그래요, 나와도 꽤 관련 있는 이야기 같아서요."

"네 말이 맞아."

빅토리아가 곁에 앉았다.

"샤일이 좀 심하게 말한 것 같아요."

"그러지 않을 수 없었어."

그가 인정했다.

"때때로 천상족은 이 세계에 어울리지 않는 존재라는 생각이 들거든. 그들에게는 이 세계가 너무 악해서 말이야."

"태양 교단의 교왕도 천상족이잖아요."

"그래, 그는 아주 지독한 시절을 보내고 있는 거지. 불쌍한 양반 같으니라고. 존자가 된다는 건 권력이야. 마법사가 탑 하나를 책임지는 것이나, 어느 왕국의 왕이 되는 것과 마찬가지인 셈이지. 하딘은 어떤 종류든 폭력에 반대하는 분이야. 그런 분이 전쟁의 시대에 한 교단의 지도자가 되었다는 걸 상상해보라고."

"가에달루가 하딘의 영역을 침범한다는 생각이 들어요."

빅토리아가 자신의 의견을 밝혔다.

"당연하지. 태양 교단에 속했던 신전 역시 태양과 달의 두 교단이 공유했던 중앙 대신전과 마찬가지로 파괴되었을지도 몰라. 아직 건재한 클라리비덴시아 신전은 달 교단의 본부고. 신을 열렬히 믿는 자들은 여신들이 남신들보다 훨씬 더 강하며, 세 태양신보다 세 달의 여신이 그들을 더 잘 수호해줄 거라고 믿고 있어.

그래서 가에달루가 최근에 많은 힘을 얻은 거야."

"그분은 책과 나를 신전으로 데려가고 싶어하는 거죠? 우리를 서로 갈라놓고 싶으신 거죠?"

"가에달루만 계획을 세우고 있는 건 아니야. 알렉산더가 알레그라와 대마법사가 나눈 이야기를 들려줬어. 보아하니 그도 몹시 심란한가봐."

"왜요?"

"이제 그는 유일하게 남은 대마법사거든. 드락웬 탑에서 교육을 받은 대마법사들 중 마지막인 거지. 그게 무슨 뜻인지 알잖아."

빅토리아가 고개를 끄덕였다. 그녀 역시 역사를 알고 있었다. 교단은 세 신전을, 마법사들은 세 개의 마법 탑을 가지고 있고, 그리하여 성스러운 힘과 마법의 힘 사이에 균형이 유지되어왔다. 하지만 오래전에 마법 종단은 이둔에서 가장 강력한 지역이자 유니콘들이 거하는 알리스 리스반의 심장부에 넷째 탑을 세웠다. 두 세력 간의 균형이 깨어진 것이다. 그곳에서 배운 마법사들은 다른 탑의 마법사들보다 훨씬 더 뛰어났고, 세월이 지나자 평범한 마법사 이상의 힘을 얻게 되었다. 바로 이들을 대마법사라고 부르게 된 것이다. 사제들의 압력 때문에 마법 종단이 드락웬 탑을 폐쇄하기로 동의했을 때, 이둔에는 약 스무 명가량의 대마법사들이 있었다. 그들 중 누구도 드락웬 탑의 종파를 이어가고자 하지 않았는데, 세력을 다툴 대마법사들이 더 많아지는 것을 그들 역시 탐탁지 않게 생각했기 때문이었다.

이렇게 세월이 흐르고, 대마법사들은 남들과 다르게 장수를 누렸음에도, 하나씩 차례로 사라져갔다. 천체 결합이 일어난 때에는 이미 단 세 명만이 남아 있을 뿐이었다. 그들 중 두 사람이 카슬룬 탑과 아위노르 탑을 통치하고 있었고, 셋째가 바로 콰이다르 대마법사다.

"사람들은 콰이다르에게 데르바드 탑의 통치를 제안했어. 하지만 그는 거절했지. 정치가 아니라 오로지 마법 연구에만 관심이 있었기 때문이야. 그래서 너희 할머니가 결국 그 탑을 맡게 된 거야.

하지만 세 탑이 무너졌고, 아슈란이 네번째 탑을 소생시켰지. 그 탑은 절대로 다시 세워져서는 안 되는 거였어. 얼마 전까지만 해도 세 대마법사는 카슬룬 탑에서 살아남은 마법 종단의 사람들을 이끌어왔지. 그리고 아슈란이 그 탑마저 차지해버린 게 불과 일주일 전이라는 건 너도 잘 알고 있는 사실이고. 알렉산더의 말에 따르면 다른 두 대마법사도 죽고, 콰이다르만 살아남았다는군."

"그렇군요."

빅토리아가 불안한 마음으로 중얼거렸다.

"마법 종단은 사라지기 일보 직전이야, 빅토리아. 적들이 마법 종단의 힘을 상징하는 것들을 파괴하거나 차지해버렸거든. 종단을 구할 책임이 최후의 대마법사인 콰이다르의 어깨에 지워진 거지. 그가 책임감을 너무 무겁게 느낄까봐 걱정돼. 카슬룬 탑을 되찾기 위해 공격에 나서겠다는 엉뚱한 생각을 하고 있는 것 같아."

빅토리아가 돌처럼 굳어버렸다.

"네?"

"그는 너희들이 전투를 이긴다면 아무 문제 없을 거라고 확신하고 있어."

샤일이 언짢은 투로 말했다.

"모두 미친 것 같아, 빅토리아. 너희들이 이둔을 해방할 구원자라고 믿지만, 아무도 그것이 언제 어떻게 이루어질지 짐작조차 하지 못하고 있어. 그냥 너희가 무슨 일을 하든 전부 다 잘될 거라고 모두 믿는 식이지. 너희들은 예언에 나오는 바로 그 인물들이니까."

"하지만 그건 말도 안 돼요. 게다가 다들 왜 우리의 미래를 우리와 한마디 상의도 없이 계획하는 거죠? 우린 그런 운명을 선택한 적이 없어요. 우리가 그것과 무슨 관련이 있다는 거예요?"

샤일의 안색이 갑자기 딱딱해졌다.

"정말로 운명이 있든 없든 그건 상관없어. 우린 날마다 아무것도 아닌 것처럼 보이지만, 어쩌면 우리 인생을 영원히 바꿀 수도 있는 일들을 선택하며 결정하고 있잖아. 십오 년 전에 스승님들이 내게 며칠간의 휴가를 줬을 때, 난 마법을 새롭게 하려고 알리스 리스반 숲으로 갈까, 아니면 나네텐에 계신 부모님을 방문할까 생각했었지. 하지만 결국 난 알리스 리스반으로 간 거야."

빅토리아는 무슨 말인지 알아들었다. 용과 유니콘을 전멸시킨 천체 결합을 보고 놀란 샤일은 알리스 리스반에서 기적적으로 살아남은 어린 유니콘을 발견했다. 그리고 그는 그 유니콘을 구하기로 결정했다. 그때부터 그들은 인연을 맺었고 그것은 아마도 영원히 계속될 것이다.

샤일은 마치 빅토리아의 생각을 읽기라도 한 듯 말을 이었다.

"우리가 내린 결정이 아무리 옳은 듯 보여도, 그것이 곧장 재앙으로 이어질 때도 있어."

짧고 무거운 침묵이 감돌았다. 샤일의 기분이 급작스럽게 변하자 빅토리아는 조금 얼떨떨해하면서 상처받은 기분에 눈을 감았다. 아주 큰 죄책감이 느껴졌다.

"정말 미안해요, 샤일."

빅토리아가 중얼거리자 마법사가 묵묵히 고개를 돌렸다.

"지금까지 날 위해 해준 일들에 대해 고맙다는 말을 한 적이 한 번도 없네요. 천체 결합이 일어난 날 내 목숨을 구해주고, 많은 걸 가르쳐주고……나를 위해 수없이 목숨을 내걸기도 했는데 말이에요. 할 수만 있다면……"

"다 지난 일이야."

샤일이 말을 잘랐다.

"내가 기대만큼 잘하지 못한 게 분명해. 그러니 어쩌면 넌 그들과 함께 가는 게 최선일지도 몰라. 여교왕이나 대마법사, 둘 중 누구든 말이야. 네가 갈 곳을 선택해."

"네?"

"어쩌면 그들 말이 맞을지도 모르지. 저항군을 다른 사람에 손에 넘겨야만 할지도 몰라. 어쨌든 결국 내가 할 일은 다 한 것 같으니까."

빅토리아가 잠시 침묵을 지키며 아랫입술을 깨물었다. 그리고 나지막이 대답했다.

"알았어요. 그동안 정말 고마웠어요, 샤일. 다시는 문제를 일으키지 않을게요."

샤일의 말은 섭섭하거나 책망하는 마음에서 한 말이 아니다. 빅토리아 역시 많은 사람들이 그녀를 지키기 위해 모든 걸 던지는 게 불편했고, 샤일의 말은 그녀의 이런 감정을 확인시켜주었다. 샤일의 말이 옳다. 그는 이미 그녀 때문에 너무나 많은 걸 잃었다.

"잘 자요."

빅토리아는 속삭이듯 인사를 건네고 오두막을 나왔다.

샤일은 대답하지 않았다. 심호흡을 하고 눈을 감은 그는 방금 한 말을 금방 후회했지만, 오해를 바로 잡기에는 너무 지친 상태였다. 자신의 무력함에 화가 나서 제대로 생각조차 하기 힘들고 머리가 아픈 지도 꽤 되었다. 그가 불구가 되었는데도 다들 아무 일 없다는 듯 대하려고만 했다. 하지만 그들이 아무리 애를 써도 샤일은 그들의 눈에서 동정심을 읽을 수 있었고, 이 때문에 화가 났다. 그리고 사이세이는……샤일은 얼굴을 이불로 덮어버렸다. 그녀를 다시 만나는 건 힘든 일이었다. 더구나 이런 상황에서는. 담요를 걷어올리고 다리가 없다는 사실을 발견했을 때 느낀 경악은 절대로 잊지 못할 것이다. 하지만 더 최악은 여사제의 얼굴에서 본 유감과 동정이었다.

빅토리아는 크리스티안과 마지막으로 대화를 나눈 곳에서 그를 찾았다. 그는 강가의 커다란 바위 위에 앉아 세 달의 달빛 아래 검을 살피고 있었다. 빅토리아는 몇 미터 앞에서 걸음을 멈추고 조용히 그를 응시했다. 그는 고개를 돌려 쳐다보지는 않았지만 그래도 그녀가 온 걸 알고 있었다. 그녀는 심호흡을 하고 나아가 그의 옆에 앉았다. 샤일과 괴로운 대화를 나눈 터라 크리스티안과는 화해하고픈 마음뿐이었다.

그는 아무 말도 없었고 그녀를 쳐다보지도 않았다. 계속 하이아스만 뚫어지게 바라볼 뿐이었다.

빅토리아는 침을 삼켰다. 어디서부터 시작해야 할지 알 수 없었다. 사과를 해야 하는 게 자신인지, 아니면 그인지조차 몰랐다. 하지만 가능한 한 서둘러 정리해야 한다는 사실은 분명했다. 그를 바라보자 심장이 고동치는 게 느껴졌다. 빅토리아는 감정을 다스리려고 애썼다. 그 어느 때보다 더 그를 사랑한다는 게 느껴졌다. 하지만 그의 애정을 되찾기 위해 뭘 해야 할지, 무슨 말을 해야 할지 자신이 없었다.

"검을 되찾았구나."

마침내 빅토리아가 다정하게 말했다.

크리스티안이 조용히 고개를 끄덕였다. 빅토리아는 검을 되찾기 위해 지불했을 대가에 대해 물어보고 싶은 충동을 억눌렀다. 하이아스 쪽으로 눈길을 돌린 그녀는 그때서야 칼날에 감돌던 부드러운 얼음 같은 반짝임이 사라져버렸다는 사실을 깨달았다.

"무슨 일이야? 왜 빛이 사라진 거야?"

"죽은 거야."

크리스티안이 나지막이 대답했다.

"검도 죽을 수 있다는 건 몰랐어."

"마법의 검들은 생명이 있지. 그러니 죽을 수도 있는 거고. 세크들이 하이아스의 모든 힘을 제거해버렸어. 생명이 없는 평범한 금속으로 바꿔버린 거야."

"왜?"

"메시지인 셈이지. 내가 더이상 그들 편이 아니라는 말을 하고 있는 거야."

빅토리아는 소름이 끼쳤다.

"잔인해."

크리스티안은 아무 대답도 하지 않았다. 그는 고개를 숙인 채 어깨를 축 늘어뜨리고 있었다. 한꺼번에 나이가 들어 폭삭 늙어버린 것 같았다. 단순히 검 때문만은 아니라는 걸 빅토리아는 즉시 알아챘다.

"크리스티안, 무슨 일이야? 얼마 전부터 네가 달라 보였어. 넌 변하고 있어. 괜찮은 거야?"

드디어 크리스티안이 고개를 들어 그녀의 얼굴을 쳐다보았다. 세 달의 달빛 아래, 빅토리아는 여러 감정과 괴로움으로 뒤섞인 그의 물기 어린 푸른 눈을 보았다. 심장이 천 갈래, 만 갈래로 찢어지는 듯했다.

"무슨 일이 있는 거야, 크리스티안? 이런 모습은 보고 싶지 않아. 널 위해 할 수 있는 일이 있다면……"

그녀는 입을 다물었다. 바로 조금 전에 다투며 얼마 가지 않아 후회할 말들을 했던 기억이 떠올랐기 때문이었다.

그녀는 다시 그를 용서했다. 그리고 게르데와 함께 있는 모습을 보았을 때, 드락웬 탑에서의 끔찍한 경험을 떠올릴 때, 아슈란이 그녀를 고문하는 동안 키르타슈가 보였던 얼음 같은 냉정함을 떠올릴 때 느꼈던 고통을 잊었다. 온 힘을 다해 그를 꼭 끌어안자, 그도 기꺼이 마주 안아주었다. 이것 역시 본래의 그답지 않았다. 빅토리아는 그의 부드러운 밤색머리를 쓰다듬었다.

"미안해, 크리스티안."

그녀는 그의 귓가에 속삭였다.

"정말 미안해. 널 이해하지 못하고, 이해할 수도 없지만, 그래도 진심으로 이해하고 싶어. 널 잃고 싶지 않아."

그는 아무 말도 하지 않았다. 빅토리아는 그가 화나 있다고 생각했다.

"좀전에 한 말은 진심이 아니야. 널 믿어. 날 사랑한다는 거 알아. 나는 너랑 같이 있고 싶어."

"알아."

크리스티안이 다정하게 대답했다.

빅토리아는 그에게서 몸을 떼며 그의 눈을 들여다보았다. 그의 눈길 속에 보이는 무한한 사랑에 감동하는 동시에 불안한 마음이 들었다. 그는 이렇게 공공연히 감정을 드러내 보이는 경우가 거의 없었다.

"너답지 않아. 마치……"

"……내가 점점 더 인간이 되어가는 것 같아."

빅토리아는 그에게 일어나고 있는 일이 무엇인지 깨닫고 숨을 삼켰다.

크리스티안이 그녀에게서 몸을 떼고 눈길을 피했다.

"내 안의 셰크가 죽어가고 있어. 같은 종족에게 버려진 채, 인간들에게 둘러싸여 조금씩 본능을 억누르다가. 내 안에 있는 인간적인 감정을 뛰어넘지 못하니까 점점 더 조급해하고 고통스러워해. 이건 단지 앞으로 일어날 일의 경고일 뿐이야."

그가 하이아스를 가리키며 덧붙였다.

빅토리아는 잠시 입을 다물고, 그의 말뜻을 곰곰이 생각했다.

"네 감정이 네 안에 있는 뱀을 죽이고 있다는 사실을 기뻐해야만 할 텐데. 그럴 수가 없어. 이렇게 네가 괴로워하는 모습을 보는 건 정말 싫어."

"난 점점 더 인간이 되고 있어."

크리스티안이 미소를 지었다.

"하지만 넌 인간을 사랑한 게 아니었지."

빅토리아가 무언가 대꾸하려다 그가 옳다는 사실을 깨달았다.

"예전에는 한 번도 느끼지 못한 감정들을 난 느끼고 있어. 사랑뿐만 아니라 의심, 고뇌, 두려움, 그리고 고통과 고독. 매번 길을 잃은 듯, 점점 더 혼란스러운 기분이 들어. 난 마치 아픈 사람처럼 힘을 잃어가고 있어, 빅토리아. 설마 그럴까 했는데, 내가 어느 정도로 약해졌는지 제대로 깨달은 게 바로 오늘밤이야."

"게르데."

빅토리아가 추측했다. 크리스티안이 고개를 끄덕였다.

"그녀는 검을 주는 대신 키스를 해달라고 요청했지. 키스는 그냥 키스일 뿐이야, 무슨 말인지 알지? 너와의 키스가 중요한 거야. 다른 건 아무 의미도 없어. 뭐하고든 바꿀 수 있지."

그가 빅토리아를 강렬하게 쳐다보자 그녀는 두 사람이 주고받은 첫 키스를 떠올리고 얼굴이 빨갛게 달아올랐다. 그건 두 사람에게 의미하는 바가 아주 컸다. 다른 무엇과도 바꿀 수 없다.

"그건 나를 시험하려는 거였어. 게르데는 내게 무슨 일이 일어나고 있는지 알고 있어. 그리고 나도 지금의 내 상태라면 게르데의 마법이 내게 영향을 미칠 수 있다는 걸 알고 있었고."

"그런데도 넌 키스를 했잖아."

빅토리아가 나지막이 말했지만 그를 탓하는 말투는 아니었다. 크리스티안이 고개를 끄덕였다.

"만일 거절했다면 게르데의 의심을 확인시켜주는 게 되니까. 나보다 우위에 있다는 사실을 증명하는 꼴이 되니까 그런 거야. 다른 방법이 없었어.

게르데의 마법이 내게 영향을 준 적은 한 번도 없었어. 그녀와 같이 있어도 난 늘 내가 하고 싶은 대로 했고, 늘 상황을 통제했었지. 오늘 난 통제력을 잃었고, 그건 이제 내가 생각했던 것보다 훨씬 더 인간이 되었다는 의미지. 네가 오지 않았다면 게르데가 마법으로 완전히 나를 사로잡았을 거야. 그러면 무슨 일이 일어났을지는 나도 몰라. 나를 죽였을 수도 있고, 드락웬 탑으로 데려가 아버지가 나를 없애게 했을 수도 있지."

빅토리아는 많은 것을 이해하고는 심호흡을 했다. 그녀는 그에게 다가가 어깨에 고개를 기대고 손을 잡아주었다.

"그런데 왜 그냥 가게 둔거야? 다시 널 해칠 수도 있잖아."

크리스티안이 조금 뜸을 들인 후 대답했다.

"그건 아마도, 아버지 소식을 전해줘서 그런 게 아닌가 싶어."

빅토리아는 잠시 입을 다물고 이 놀라운 말을 되새겨보려고 애썼다.

"크리스티안, 이제 나도 알아. 너의 아버지와 다른 일도 전부. 하지만 그가 네게 그렇게 몹쓸 짓을 했는데도 아직도 보고 싶은 거야?"

"그게 그렇게 이상해? 너도 여기 나와 함께 있잖아. 내가 너한테 그런 몹쓸 짓을 했는데도 말이야."

빅토리아는 어떻게 대답해야 할지 몰랐다.

"그 이상의 문제야. 너도 알듯이 난 여기 네 곁에 있어. 그건 내가 원했기 때문이야. 하지만 이곳은 내가 있을 곳이 아니야, 너희 편 사람들이 나를 있는 그대로 받아줄 리도 없고. 반면에 예전에는……"

크리스티안은 잠시 입을 다물고 골똘히 생각에 잠겼다가 말을 이었다.

"예전에는 모든 게 분명했지. 나 자신이 어딘가의 일부라고 느꼈고. 예전에…… 내 인간성이 드러나기 전에 말이야."

"그걸 그리워하는구나. 다시 셰크가 되고 싶은 거지?"

크리스티안이 꿰뚫는 듯한 시선을 던졌다.

"너라면 네 안의 루나리스가 죽게 내버려둘 거야?"

"당연히 아니지!"

즉시 대답을 하며 빅토리아는 몸서리를 쳤다.

"루나리스는 내 일부고, 그건……"

다시 입을 다문 그녀는 크리스티안이 무슨 말을 하려는지 이해했다.

"내 안에 있는 셰크가 죽게 내버려둔다면 그건 내 심장을 반쯤 덜어내는 것과 같을 거야. 무슨 말인지 알겠니?"

빅토리아는 오싹 한기가 들었다. 그건 그가 온전한 인간이 되면 어쩔 수 없이 죽게 될 것이라는 말이었다. 예전의 그 차갑고 무자비한 존재가 사라지게 하는 것은 그를 죽음으로 내모는 일과 똑같은 것이다. 너무 잔인한 일이었다.

"무슨 말인지 이해해. 그럼 이제 어떻게 할 거야?"

"그들이 왜 검을 돌려줬는지 알 것 같아. 검을 되살려 마법을 다시 찾게 되면 내 안의 셰크도 다시 살아날 거야. 내 힘을 되찾을 거고……"

"……하지만 그러면 다시 그들에게 돌아가게 될 수도 있는 거잖아."

"적어도 저항군과는 거리를 두게 되겠지."

"게다가 어쩌면 예전처럼……다시 그렇게 될지도 모르고."

빅토리아가 작은 소리로 말했다.

더 자세한 말은 하지 않았지만 두 사람 모두 빅토리아가 무슨 말을 하는지 알고 있었다. 둘은 함정과 속임수, 배신을 떠올렸다. 빅토리아의 마음속에서는 아직도 모든 감정이 사라진 그때의 키르타슈의 차가운 시선이 고통스럽게 타오르고 있었다.

"그래, 그건 위험하지."

크리스티안이 시인했다.

"하지만 다른 선택의 여지가 없어."

빅토리아는 생각만으로도 몸서리가 쳐졌다. 크리스티안은 어깨를 축 늘어뜨린 채 빈 손바닥을 바라보았다.

"나 자신이 너무 나약하고, 힘이 빠지는 느낌이야. 감정이 점점 강해지면서 객관적으로 생각할 수가 없어."

빅토리아는 그를 위로하기 위해 그의 팔에 손을 얹었다.

"전에 네가 어땠는지 기억나."

그녀는 애정을 담아 그에게 말했다.

"얼음의 검을 지닌 너는 무자비하고, 막강하고, 무적이었지. 네가 무서웠어. 눈빛에는 죽음이 깃들어 있었지. 그 어떤 것도 너한테서 도망칠 수 없었어. 그리고 넌 단칼에 다른 이의 목숨을 없애고도 후회하는 법 없이 증오, 두려움, 잘못, 용서와 같은 감정들을 지배했지. 난 네가 무서웠어."

빅토리아가 다시 반복했다.

"널 미워했고, 괴물이라고 생각했어. 하지만 그러면서도……"

그녀는 눈길을 피하며 혼란스러워했다. 차갑고 비인간적인 면모를 지닌 키르타슈, 그녀를 아슈란에게 넘겨준 키르타슈를 잊을 수는 없다. 키르타슈라는 존재에는 이 모든 기억이 함축되어 있었다. 빅토리아는 눈을 감고 속으로 게르데를 욕했다. 그 요정이 아와 숲에 다녀간 뒤로 너무 많은 일들이 일어났고, 그 때문에 필사적으로 잊으려 했던 경험이 다시 떠올랐다.

"그건 네가 인간과 사랑에 빠진 게 아니기 때문이야."

크리스티안이 미소를 지으며 말했다.

빅토리아는 심호흡을 했다. 세상에. 하지만 조만간 그녀는 그것을 극복해야 할 것이다. 어쨌든 그의 말이 맞다. 즉 인간이든 셰크든 그를 너무 사랑하므로 그냥 그대로 죽게 내버려둘 수는 없었다.

"네가 이러는 건 보기 싫어, 크리스티안."

결국 고개를 들며 빅토리아가 분명히 밝혔다.

"네가 잃어버린 걸 찾기 위해 떠나야 한다면, 널 잡지 않을게. 나에겐 계속 우리와 같이 있어 달라고 부탁할 권리도 없고, 네가 속으로 죽어가는 모습을 보면서 그냥 앉아 있을 수만도 없어."

"나도 뭘 해야 할지 모르겠어. 본능은 떠나라고, 너희에게서 멀어지라고 해. 하지만 하루하루 지나면서 네 곁에 있고 싶다는 욕망이 점점 더 커져서 이젠 참을 수 없을 정도야."

그는 빅토리아를 똑바로 쳐다보았다.

"넌 지금 내가 지닌 전부야, 무슨 말인지 알아, 빅토리아? 넌 내게 남은 전부라고."

그의 마음을 느낀 빅토리아는 온 힘을 다해 그를 꽉 끌어안으며 생각했다.

'널 저버리지 않을 거야. 무슨 일이 있어도 버릴 수는 없어.'

"넌 나 때문에 모든 걸 잃었어."

빅토리아가 중얼거렸다.

"하지만 나도 똑같이 그렇게 해줄 수는 없을 거야. 사실이야. 그러니 난 너한테 나만 좋아하라고 강요할 권리가 없어."

크리스티안은 대답하는 데 조금 뜸을 들였다. 그리고 일단 말을 꺼내자 나지막한 목소리로 속삭였다.

"이제야 그 얘길 하게 되는구나. 설명할 게 있어. 오늘밤 일에 대해서 말이야."

"그럴 필요 없어."

빅토리아가 그의 말을 잘랐다.

"이제 상관없어. 그럴 수 있다고 생각해. 단지 그게 게르데라는 게……"

"들어봐, 빅토리아. 몇 가지 분명히 해두고 싶어서야. 괜찮지?"

심각한 어조에 빅토리아는 침묵을 지켰다.

"난 결코 네게 성실한 적이 없어. 내가 생각하는 사랑은 약속, 구속, 성실하고는 아무 상관도 없어. 내겐 다른 여자들도 있었어, 무슨 말인지 알겠니? 그런 여자들은 얼굴도 이름도 없는 거나 마찬가지야. 그건 그저 육체적인 필요의 충족이었을 뿐이야.

난 네게 성실한 적이 한 번도 없고, 앞으로도 그러지 않을 거야. 하지만 난 너에게 충실해. 그 차이를 알겠니? 난 네 곁에서 널 위해 싸울 거고 네 생명을 지킬 거야. 내가 아무리 멀리 있어도 널 생각할 거야. 필요하다면 널 위해 죽이기도 하고 죽기도 할 거야. 알겠어?"

빅토리아는 그가 말하는 모든 것을 소화하려고 애쓰며 숨도 쉬지 않았다. 그래서 대답을 할 수가 없었다.

"눈으로 보고 귀로 듣는 그 어떤 것에도 속지 마, 알겠니? 내가 계속 크리스티안이고, 네가 내 반지를 끼고 있는 동안, 난 언제나 네 것이야. 아무리 멀리 있어도, 아무리 다른 사람에게 키스한다고 해도 말이야, 알겠어?"

빅토리아는 고개를 끄덕이기는 했지만 여전히 혼란스러웠다. 그에서 조금 거리를 두고, 심장 박동이 정상적인 리듬을 되찾기를 기다렸다.

하지만 크리스티안은 그렇게 내버려두지 않았다. 그가 빅토리아의 어깨를 끌어당겼고, 두 사람의 얼굴은 거의 닿을 정도로 가까워졌다.

"그리고 너는? 게르데가 부러웠니? 넌 게르데가 한 것처럼 내게 그럴 수 있어?"

빅토리아는 그가 무엇을 말하는지 깨닫고 크리스티안에서 떨어지려 하면서도, 마치 강력한 자석처럼 그에게 끌려들어갔다. 한편으로는 그대로 그에게, 그의 다정함과 그 입맞춤에, 그리고 그후에 벌어질 일에 몸을 맡기길 원하고 있었다. 하지만 또한 두렵기도 했다. 아주 많이.

"나는……"

빅토리아는 입이 바짝바짝 타는 걸 느꼈다.

"난 아직 준비가 되지 않은 것 같아."

이 말을 하고 나자 기분이 조금 나아진 듯했다. 하지만 그가 살짝 몸을 떼자 어쩔 수 없이 절망의 한숨이 새어나왔다.

"난 이제 겨우 열다섯 살이야, 크리스티안."

그에게 무안을 준 건 아닌지, 그에게 등을 돌려버린 건 아닌지, 그리고 자신이 성숙한 여인이 아니라 그저 어린 여자아이에 지나지 않다는 사실을 들키지 않았을지 두려웠다. 하지만 크리스티안은 미소를 지었다.

"그렇게 말할 줄 알았어. 서두르지 않을게. 절대로 네가 원치 않는 걸 강제로 하지는 않을 거야."

"하지만 키스는 할 수 있어."

빅토리아가 수줍은 미소를 지으며 말했다.

"물론 네가 원하면 말이야."

그녀는 입을 다물었다. 크리스티안이 다시 다가오며 강렬한 눈길로 쳐다보자 숨이 멎었기 때문이다.

"네 키스를 받는 데 무슨 대가가 필요한 건 아니겠지?"

무슨 말이든 하고 싶었지만 말이 나오지 않았다. 크리스티안의 눈길에 사로잡힌 듯했다. 종종 보이던 얼음 같은 차가움은 이제 더이상 보이지 않았지만 그래도 여전히 매력적인 눈길이었다.

빅토리아는 그에게 미소를 지었다.

"내게 뭘 줄 수 있는데?"

빅토리아가 속삭였다.

"내가 키스를 하면 대신 뭘 줄 수 있는데?"

크리스티안이 대꾸를 하려 했지만 빅토리아가 그녀의 입술로 그의 입술을 부드럽게 막았다.

"적어도,"

두 사람이 몸을 뗐을 때 그가 말을 마무리 지었다.

"네게 키스를 다시 돌려줄 수는 있지."

잭은 잠을 이루지 못했다. 그는 실크 같은 물질로 둥글게 짜인 오두막 입구까지 짚으로 만든 매트를 끌고 갔다. 거기 몸을 누인 채, 아와 숲의 식물로 짠 둥근 지붕 틈으로 들어오는 별빛과 세 달의 달빛을 바라보았다. 텐트 속에 누운 기분이었고, 덴마크에 살 때 가끔 갔던 여름 캠프가 그리웠다.

밤새 머릿속에서는 내내 한 가지 생각이 맴돌고 있었다. 처음에는 두서없이 엉망인 것 같던 계획은 윤곽을 갖추면서 점점 더 매력적으로 보였다. 하지만 이 계획의 안타까운 점은 빅토리아와 함께할 수 없다는 것이었다. 만일 빅토리아가 알게 되면 이 계획을 실행하지 못할 것이기 때문이다.

유령처럼, 한 소녀의 그림자가 오두막 입구에 나타났다. 잭은 그의 생각이 그녀를 불러낸 것 같아 화들짝 놀랐다.

"잭?"

그림자가 속삭이자 잭은 그것이 정말로 빅토리아라는 사실을 알았다.

"안녕, 들어가도 돼?"

"당연하지, 들어와."

잭은 옆으로 공간을 조금 내주며 그녀가 들어오게 했다. 오두막이 별로 넓지 않아 바닥에 누워 겨우 잠을 청할 정도였지만 그래도 두 사람을 위한 자리는 있었다.

"고마워."

빅토리아가 잭 옆에 누웠다.

"여기서 오늘 밤 같이 보내도 돼?"

잭이 대답하는 데 뜸을 들이자, 빅토리아가 서둘러 분명히 의사를 밝혔다.

"그냥 이야기 좀 하다가 잘게."

"응, 그런 말인 줄 알고 있었어."

잭은 어쩔 줄 몰라하며 이렇게 대답하고는 어두운 덕분에 빅토리아가 빨개진 그의 얼굴을 보지 못하는 게 다행이라고 생각했다.

빅토리아 또한 얼굴을 붉혔다. 크리스티안이 넌지시 그런 뜻을 밝힌 후 잭도 비슷한 생각을 할 거라는 생각이 어쩔 수 없이 들었고, 그러자 신경이 예민해졌다.

"샤일을 봤어."

화제를 바꾸며 빅토리아가 말했다.

"그가 달라졌어."

샤일이 했던 심한 말들이 떠오르자 빅토리아의 표정이 슬퍼졌다. 잭은 그녀의 감정 변화를 알아챘다.

"계속 기분이 안 좋은가보구나?"

그가 다정하게 말했다.

"샤일이 뭐라고 그래?"

빅토리아는 두 사람이 나눈 말을 전하려다가 하지 않는 게 낫겠는 생각이 들었다. 그녀는 잭에게 몰래 숨어서 들은 이야기와 존자인 여교왕과 대마법사의 계획에 대해 샤일이 들려준 이야기만 했다.

"마음에 안 들어."

잭이 의견을 말했다.

"왜 우리한테 직접 말하지 않는 거지? 불안한 생각이 들어. 그 여사제는 안됐다. 샤일을 진심으로 걱정하는 것 같았는데."

"그건 틀림없어."

빅토리아가 미소를 지었다.

"두 사람이 예전부터 아는 사이 같지 않아?"

"그래 보여. 어찌되었건 내가 보기엔 두 사람이 좋은 사이라고 해도, 서로 다른 진영에 속하는 것 같아."

"마법사와 사제의 진영 말이지."

빅토리아가 동의했다.

"두 집단 사이에는 늘 어떤 라이벌 의식이 있는 것 같아. 그래도 샤일과 사이세이는 서로 좋아하는 모양이야."

"좋아한다고? 하지만 서로 다른 종족이잖아. 샤일은 인간이고 사이세이는 천상족이잖아."

"그래서, 뭐?"

놀란 잭은 말을 멈추고, 이 새로운 시각을 되새겨보았다.

"서로 다른 종족이 커플이 되는 게 그렇게 희한한 일은 아니잖아. 대마법사를 봐, 그분 머리가 왜 그런 이상한 색깔인 것 같아?"

"태양이 세 개나 있고 뱀들이 날아다니는 세계에서 누군가 초록색 머리카락을 하고 있는 것쯤은 하나도 이상하게 보이지 않는데."

잭이 웃으며 의견을 밝혔다.

"그건 요정의 피가 섞였기 때문이야. 아마 할아버지나 할머니가 요정일 거야."

종족 혼합이라는 생각을 하자 빅토리아는 불안한 마음이 들었다. 자신이 절반은 유니콘이고, 잭도 반은 용이라는 사실이 떠오른 것이다. 게다가 셰크와 인간의 하이브리드인 크리스티안 역시 요정에게 끌릴 수도 있었을 것이라는 생각이 들었다. 그녀는 그런 생각을 지우려고 고개를 가로저었다.

잭이 한숨을 내쉬며 몸을 돌려 위를 보고 누웠다. 그가 빅토리아를 가까이 끌어당기자 그녀는 잭의 품으로 들어와 그의 가슴에 머리를 대고 한숨을 쉬었다.

"이곳의 규칙들을 배우는 데 시간이 꽤 걸릴 것 같아."

"그건 네가 림바드 도서관에 자주 가지 않은 탓이야."

"한 번도 생각한 적이 없거든. 이곳에 이렇게 오래 머물러야 한다고는 말이지."

잭이 작은 소리로 말했다.

"말해봐, 빅토리아. 이 모든 일이 끝나면, 우리는 뭘 하고 있을까?"

빅토리아는 입을 다물고 생각에 잠겼다. 그러고 나서 말했다.

"모르겠어. 내 생각엔, 난 여기 남아 있을 거 같아. 이둔의 마법의 미래는 내게 달려 있으니까. 마법사들을 임명할 수 있는 유일한 사람이 나잖아. 아직 어떻게 하는지는 모르지만, 누군가를 치료하는 것과 그리 많이 다를 것 같지는 않아. 더 많은 에너지를 전해주는 그런 걸지도 모르지."

"미래의 마법사는 어떻게 선택할 거야? 시험을 치르거나 뭐 그러는 건가?"

빅토리아는 낮게 웃을 뿐 질문에 대답하지 않았다. 잭이 작은 소리로 말했다.

"덴마크 실케보르에 살았을 때는 어른이 되면 의사나 생물학자, 아니면 엄마처럼 수의사가 될 거라고 생각했었어. 하지만 그 자들이 왔고, 부모님을 죽였지. 그리고 알렉산더가 집으로 돌아가서는 안 된다고 했어. 사실 놈들은 나를 죽이러 온 거였으니까."

빅토리아는 숨을 죽였다. 짧은 침묵 후 잭이 말을 이어갔다.

"그러곤 내 인생과 꿈을 빼앗겼지. 학교에 가는 일을 특별히 좋아한 적은 없지만 그래도 다시 공부할 수 있고, 잃어버린 지난 삼 년을 되찾을 수 있고, 대학에 가고, 정상적인 생활을 할 수만 있다면 무슨 일이라도 할 거야. 실케보르엔 아직 가족들이 있어. 알지? 삼촌들, 할아버지, 할머니…… 그분들은 삼 년째 내 소식을 전혀 모르고 계시니, 아마 나 역시 부모님처럼 죽었다고 생각하실 거야. 유럽 여행을 하는 동안 몇 차례 전화를 건 적이 있어. 목소리를 듣고 그분들이 잘 계시다는 사실을 아는 것만으로 충분했지. 번호를 누르고 누군가 응답하기를 기다렸지만 말을 할 용기는 없었어. '저 잭이에요. 이곳에 있어요. 지금 어떤 못된 마법사에게 억압받는 세상을 구하러 가야만 해요. 하지만 이 모든 일이 끝나면 돌아올게요……' 라고는."

잭의 목소리가 갈라졌다. 빅토리아는 그를 더 꼭 안아주었고,

잭은 감정을 억누르며 말을 끝맺었다.

"……그래서 말 한마디 못 하고 바로 끊어버렸어. 언젠가는 돌아갈 거라고 믿고 싶어. 네가 여기 남을 거라는 건 알아. 당연해. 너와 지구를 이어주는 게 아무것도 없으니까. 할머니마저 결국에는 이둔 사람이었으니. 하지만 나는 내가 용으로 변신을 못하는 게 그 때문이 아닌가 하는 생각이 가끔씩 들어. 얀드라크로 변신하는 일이 늘 두려워. 다시는 잭의 모습으로 집에 돌아갈 수 없을까봐 두려워. 이해되니?"

빅토리아가 조용히 고개를 끄덕였다. 잭은 빅토리아가 옆에 있다는 사실이 고마워 애정을 담아 그녀의 머리를 쓰다듬었다. 최근 밤마다 시달리는 꿈에 대해 이야기하고 싶었지만 그녀에게 걱정을 끼칠까봐 말하지 않았다.

꿈에서 그와 빅토리아는 아슈란과 마지막 전투에서 대결을 펼친다. 빅토리아는 아름다운 동시에 두려움을 자아내는 루나리스로 변신해 진줏빛의 기다란 뿔로 한밤중의 번개처럼 분노를 뿜어내며 네크로맨서와 정면대결을 벌였다. 하지만 그녀 혼자서는 아슈란을 무찌를 수 없었다. 마비된 잭은 네크로맨서가 빅토리아를 수백 가지 방법으로 죽이려 하는 모습을 지켜보기만 할 뿐이었다. 그는 황금빛 용인 얀드라크로 변신하지 못했고, 그녀를 도와주러 달려가지도 못했다.

갑자기 카슬룬 탑에서 싸우던 빅토리아의 모습이 떠올랐다. 그녀는 잭이 부끄러워질 정도로 쉽사리 셰크로 변신한 크리스티안의 등에 타고 있었다. 잭이 자기 안에 있는 용을 깨우려 얼마나 애썼던가. 하지만 결국 뜻을 이루지 못했다. 크리스티안이 외쳤었다. '변신해 잭! 그런 식으로는 그들과 싸울 수 없어!'

바로 그때 잭은 악몽이 아주 가까운 시일 내에 현실이 되리라는 걸 알았다. 그는 크리스티안과 빅토리아가 나란히 네크로맨서와 대결을 펼쳐 그를 무찌르고, 예언을 실현하며, 두 사람을 영원히 이어주는 운명을 봉인하는 희미한 환상을 보았다.

그건 신탁의 예언뿐만 아니라 사실 잭이 꾸어온 악몽과도 배치되는 영상이었다.

그의 악몽 속에서 네크로맨서는 언제나 크리스티안의 얼굴을 하고 있기 때문이었다.

잭은 이런 생각을 머릿속에서 떨쳐버리려고 애썼다.

"이제 앞으로의 이야기는 그만 하자."

억지로 미소를 띠며 잭이 말했다.

"아직 우리는 내일 당장 뭘 해야 할지도 모르잖아. 말해봐. 크리스티안과의 일은 잘 해결했어?"

"응."

빅토리아가 대답했다. 잭은 그녀의 눈에서 뜨겁게 반짝이는 광채를 봤다.

"하지만 그 말은 하고 싶지 않아, 잭. 지금은 너와 나에 대한 이야기만 하고 싶어."

그녀는 잭에게 더 가까이 다가와 다정하게 입맞춤을 했다. 빅토리아가 부드럽게 몸을 떼자, 잭은 깊게 숨을 들이마시고 옆으로 돌아누워 달빛에 빛나는 그녀의 모습을 응시했다.

"네가 다시 이렇게 다정하게 대하니까 참 좋다."

잭이 솔직하게 말했다. 빅토리아가 시선을 피했다.

"최근에 너무 차갑게 굴어서 미안해. 너희 두 사람에게 질투심을 일으키고 싶지 않았어. 둘 중 아무에게도. 하지만 누군가를 사랑하는데 그걸 드러내지 않는 건 힘들어. 그래서……"

그녀는 잠시 입을 다물고 고개를 들어 그의 눈을 바라보았다.

"그저 노력하는 중이야. 내 감정에 따라 행동하려고 말이야. 널 정말 사랑해, 잭. 그리고 크리스티안도 많이 사랑해. 나를 둘로 나눌 수만 있다면 너희에게 원하는 대로 주고 싶을 정도야. 좀전에 크리스티안과 같이 있었어. 그리고 밤새 그를 생각하며 우리 사이에 일어났던 일을 걱정하고 있었지. 그건 너한테 공평하지 않은 일이야. 그래서 지금은 단지 너와 이렇게 같이 있으면서 더 많은 시간을 보내고 싶은 거야. 단지 너하고만. 내 말 알겠니?"

"이해해."

잭이 말했다. 그는 빅토리아가 곤란해하는 모습을 보며 미소를 지었다.

"하지만 그건 좀 복잡한 것 같아."

"그래 맞아."

빅토리아가 수긍했다.

"그래도 이렇게밖에 할 수 없어. 미안해."

잭은 다시 미소를 지으며 그녀를 조용히 바라보기만 했다. 그는 빅토리아의 얼굴을 어루만지며 눈가에 드리운 머리카락을 떼어주었다. 그리고 오두막 안의 부드럽고 희미한 어둠에 가로 놓인 그녀의 날씬한 몸을 똑바로 쳐다보았다.

"옷이 잘 어울려."

요정들이 그녀에게 마련해준 이둔의 의상에 대해 잭이 한마디 했다. 저항군은 카슬룬 탑 사람들이 남들의 이목을 덜 끄는 이둔의 옷을 마련해줄 거라고 계산하고, 별다른 짐 없이 차원의 문을 넘어섰다. 다행히 아와 숲의 피난민들이 그들에게 옷을 마련해줬다. 크리스티안만 옷을 받지 못했는데, 아마 검은색 옷이 없었기 때문일 것이다.

"가에달루는 내게 튜닉을 입히려고 했어. 튜닉이라니!"

빅토리아가 분개하여 숨을 몰아쉬었다.

"그런 옷을 입고 어떻게 싸우겠니?"

잭이 웃었다. 빅토리아는 결국 꼭 끼지만 편안하고 신축성이 있는 바지와 부드러운 가죽 장화, 가슴 아래쪽에서 겹쳐지면서 허리 부분을 조이는 헐렁한 하얀색 블라우스를 골랐다.

잭은 빅토리아에게 다가가 강렬하게 정열적으로 입맞춤했다. 놀란 빅토리아는 숨가빠 했지만 그를 밀쳐내지 않고 가만히 있었다. 그녀는 잭의 품에서 몸을 떨며 한숨을 내쉬었다.

"우린 이야기만 하기로 했잖아. 기억 나?"

"네가 시작한 거야."

잭이 웃으며 상기시켜주었다.

"어쨌든 넌 우리 일을 이야기하고 싶었던 거지? 너와 나에 대해. 널 사랑한다는 걸 알리는 데 이보다 더 좋은 방법이 떠오르지 않거든."

빅토리아가 웃었다. 그러다 두 사람 모두 동시에 동작을 멈추었다. 그녀가 경계태세를 취했다.

"저 소리 들려?"

빅토리아가 속삭였다. 잭이 말없이 고개만 끄덕였다. 주의 깊게 귀를 기울이자 아주 가까이서 살그머니 걸어가는 발소리가 분명하게 들렸다.

"옆 오두막에서 나는데."

빅토리아가 작은 소리로 말했다.

"크리스티안의 오두막이야."

잭이 말했다. 사람들은 크리스티안의 거처를 잭과 알렉산더의 오두막 사이에 배정했다. 분명 이렇게 하면 그를 감시할 수 있을 거라고 짐작했기 때문일 것이다. 여기엔 많은 뜻이 함축되어 있다. 잭과 빅토리아는 눈빛을 교환하며 두 사람이 같은 생각을 했다는 걸 알았다.

크리스티안은 유령처럼 몰래 움직인다. 아무도 그가 다가오는 소리를 들을 수 없다. 잭은 크리스티안이 오두막에 있다는 걸 알고 있었다. 그가 빅토리아보다 먼저 숲에서 돌아왔을 때 깨어 있던 잭은 나무 사이에서 슬그머니 지나가는 그의 그림자를 언뜻 보았기 때문이었다.

"무슨 일인지 알아보자."

잭이 말했다. 빅토리아가 망설이며 그를 붙잡았다. 한순간 게르데에게 키스하는 크리스티안의 모습이 머릿속에 스쳤고, 혹시 요정이 그와 또다시 다른 계약을 맺으러 온 거라면, 빅토리아는

'협상' 하려는 그들을 놀라게 할 뜻이 추호도 없기 때문이었다.

그런데, 그때 숨넘어가는 신음 소리와 일격을 가하는 소리가 또렷하게 들렸고, 두 사람은 뭔가 안 좋은 일이 일어났다는 사실을 즉시 알아차렸다.

5

결심

크리스티안은 암살자가 다가오는 소리를 들었다.

암살자는 조용히 움직이려 했지만, 셰크의 예민한 청각에 그 소리는 꽤나 소란스럽게 들렸다. 하지만 크리스티안은 움직이지 않았다. 그는 눈을 감고 보통 때처럼 호흡하며 짚 매트 위에 그대로 누워 있었다. 심장 박동조차 빨라지지 않았다. 그가 잠을 깨고 경계하고 있다는 표시는 없었다.

침입자가 오두막 문 앞에서 걸음을 멈추는 소리가 들렸다. 숨쉬는 소리도 들렸다. 빅토리아가 아니라는 사실은 정확히 알고 있었다. 빅토리아 말고는 다른 누구도 그의 오두막에 들여놓지 않을 것이다. 더구나 밤에 몰래는. 침입자가 누구든 감히 그 안에 발을 들여놓는 바로 그 순간 이미 죽은 목숨일 터이다. 하지만 놈은 아직 이런 사실을 모르고 있다.

크리스티안은 그가 더 가까이 다가오기를 기다렸다. 칼집에서 단검을 꺼내는 소리가 들렸다. 그가 자기 몸 위로 단검을 들어올릴 때까지 기다렸다가 크리스티안은 번개보다 빨리 일어나 자신의 비수를 꺼내 침입자의 몸을 푹 찔렀다. 누구인지 채 알아차리기도 전에 침입자는 죽고 말았다.

잭과 빅토리아는 크리스티안이 오두막을 막 나서려는 그때 도착했다. 빅토리아는 불안한 마음으로 셰크의 눈에 타오르는 광채를 감지했다.

"크리스티안, 무슨 일이야?"

크리스티안은 그녀를 떼어놓고 자리를 뜨려 했지만 잭이 저지했다.

"이봐!"

바로 그때 그들은 오두막 안에 꼼짝 않고 누워 있는 형체를 보았다.

"대체 이게 다 뭐야!"

횃불을 들고 도착한 알렉산더가 외쳤다.

"무슨 일이야?"

불빛이 오두막 안을 비추자, 모두 한 남자의 형상을 알아보았다. 바닥에 엎어져 뻗은 그의 등에 비수가 꽂혀 있었다. 빅토리아는 즉시 크리스티안의 단검을 알아보고 불안한 마음으로 그를 쳐다보았다.

크리스티안는 속을 짐작할 수 없는 표정을 짓고 있었고, 그의 목소리에는 아무 감정도 실리지 않았다.

"나를 죽이려 했어요."

알렉산더가 잠시 진지하게 그를 주시했다. 횃불에 비친 그의 얼굴에 순간 불길한 표정이 감돌았다. 그래도 크리스티안은 눈썹 하나 까닥하지 않고 그대로 시선을 유지했다.

잭이 오두막 안으로 들어가 시체 주위를 둘러보았다. 시체 옆, 바닥에 떨어져 있는 비수를 발견한 그는 크리스티안이 거짓말하지 않았다는 걸 알았다. 암살자는 바로 그날 아침 셰크의 죽음을 요구하던 인간 용병들 중 한 사람이었다.

잭은 즉각 상황을 그려볼 수 있었다. 오두막에 들어선 남자는 희생자가 잠들었을 거라고 믿고는, 발소리를 죽여 다가가면서 자신이 이곳을 살아서 나갈 거라고 생각했을 것이다. 잭은 크리스티안이 어느 순간 잠시 잠들었을지도 모르지만, 용병이 오두막 안에서 크리스티안의 실루엣을 엿보기 훨씬 전에 이미 그가 다가오는 걸 느꼈으리라는 사실을 분명히 알 수 있었다. 크리스티안은 언제든 치명적으로 재빠르게 움직일 수 있다. 또한 다른 어떤 암살자라도 두려움에 떨게 할 만한 차가운 피를 지니고 있다.

고개를 든 잭은 알렉산더의 시선과 마주쳤다. 그 역시 단검을 보았고, 죽은 사람을 알아보았다. 두 사람이 동시에 크리스티안을 돌아보았다. 그의 표정은 여전히 냉정했지만 평소보다 더 어두워 보였다.

크리스티안 곁에 선 빅토리아는 마음을 단단히 먹으려고 애쓰고 있었지만, 창백한 얼굴에 감정이 그대로 드러나 있었다. 물론 크리스티안은 암살자다. 하지만 그녀는 그것을 거의 잊고 있었고, 그와 함께 있을 때면 그 사실을 생각하지 않으려 했다. 그가 아무 주저도, 조금의 유감도 없이 생명을 없앨 수 있는 존재라는 사실이 망치로 머리를 후려치듯 새삼 떠올랐다. 빅토리아는 정신을 차리고, 크리스티안의 손을 잡았다. 잭은 셰크가 그답지 않게 다정한 표정으로 부드럽게 빅토리아의 손을 맞잡는 모습에 놀랐다.

시체로 눈길을 돌리자 잭은 불안한 마음이 들었다. 크리스티안이 점점 더 인간적으로 변하고 있다는 사실은 의심의 여지가 없지만, 몇 가지 문제를 놓고 볼 때, 그가 셰크임을 포기하지 않았다는 사실도 표가 났다.

알렉산더가 으르렁거렸다.

"별로 힘들이지 않고 제압할 수도 있었잖아. 죽일 필요까지 있었어?"

크리스티안이 말했다.

"제게 위협을 가했어요."

"그가 네 상대가 될 수 없다는 걸 너도 잘 알잖아!"

"알렉산더, 이 사람은 크리스티안을 암살하려고 했어요."

빅토리아가 항변하자 알렉산더가 대꾸했다.

"옛날에 저 녀석이 날 죽이려 했었지만, 난 그를 숨라리스로 찌르지 않았어."

"차라리 그러는 게 나을 뻔했군요."

크리스티안이 목소리를 높이지 않고 되쏘았다.

잭이 한숨을 내쉬었다. 평소에는 더할 나위 없이 냉정한 이 셰크가 알렉산더의 도발에 이런 식으로 반응하는 건 정상이 아니었다. 잭은 둘 사이에 끼어들었다.

"둘 다 입 좀 다물어요. 이건 심각한 일이라고요. 무슨 일이 일어났는지 사람들이 알아버리면 어떻게 될 것 같아요?"

"무슨 말을 하는 거야?"

빅토리아가 반문하며 어쩔 줄 몰라했다.

"크리스티안은 정당방위를 한 거야."

"실례해요. 무슨 문제라도 있는 건가요?"

어린 요정의 노래하는 듯한 목소리가 들렸다. 곧이어 오두막 안에서 시체를 발견하고는 요정이 비명을 질렀다.

"오, 성스러운 위나 여신이시여!"

불과 몇 분 만에 아와 숲 인구의 절반이 그곳에 모였다. 빅토리아는 크리스티안 곁에서 한 치도 떨어지지 않았고, 불안한 마음이기는 했지만 도전적인 자세로 몇몇 사람들이 던지는 증오와 불신이 가득한 시선에 맞서고 있었다.

"……그는 셰크야. 우린 그가 암살자라는 사실을 알고 있었지."

대마법사가 기분 나쁜 어조로 말했다.

"여기 증거가 있잖소!"

빅토리아가 대꾸했다.

"예전엔 그랬죠! 하지만 이자가 크리스티안을 몰래 죽이려 했단 말이에요!"

'신성한 넬리암 여신이시여!'

가에달루의 목소리가 모든 사람들의 마음속에 종소리가 울려 퍼지듯 천천히 깊게 들려왔다.

'그렇다면, 사실이었군.'

아직 흠뻑 젖은 채 비늘로 덮인 몸과 착 달라붙은 옷에서 물을 뚝뚝 흘리고 있는 가에달루 쪽으로 모두 시선을 돌렸다. 바루 족 피난민들은 피부가 마르지 않도록 강물 속에서 자야만 했기 때문에, 요정들은 그녀를 깨우러 강가에 다녀왔다. 가에달루를 돌아보며 불안해하던 빅토리아는 자신도 모르게 크리스티안에게 더 바짝 붙었다. 그는 마치 아무 상관도 없다는 듯 계속 의연하고 침착한, 그리고 무엇보다도 냉정한 자세를 유지했다. 빅토리아는 가에달루가 두 사람을 불쾌하게 쳐다보고 있다는 걸 알아챘지만 이유를 몰랐다. 눈을 가늘게 뜨며 경계하는 여교왕을 주시하던 크리스티안 역시 이를 눈치 챘다.

"존경하는 여교왕님, 이자가 크리스티안의 오두막에 들어와 그를 죽이려 했단 말이에요."

빅토리아가 설명했다. 하지만 가에달루는 빅토리아의 말에 귀 기울이지 않았다.

'떠도는 소문이 맞았구나. 그대가 이 셰크에게 마음이 있다는 이야기 말이다.'

경멸이 잔뜩 어린 '셰크'라는 단어가 사람들의 마음속에 울려 퍼졌다. 숨죽인 탄성이, 큰일 났다는 웅성거림이 일었다. 크리스티안이 빅토리아에게서 조금 떨어졌다. 그녀를 지키고픈 마음이었겠지만, 이런 거짓놀음에 지쳐버린 빅토리아는 당당히 "네" 하고 대답했다.

"무슨 문제라도 있나요?"

가에달루의 바닷빛의 눈이 가늘어졌고, 입가가 불쾌하다는 듯 일그러졌다.

'무례하게 굴지 마라, 얘야, 넌 네가 무슨 일에 휘말려 있는지 짐작도 못 하고 있잖니. 네크로맨서의 아들인 키르타슈는 뱀의 영혼을 품고 있다고들 하더구나. 난 여태껏 인간의 모습을 이렇게 오랫동안 취할 수 있는 셰크를 본 적이 없다.'

분노의 소리가 더 커졌고, 심지어 공포에 질린 탄식도 들려왔다. 빅토리아는 아무 말도 하지 않았다. 알렉산더와 마찬가지로 잭도 시선을 피했다.

콰이다르가 한발 뒤로 물러섰다.

"그대들은 알고 있었소? 이 셰크가 네크로맨서의 자식이라는 걸 알고 있었단 말이오?"

"네, 알고 있었습니다."

잭이 한숨을 내쉬었다.

"믿을 수가 없군. 유니콘과 셰크라니."

대마법사는 짙은 혐오감이 담긴 표정으로 두 사람을 번갈아 쳐다보았다.

"루나리스와 아슈란의 아들이라니."

더이상 참을 수 없었던 빅토리아는 고래를 가로저었다. 이렇게 많은 사람들이 크리스티안과의 관계와 지극히 개인적이고 특별한 그녀의 감정에 대해 왈가왈부하는 게 싫었다. 또한 셰크를 사랑하는 자신의 마음을 모든 이에게 알리고, 이 사랑을 꿋꿋이 유지하며 죽을 때까지 지키고 싶었다. 부끄러운 마음에 살짝 얼굴을 붉힌 채, 빅토리아는 고개를 들어 콰이다르와 가에달루를 쳐다보았다. 하지만 그녀의 눈은 여전히 별처럼 맑고 깨끗했으며, 확신에 찬 그녀의 목소리에는 한 치의 떨림도 없었다.

"네, 우리는 함께해요. 무슨 일이 있어도 계속 같이 있을 거예요."

믿을 수 없다는 듯 침묵이 감돌았다. 빅토리아는 크리스티안 앞쪽에 붙어서며 그를 무리로부터 지켜내려는 듯 경고의 눈빛을 던졌다. 그런 본능적인 움직임을 통해 사람들은 아름다운 루나리스가 각오를 단단히 하고 있으며, 아슈란의 아들 때문에 죽을 수도, 누군가를 죽일 수도 있다는 사실을 읽었다.

가에달루는 말이 없었다. 눈을 가늘게 뜬 콰이다르는 분노에 찬 숨을 내쉬었다.

"적과 동맹을 맺은 저항군이라……"

그때 낭랑하고 침착한 알레그라의 목소리가 들렸다.

"그 '적'은 우리 편이 되기 위해 자신의 아버지와 대결했지요. 키르타슈가 예언의 셰크라는 사실을 당신들도 알잖아요."

가에달루가 반문했다.

'당신네 마법사들이 예언에 대해 뭘 아나요? 신탁은 당신들이 이해하지 못하는 신들의 언어예요. 당신은 예언을 해석할 수 없어요.'

그러자 알레그라가 추궁했다.

"그렇다면 예언의 일부를 이둔인들에게 감춰왔다는 사실을 부정하는 건가요? 예언은 아슈란의 몰락에 세크가 개입하고 있다고 말했지요."

수군거림과 술렁임이 여기저기서 들려왔다. 다들 이 폭로와 알레그라의 여교왕을 향한 도전적 어조에 놀라움을 금치 못했다.

가에달루가 눈을 가늘게 떴다.

'어떻게 마법사에게까지 그 정보가 들어갔는지 모르겠군.'

가에달루의 말에 귀 기울인 빅토리아는 사이세이를 떠올렸다. 혹시 샤일이 사이세이를 통해 이 예언을 알게 된 게 아닌가 싶었다.

대마법사 콰이다르가 차갑게 끼어들었다.

"물론 당신 덕분은 아니지요."

'새삼 이 문제를 놓고 다투고 싶지 않아요, 콰이다르. 이미 말했잖아요. 어떤 경우든 간에 상황은 변하지 않아요. 예언은 세크가 문을 열 거라고 말했지요. 그는 이미 문을 열었고, 자기 역할을 마쳤으니 이제 우리에겐 더이상 그가 필요치 않아요. 오늘 밤 일어난 일을 보면 그를 감시하는 게 얼마나 위험한 일인지 잘 알 수 있어요. 결코 잊어서는 안 됩니다. 절대로 잊어서는 안 되지요. 그가 세크라는 사실, 더구나 네크로맨서의 아들이라는 사실을 말입니다.'

빅토리아가 몹시 언짢은 마음에 대꾸했다.

"그는 우리 편이에요. 우리 편에 가담하려고 자기 아버지를 배반했다고요. 몇 번을 말해야 하나요? 샤일이 바로 그 부자가 벌였던 생사를 건 결투의 증인이에요."

가에달루가 대답했다.

'하지만 샤일은 셰크가 결투에서 어떻게 살아남았는지 알지 못해요. 그 둘 중 누구도 목숨을 걸었다던 그 결투에서 죽지 않았잖아요.'

모두 불편한 분위기 속에 입을 다물었다. 크리스티안은 드락웬 탑 근처 차원의 문을 열고, 아슈란과 정면 대결을 벌였다. 그리고 샤일과 빅토리아가 도망치도록 엄호하느라 그곳에 남았다. 그리고 몇 시간 후 심한 부상을 당한 모습으로 림바드에 나타났었다. 아무도 그가 네크로맨서의 분노에서 어떻게 벗어날 수 있었는지 알지 못한다.

알레그라가 말했다.

"그것에 대해선 틀림없이 그가 말해줄 수 있을 거예요."

빅토리아는 크리스티안이 사실을 말해주길 기대했다. 하지만 그곳에 모인 모든 사람들과 그녀가 고개를 돌렸을 때, 셰크는 말 그대로 거품처럼 사라져버렸다.

야성의 광채로 눈을 빛내며 알렉산더가 낮게 중얼거렸다.

"겁쟁이!"

잭이 그에게 속닥였다.

"빅토리아를 보호하려고 그런 거예요. 더이상 문제에 개입하지 않게 하려고요."

콰이다르가 선언했다.

"그를 찾아야만 해. 사실이 밝혀진 지금, 그가 아슈란에게 이곳에서 본 걸 전부 알릴지도 모르오. 숲을 떠나기 전에 잡아야만 해."

빅토리아는 그들 모두가 한꺼번에 공격한다 해도 크리스티안을 잡을 가능성이 눈곱만치라도 있을까 싶었지만, 아무 말도 하지 않았다. 그가 급작스럽게 사라진 일로 사람들이 동요하고 있기 때문이었다.

무언가 시원한 느낌이 들더니 바로 곁에서 가에달루의 목소리가 들려왔고, 빅토리아는 화들짝 놀랐다.

'두려워 마라, 루나리스. 혼란스러운 게 당연해. 우리의 적이 네 마음을 흐리게 하고, 두 사람 사이에 뭔가 있다고 믿게 한 거란다. 그의 정신능력이 강해 저항하기 어려웠겠지. 이해한다. 신전에 가면 우리가 그 중독된 생각들을 정화시켜줄 수 있을 게다, 세 여신들이……'

당혹해하던 빅토리아가 말을 잘랐다.

"아뇨. 사실이 아니에요. 우리가 서로에게 느끼는 감정은 진심이에요. 속임수가 아니라고요."

빅토리아는 손가락에 끼고 있던 마법의 보석 시스카셰그를 돌려 아래로 향하게 한 뒤, 주먹 쥐어 그것을 가렸다. 이제 반지는 그냥 흘낏 보아서는 손가락을 장식하고 있는 단순한 은반지로만 보였다. 가에달루의 눈에 띄지 않게 그것을 숨겨야만 했다. 아마 이 반지를 끼고 있는 걸 알아차리게 되면 억지로 빼내게 할 테니 말이다.

여교왕이 계속 말했다.

'얘야. 어른이고 경험이 많은 우리가 이끄는 대로 해라. 그 셰크는 널 사랑하는 게 아니야, 그는 누구도 사랑할 수 없단다. 사실이 밝혀지니까 널 남겨두고 얼마나 재빨리 도망쳤는지 보려무나. 그저 널 이용한 것뿐이란다.'

빅토리아의 짙은 밤색 눈에 분노의 불길이 일었다. 그녀가 내뱉었다.

"절 이용하려는 건 바로 여러분이에요. 여러분은 내 인생도 감정도 결정할 권리가 없어요."

그녀는 뒤돌아서서 가에달루 곁을 벗어났다. 화가 나고 혼란스러웠다. 하지만 무엇보다 크리스티안이 걱정되었다. 그가 그들을 내버려두고 아와 숲을 떠나기로 한 건 아닌지, 다시 볼 수는 있을지 궁금했다.

잭은 빅토리아의 뒷모습을 보며 체념에 젖었다. 빅토리아와 밤을 함께 보내리라 생각하며 잔뜩 꿈에 부풀어 있었고, 다음날 아침이 밝아오면 계획했던 대로 여행을 떠나리라 생각했었는데, 이제 다시 혼자였다. 그는 한숨을 내쉬었다. 이제 날이 밝을 때까지 기다릴 이유가 없다. 그냥 소란한 틈을 타 아무도 알아채는 사람이 없을 때 이렇게 떠나는 게 낫겠다 싶었다.

그는 빅토리아가 가에달루와 대화하는 걸 보았지만, 친구가 하는 말밖에 알아들을 수 없었다. 가에달루의 생각이 빅토리아에게만 전해졌기 때문이었다. 바루 족 여인이 무슨 말로 빅토리아를 저렇게 화나게 했는지는 모르지만 대충 어느 정도 짐작은 갔다.

잭 역시 빅토리아와 크리스티안과의 관계를 처음 알았을 때, 셰크가 빅토리아를 이용한다고 생각했다. 하지만 이제는 그렇지 않다는 사실을 알고 있다.

모인 사람들이 흩어지자 잭은 오두막으로 돌아갈 채비를 했다. 알렉산더가 그를 가로막았다.

"어떻게 생각해?"

그는 크리스티안의 뒤를 쫓아 숲속으로 향한 무리를 손짓으로 가리키며 물었다.

"그를 잡을 수 있을지 상당히 의문스럽다는 생각이요. 일단 잠을 자고 내일 더 차분하게 이야기 나누는 게 나을 것 같아요. 샤일과 함께요."

알렉산더가 잠시 생각에 잠기더니 고개를 끄덕였다. 하지만 잭은 자신을 물끄러미 응시하는 알레그라의 시선을 느끼고는 자신의 생각을 들킨 게 아닌가 하여 불편한 마음이 들었다.

잭은 오두막 안에서 주위가 좀더 조용해질 때까지 기다렸다. 아무도 엿듣는 사람이 없는 걸 확인한 뒤 조용히 숲속 공터로 나왔다. 몇 가지 필요한 물건들을 꾸린 배낭을 울러 멘 채. 더이상 지체할 수 없었다.

그는 알렉산더의 오두막 앞에 잠시 발걸음을 멈추고 망설였지만 결국 들어가지 않기로 했다. 그저 작별인사도 없이 떠나는 자신을 용서해주기 바랄 뿐이었다. 그는 숲으로 들어가 개울을 거슬러 올라갔다. 이렇게 하면 조만간 숲을 벗어날 수 있으리라. 하지만 채 몇 미터도 걷지 않았을 때 목소리가 들려왔다.

"이게 좋은 아이디어라고 생각해?"

잭이 안도하는 마음 반, 성가신 마음 반으로 주위를 둘러보았다.

"크리스티안! 어디 있는 거야?"

거대한 나무의 낮은 가지 위에 그의 날렵한 모습이 있었다. 크리스티안은 먹이를 노리는 표범처럼 잭을 주시하고 있었다.

"모두 널 찾고 있어."

잭이 조금 불안해하며 말했다.

"알아. 그래서 돌아갈 수 없어. 네가 빅토리아를 돌보고 있을 거라고 믿었는데."

잭이 한숨을 쉬며 나무에 등을 기댔다.

"내가 가려는 곳은 너무 위험하거든. 그러는 너는?"

잭은 고개를 들며 덧붙였다.

"빅토리아를 데려가지 않을 거야?"

셰크가 조금 뜸을 들였다가 대답했다.

"아니."

"널 죽이고 있는 건 사랑의 감정이야. 빅토리아가 곁에 있든 없든 그 사실은 달라질 것도 없잖아, 크리스티안. 어딜 가도 넌 계속 그애를 사랑할 거잖아. 빅토리아를 곁에서 떼어놓는다고 인간성이 사라지는 것도 아니고."

"알아. 하지만 나 역시 그녀와 동행하고 싶지 않아서야."

"위험한 곳이라서?"

"확실히."

잭이 미소 지으며 말했다.

"그럼, 행운을 빈다. 하지만, 떠나기 전에,"

그는 돌연 진지하게 덧붙였다.

"한 가지 물어보고 싶은 일이 있었는데 지금 물어봐야겠어. 다음에 우리가 만날 때는 무슨 일이 생길지 모르니까. 우리가 다시 이야기나 할 수 있을는지. 서로를 죽이려 하지 않고 말이야."

"말해봐."

잭은 심호흡을 했다. 그리고 낮은 소리로 물었다.

"네가 우리 부모님을 죽였니?"

크리스티안이 대답하는 데 걸린 몇 초가 영원처럼 느껴졌다.

"아니야. 네 부모님의 죽음은 엘리온의 짓이야."

"엘리온이 만일 선수 치지 않았다면 네가 그분들을 죽였을까?"

"두 사람이 이둔인이었다면 그랬을 거야. 그렇지 않았으니까 나라면 그들의 의식을 탐색한 후 그냥 갔을 거야. 어쨌든 그분들이 죽는다고 내가 이득을 보는 것도 아니니까. 사실은 너 때문에 간 거였지."

"알아."

잭은 나지막이 대답하며 삼 년 전의 첫 만남을 떠올렸다.

"어떻게 했어……부모님 시신은 어떻게 한 거야? 사람들이 찾을 수 없었다던데."

"변절자들의 시신은 전부 아슈란에게 보냈어. 죽었다는 증표로 말이야. 그분들 시신도 역시 보냈지."

크리스티안이 덧붙였다.

"엘리온의 우둔함의 증거로 말이야."

"그러고는?"

"드락웬 탑 곁에 묻었어. 언제 그곳에 갈 날이 오면, 상황이 더 좋아지면 어딘지 알려주지, 원한다면."

잭이 눈물을 글썽이며 고개를 끄덕였다. 날이 어두워 셰크에게 우는 모습을 보이지 않아도 되는 것이 고마웠다. 그는 목청을 가다듬고 화제를 바꾸었다.

"어디로 가는 거지? 가는 길이 같은 것 같아서."

"그렇지 않을걸. 난 북쪽으로 가고, 넌 남쪽으로 가잖아. 내가 잘못 안 건가?"

"맞아. 어떻게 안 거지?"

"뻔하지. 일행에게 말 한마디 하지 않고, 혼자만의 판단으로 위험을 감수하면서까지 가겠다고 할 정도로 네 관심을 끌 만한 곳은 이둔에서 그곳뿐이니까."

"아마도."

잭이 한숨을 쉬었다.

"소용이 있을 것 같냐?"

크리스티안은 잠시 망설이는 듯하다가 입을 떼었다.

"너 자신을 위해서는 그럴 거야. 너에게 행운이 있기를."

고개를 끄덕인 잭은 나무에서 몸을 떼며 이것이 작별인사라고 생각했다. 하지만 크리스티안의 말은 끝난 게 아니었다.

"떠나기 전에 부탁 하나 해도 될까?"

"무슨 부탁?"

"조금 더 강 위쪽으로 가면 빅토리아가 혼자 있을 거야. 굉장히 걱정하고 있어. 그렇게 걱정하게 두고 싶지 않아."

"그럼, 네가 직접 말하러 가는 게 어때?"

짧은 침묵이 감돌았고, 크리스티안의 목소리가 다시 어둠 속에서 들려왔다.

"그애의 눈을 본다면 떠날 용기가 나지 않을 것 같아서."

"그럼 나는 그럴 수 있다는 거야?"

하지만 크리스티안은 대답하지 않았다. 잭이 고개를 들어 나뭇가지를 올려다보자 셰크는 이미 떠나고 없었다. 잠깐 망설이던 잭은 배낭을 감추고 크리스티안이 말한 대로 강 위쪽으로 조금 더 올라갔다. 곧 숨죽인 흐느낌이 들렸고, 민들레처럼 부드러운 덤불 사이에 몸을 웅크리고 있는 빅토리아의 모습이 보였다. 빅토리아는 따뜻한 덤불 사이에서 몸을 들썩이며 흐느끼고 있었다. 잭이 다가갔다.

빅토리아는 그가 오는 소리를 듣고 황급히 고개를 들며 눈물을 훔쳤다.

"우는 거 아니었어."

빅토리아가 잭을 안심시켰다. 잭은 그녀를 품에 안아주었다.

"이곳이 싫어, 잭. 이곳에 온 이후 모든 일이 점점 더 꼬이기만 해. 크리스티안은 어디 있는지 안 보여."

그리고 그녀는 덧붙였다.

"아무 데서도. 차라리 잡히지 않기를 바랄 뿐이야. 만일 잡히면 사람들이 무슨 짓을 할지 모르니까."

"그를 잡을 순 없을 거야."

잭은 빅토리아를 진정시키고 심호흡을 했다. 빅토리아를 품에 안고 있자니, 그녀를 남겨두고 떠난다는 생각만으로도 견딜 수가 없었다. 하지만 크리스티안과 빅토리아가 함께 있던 기억과 셰크가 마지막으로 한 말이 떠올랐다. 이런 상황은 공평치 않다. 이들 두 사람은 헤어져선 안 된다.

잭은 이제 무슨 일을 해야 할지 알고 있었다.

"빅토리아."

잭은 말 한마디 한마디가 무거운 돌덩이 같다고 느끼며 말했다.

"크리스티안을 봤어. 숲에서 멀리 떨어진 북쪽으로 떠났어. 간 지 얼마 되지 않으니까 아마 따라잡을 수 있을 거야."

빅토리아가 그에게서 몸을 떼고, 고마움이 가득한 눈빛으로 바라보았다.

"잭, 이 일은……"

잭이 재촉했다.

"뛰어가봐."

"잭, 이 은혜는 절대로 잊지 않을게."

잭이 슬프게 미소를 지었다.

"알아. 이제 가봐. 아니면 못 따라잡을 거야."

빅토리아가 강렬한 눈빛으로 그를 쳐다보았다. 빅토리아는 그에게 더할 수 없이 달콤하게 입맞춤을 하고는 미소를 지으며 강 위쪽으로 달려갔다. 잭은 가슴이 갈가리 찢기는 심정으로 빅토리아를 바라보았다. 조금 시간이 지난 후 정신을 차린 그는 강 아래로 배낭을 찾으러 내려갔다.

크리스티안은 뒤쫓아오는 빅토리아의 발소리를 알아챘다. 걸음을 멈추고 어둠 속에서 잠시 그녀를 지켜보던 그는 가슴 속에 밀려오는 격한 감정을 억눌렀다. 빅토리아는 그가 어디 있는지 알아채지 못했지만, 그는 그녀의 급하고 단호한 발소리에서 그녀가 의심의 여지없이 자신을 따라오고 있음을 읽어냈다.

"빌어먹을 용 같으니라고."

그는 혼잣말을 하며 한숨을 내쉬었다. 빅토리아가 그냥 지나치게 할 수도 있고, 만나지 않고 그냥 떠날 수도 있다.

하지만 그럴 용기가 없었다. 어둠 속에서 나와 그녀 앞에 모습을 드러내며, 크리스티안은 책이 이미 이런 것까지 계산했다는 걸 깨달을 수 있었다.

"나를 따라온 거야, 빅토리아?"

발걸음을 멈춰 돌아선 빅토리아는 마치 놀란 어린 사슴처럼 숲의 공터에서 재빨리 경계태세를 취했다. 그리고 크리스티안의 목소리와 실루엣을 알아보고 팔을 내밀었다. 그가 미소를 지으며 그녀를 안았다.

"작별인사도 없이 가려 하다니."

빅토리아가 그를 책망했다.

"그러는 게 나을 것 같았어."

"검을 살리러 가는 거야?"

크리스티안이 고개를 끄덕였다.

"검을 만들었던 이에게 가져갈 거야. 아마 그라면 무슨 단서라도 줄 수 있겠지. 책이 검을 동강냈을 때 고친 사람도 그 사람이었으니까."

빅토리아는 숨을 죽였다. 불과 몇 주 전, 잭과 크리스티안은 목숨을 건 결투를 벌였고, 잭의 검인 도미바트의 불이 절대 부서질 것 같지 않았던 하이아스를 부러뜨렸다. 그때의 일이 마치 영겁이라도 지난 듯 아련했다.

"그곳은 먼 북쪽이야. 난델트를 지나 카슬룬 너머, 얼음의 땅 나나이에 있어. 높은 산맥과 가파른 산꼭대기들이 있는 추운 세계야. 거인들이 사는 곳이지."

"거인들."

빅토리아가 나지막이 읊조렸다.

"고향을 떠나는 일이 거의 없는 고독한 존재들이지. 그들 중 하나가 마법의 검을 벼린 거야. 우리 아버지와 뱀들의 왕인 세스하크의 요청으로 하이아스를 만들어낸 이가 바로 그야."

빅토리아가 나지막이 물었다.

"아버지의 동맹자를 만나러 가는 거야? 그게 함정이면 어떡해?"

"위험은 감수해야지. 어쨌든 그 거인은 아버지의 동맹자가 아니야. 그는 누구와도 동맹을 맺지 않아. 거인들은 세상과 등지고 살고 있다고 했잖아. 그들에게는 누가 이둔을 지배하든 마찬가지고, 예언이 어떻든 아무 상관이 없지. 아슈란을 위해 검을 벼리기는 했어도, 그는 잭이나 너나 청하기만 한다면 누구한테라도 검을 만들어줄걸. 가서 그와 만난다 해도 나를 밀고하지는 않을 테고. 그는 전쟁이나 조약, 배신 같은 것에 관심이 없어. 오로지 검에만 관심이 있을 뿐이지."

빅토리아가 더 꼭 그를 안으며 말했다.

"같이 가고 싶어."

크리스티안이 다정하게 대답했다.

"그럴 줄 알았어. 그래서 아무 말 하지 않고 떠나려 했는데. 보아하니 별 효과도 없었지만."

빅토리아는 망설였다. 크리스티안은 그녀가 잭이 이 사실을 알려주었다는 걸 밝히고 싶어하지 않는다는 걸 알아챘다. 그는 미소를 지으며 그녀에게 이미 그 사실을 알고 있으니 그럴 필요 없다고 말해야 하나 하고 생각했다.

"나랑 같이 가려면 잭을 두고 가야 할걸."

"잭이랑 얘기할게. 우리랑 같이 가자고 부탁할 거야."

"설득하지 못할걸. 그도 자기만의 계획을 가지고 있거든."

그는 잠시 말을 끊었다가 아무 감정도 실리지 않은 목소리로 덧붙였다.

"잭도 오늘 밤 떠나, 다른 곳으로."

빅토리아의 몸이 품안에서 굳어지는 게 느껴졌다.

"그가 그 말은 하지 않은 거야?"

크리스티안은 웃었다.

"남쪽에 있는 세계의 끝으로 향했지. 아마 내 짐작엔 용으로 변신하는 법을 배우려는 것 같아."

빅토리아가 질겁하며 작은 소리로 말했다.

"농담이라도 그런 말 하지 마."

"그를 혼자 가게 그냥 내버려둘 거야? 이렇게 가버리면 두 번 다시 못 볼 수도 있어. 물론 너와 나도 헤어지게 되겠지만 그래도 넌 잘 이겨낼 거야.”

빅토리아는 그와 조금 떨어졌다.

“왜 이런 말을 하는 거야? 왜 일을 더 어렵게 만들어?”

크리스티안이 꿰뚫는 듯한 눈빛을 던졌다.

“네게 선택할 권리가 있으니까.”

빅토리아는 자신이 왔던 길을 돌아보며 괴로워했다. 그리고 다시 크리스티안을 쳐다보았다.

“선택이라고……”

그녀는 나지막이 되뇌었다.

“지금 해야만 하는 거야?”

크리스티안이 고개를 가로저었다.

“아니, 내 말을 잘못 알아들었구나. 너와 나 사이의 감정을 되물릴 생각은 없어. 하지만 네가 잭에게 느끼는 감정도 알고 있지. 그러니 둘 중 누구를 선택하라고 요구할 수는 없어. 단지 이번에 누구와 함께 갈지를 정하라는 거야. 우리가 다시 만날 때까지 말이야. 우리 둘 모두와 함께 갈 수 없다는 건 명백하잖아. 서로 반대 방향이니까. 여기, 알렉산더나 다른 사람들과 같이 남아 있어도 되지만, 별로 그럴 것 같지는 않고. 저항군과 안전하게 있기보다는 잭이나 나랑 같이 가고 싶어한다는 것 알아.”

빅토리아는 심호흡을 하며 아랫입술을 깨물었다.

크리스티안이 말을 이었다.

“잭은 분명히 산맥 쪽으로 가려고 강을 거슬러 올라갈 거야. 그를 따라잡으려면 마을을 가로질러 가서 길을 단축해야 하겠지.

저기 저 별 보여?"

그는 하늘에서 반짝이는 한 지점을 가리켰다.

"마을을 통과해서 거기서 바로 우리 오두막 뒤부터 계속 오른쪽으로 가면 돼. 그 방향으로 쭉 가면, 잭과 얼추 비슷하게 숲의 경계에 이를 거야."

빅토리아는 그를 돌아보며 눈을 반짝였다.

"왜 내가 네가 아니라 잭과 같이 갈 거라는 거야?"

크리스티안은 한쪽 눈썹을 치켜뜰 뿐, 아무 말도 하지 않았다. 둘은 강렬한 눈빛을 주고받았다.

"왜 그런 생각을 하는 거야?"

빅토리아가 나지막이 반복했지만 그가 다정한 말투로 가로막았다.

"그와 헤어진다는 생각만으로도 가슴이 미어지잖아, 빅토리아. 난 알고 있어."

"네가 떠난다는 생각으로도 내 가슴은 미어져. 더구나 너를 다시 볼 수 없을지도 모른다는 생각을 하면."

"넌 날 잡지 않을 거라고 했었잖아."

"안 잡을 거야. 같이 가고 싶어. 하지만 잭하고도 같이 가고 싶어. 크리스티안, 내가 동시에 두 곳에 있을 수 있다면 얼마나 좋을까. 네가 가는 걸 보면서 가만히 있을 순 없어. 그렇다고 잭을 혼자 내버려둘 수도 없고."

"날 믿어. 난 혼자 잘 해나갈 거야. 잭의 경우는…… 그리 안심할 수 없지만 말이야. 지금은 나보다 그에게 네가 더 필요해."

빅토리아는 눈물이 그렁그렁한 눈으로 그를 바라보았지만 아무 말도 할 수 없었다. 둘은 서로 입맞춤을 주고받았다. 이번이 마지막일지도 모른다는 생각에 그들은 이 입맞춤에 영혼을 실었다. 크리스티안이 귓가에 속삭였다.

"신중해야 해. 그리고 잭을 돌봐줘. 너희 둘은 서로 필요할 거야…… 두 사람이 생각하는 것 이상으로 말이야."

"알아."

빅토리아가 미소를 지었다.

"언제나 알고 있었어."

"그래. 하지만 잭에게 좀더 명확하게 설명해야 할 거야. 그는 아직 자기가 네 인생에서 얼마나 중요한지 깨닫지 못한 것 같으니까."

빅토리아의 얼굴이 미소로 환해졌다.

"그렇게 생각해? 그럼 넌 내게 뭔데?"

크리스티안이 수수께끼 같은 미소를 돌려주었다.

"난 네 인생의 또다른 남자지. 아직도 몰랐던 거야?"

빅토리아는 고개를 가로저었지만 여전히 미소를 띠고 있었다.

"조심해."

그녀가 말했다.

"게르데가 얼쩡거리게 가만히 놔두지 말고. 감히 널 해친다면 그녀의 눈을 뽑아버릴 거야."

크리스티안이 다시 웃었다.

"네가 가장 사랑하는 사람을 위해, 건강하게 무사하게 돌아와."

"빅토리아, 널 위해 건강하게 무사히 돌아올게."

빅토리아는 크리스티안의 밤색 머리카락에 손가락을 넣어 다정하게 쓰다듬었다. 손가락이 그의 뺨에 닿았다.

"몸이…… 따뜻해."

빅토리아의 음성에는 놀라움이 담겨 있었다. 원래 셰크의 피부는 빅토리아보다 훨씬 더 차가웠지만, 빅토리아는 처음부터 그런 그를 좋아했었다.

크리스티안이 고개를 옆으로 기울였다.

"인간성 때문이야. 이 정도면 병에 걸린 거랑 비슷한 거지."

"미안해, 크리스티안."

빅토리아는 목이 메었다.

"내 탓이야. 널 죽이고 있는 건 바로 나야."

그가 속삭였다.

"하지만 그럴 가치가 있지. 맹세할게. 설사 내 안의 셰크가 더 강해져도 그걸 잃지 않도록 최선을 다할 거야. 빅토리아, 내가 널 잊지 않도록 반지를 꼭 끼고 있어. 그걸 끼고 있는 동안, 난 네 곁에 있는 거야. 그러면 널 찾으러 올게. 단 한 순간도 이 사실을 의심하지 마. 이대로 그냥 내가 모든 걸 포기한다고 생각하지 마."

빅토리아의 손을 살짝 들어올린 크리스티안은 그녀에게서 시선을 떼지 않고 손에 입맞춤했다. 그리고 살짝 미소를 짓더니 뒤로 물러났다. 등 뒤에 하이아스를 차고 그렇게 어둠 속으로 사라지는 그의 모습은 마치 그림자 같았다.

빅토리아는 그곳에 조금 더 머물러 있었다. 마치 심장이 둘로 갈라지며, 갈라진 반쪽이 다른 방향으로, 어쩌면 다시 보지 못할 곳으로 떠나가는 듯한 느낌이 들었다.

알레그라는 크리스티안이 저항군을 떠났다는 사실을 알았다. 어쨌든 그가 조만간 떠나리라는 사실은 알았지만, 콰이다르와 가에달루 그리고 다른 사람들이 그 일을 앞당긴 데 대해 어쩔 수 없이 언짢은 마음이 들었다.

잭 또한 뭔가 계획하고 있는 모양이었다. 그날 저녁 내내 그가 어두운 표정으로 생각에 잠겨 있는 모습을 보았다. 그리고 조급해진 잭이 잘못된 결정을 내릴까봐 걱정이 되었다.

빅토리아 역시 숲에서 돌아오지 않고 있다가 방금 전에 오두막으로 들어가는 모습을 본 알레그라는 안심이 되었다. 하지만 얼마 지나지 않아 빅토리아는 지팡이를 들고 어깨에 배낭을 메고 나오더니 다시 숲으로 들어가버렸다. 안절부절못하는 마음에 알레그라는 그녀의 뒤를 쫓았다.

빅토리아는 잭을 놓칠까 싶은 걱정에 할머니를 보지 못했다. 둘은 거의 부딪칠 뻔했다. 빅토리아는 놀라 소리를 지르며 뒤로 펄쩍 뛰었다. 달빛 아래, 알레그라의 요정 특유의 용모가 드러났다.

"산책하기에는 좀 늦지 않았니?"

빅토리아는 가슴이 철렁했다.

"할머니, 전 가야만 해요, 가게 해주세요."

빅토리아는 애원했다.

"그애가 나를 두고 떠나려 한단 말이에요. 따라잡아야만 해요."

"크리스티안의 뒤를 따라 가는 거니?"

빅토리아가 머뭇거리자, 알레그라는 무슨 일인지 이해했다.

"잭? 잭이 떠났니?"

빅토리아는 대답하지 않았다. 알레그라는 빅토리아의 어깨를 잡으며 억지로 눈길을 마주쳤다.

"그애가 어디로 갔는지 말해봐라, 빅토리아. 그애 혼자 떠나게 할 수는 없다."

빅토리아가 부드럽게 대답했다.

"제가 같이 가요. 같이 갈 거예요."

빅토리아가 결의에 찬 도전적인 자세로 고개를 들었고, 알레그라는 별빛이 선명하게 반짝이는 그녀의 눈을 보며 이 아이가 최후의 유니콘 루나리스라는 사실을 상기했다. 그녀는 빅토리아를 놓아주었다.

알레그라는 낮은 목소리로 말했다.

"여교왕이 너희를 신전으로 데려가려 하고 있어."

"우린 갈 수 없어요, 할머니. 이해해주세요. 또 대마법사가 바라듯이, 카슬룬 탑을 공격할 수도 없어요."

"그것도 알고 있었니?"

알레그라가 배려와 걱정이 뒤섞인 미소를 지었다. 그리고 진지한 표정으로 덧붙였다.

"그렇다면 내가 남아야만 한다는 것도 알겠구나. 콰이다르를 지켜보아야 하거든. 그는 마법 종단을 되살리고 싶어한단다. 하지만 이둔에는 마법사들이 거의 남아 있지 않지. 그리고 넌 더 많은 마법사를 임명할 수 있는 유일한 존재이고. 네가 없다면, 최후의 유니콘이 없다면, 마법 종단도 생명을 잃고 만단다. 콰이다르는 널 시야에서 놓치고 싶지 않은 거야. 아니, 오히려 더 많은 마법사를 만들어내는 데 활용하고 싶어하지."

숨죽인 채 듣고만 있던 빅토리아는 겁에 잔뜩 질려 대답했다.

"하지만 그렇게는 못 해요. 할머니, 그런 식으로 마법을 전해줄 수는 없어요. 더이상은. 그건 너무나……"

"……은밀한 일이지."

알레그라가 미소를 띠며 그 마음을 헤아렸다.

"안다. 알렉산더와 그 이야길 했고, 우리는 책과 너를 대마법사에게서 멀리 떨어뜨려놓기로 했다. 또한, 가에달루와 세 달의 여사제들이 아무리 여신들의 보호에 의지한다 해도, 신전에서조차 너희들이 안전하지 않을 거라는 사실도 잘 안다. 그래서 우리는 알렉산더의 동생이 다스리는 바니사르 왕국으로 향하기로 했단다."

"모두 같이요?"

"물론이지. 나만 빼고. 콰이다르와 함께 잿더미로 변한 마법 종단을 다시 살리려면 내가 이곳에 있어야만 해. 그를 도울 수 있는 건 나뿐이니까. 어떤 사람들은 그러더구나."

알레그라는 목소리를 낮추며 덧붙였다.

"카슬룬 탑의 비극 때문에 그가 완전히 제정신이 아니라고. 네가 자기 손이 닿지 않는 곳에 가버릴 거라는 사실을 알게 되면 어떤 반응을 보일지 모르겠다."

빅토리아는 잠시 침묵을 지켰다. 그리고 나지막이 말했다.

"할머니, 이제는 책과 제가 이 사람들로부터 멀리 떠나야 한다는 생각이 들어요. 적어도 우리가 누구고 무엇을 위해 이곳에 왔는지 받아들일 때까지만이라도요. 언젠가는 그럴 때가 오겠지요.

저 빼고 다들 이곳에서 할 일이 있어요. 책이 하려는 일이 뭔지는 모르겠지만, 아마도 그건 그애 혼자서 해야 할 일인 것 같아요. 하지만 어쩌면, 미약하나마 제 도움이 필요한 일일지도 모르지요. 무슨 말인지 아시겠어요?"

알레그라가 돌보던 아이는 이제 더 어른스러워졌으며, 예전보다 현명하고 성숙해 보였다. 알레그라는 낙담한 마음에 심호흡을 했다. 이제 빅토리아가 혼자 날개를 펴고 날아가려 하고 있으며 더이상은 그녀를 붙잡을 수 없다는 것을 알고 있기 때문이었다.

"이해한다, 빅토리아. 그게 정말로 네가 원하는 거라면 떠나게 해주마. 하지만 아슈란과 대결하러 가지는 않을 거라고 꼭 약속하렴."

망설이던 빅토리아는 결국 대답했다.

"그쪽으로 가진 않을 거예요. 드락웬 탑은 서쪽에 있고, 크리스티안 말로 책은 남쪽으로 향하고 있다고 했거든요. 이 세계의 끝을 향해 간대요."

알레그라가 추측했다.

"아위노르. 용들의 땅을 찾아가는 거야."

빅토리아는 숨죽인 채 가만히 있었다. 할머니는 심사숙고하는 표정이었다.

"예전에는 부유하고 기름진 땅이었지만 지금은 그저 소름끼치는 거대한 무덤에 지나지 않지. 데르바드를 지나, 변화의 산맥 너머, 카슈타르 사막을 건너야만 해. 크리스티안이 말한 대로 세상의 끝에 있지. 그래도 가고 싶니?"

"더할 수 없이요. 그애와 떨어지고 싶지 않아요."

빅토리아가 나지막이 덧붙였다.

"절 붙잡지 못하실 거예요."

"안다."

세 달의 달빛 아래 반짝이는 요정의 눈에는 물기가 어려 있었다.

"날 할머니든, 양어머니든, 친구든 뭐라고 불러도 좋아. 어쨌든 네게 선물을 하고 싶구나."

알레그라가 빅토리아의 머리 위에 손을 얹자, 빅토리아는 갑자기 뭔가 따뜻한 망토 같은 것을 두르는 듯한 느낌이 들었다. 그러나 그것을 걸치자마자 숨이 가빠왔고, 질식할 것만 같았던 빅토리아는 심호흡을 했다.

"아직 끝난 게 아니다."

알레그라가 똑같은 작업을 반복했다. 빅토리아는 또다시 안전하면서도 질식당하는 듯한 느낌을 동시에 느꼈다. 그냥 봐서는 무겁고 거칠며 평범해 보이지만, 촉감이 굉장히 부드러운 얇은 갈색의 막이 그녀의 몸을 감싸고 있었다.

"평범해 보이게 하는 망토란다."

알레그라가 설명했다.

"이걸 입고 있으면 누군가의 시선을 끌 여지가 줄어들지. 안 보이는 건 아니지만 그래도 사람들의 주의를 끌지는 않을 거다."

"숨 막혀요. 무겁지는 않은데 숨이 막혀요."

"망토가 네 안에 있는 모든 특별한 기운을 누르기 때문이야. 그것이 워낙 큰 기운이기 때문이지."

알레그라가 웃었다.

"그러니 네 기운을 너무 남용하지는 마라. 사람들이 적은 장소에서는 벗어도 좋고, 정말로 네 정체를 들킬 것 같은 곳에서만 입도록 해."

"하지만 잭은……"

"망토는 두 겹이란다. 하나 더 있는 거지. 그걸 잭에게 주면 된다."

빅토리아가 다시 할머니를 껴안았다.

"고마워요, 할머니."

알레그라는 허리에 차고 있던 주머니에서 두루마리를 꺼냈다.

"가져가렴, 이둔 지도란다. 꽤 자세하지. 너희에게 유용할 거야. 그리고……"

망설이던 알레그라는 한 번 더 빅토리아를 안아주었다.

"여섯 신들이 너희를 보호하시길 기원하마, 얘야."

빅토리아도 할머니를 세게 마주 안은 뒤 몸을 돌렸다. 그리고 어둠 속으로 사라지기 전에 한 번 더 뒤돌아보았다. 감정이 가득 담긴 그녀의 두 눈은 영리하고 침착하며 확신에 차 있었다. 알레그라는 빅토리아가 떠나는 모습을 보며 자신의 임무가 끝났다는 사실을, 빅토리아, 혹은 루나리스가 이제 그녀의 책임을 벗어났다는 사실을 깨달았다. 무슨 이유에선지 기분이 썩 좋지만은 않았다.

잭은 숲을 가로지르는 강의 지류를 거슬러 올라갔다. 숲을 지나기가 꽤나 어려웠다. 어떤 곳은 초목이 너무나 빽빽이 들어차서 개울로 들어가 물줄기를 거스르는 수밖에 다른 도리가 없었다. 그렇다고 비어 있는 공간만 찾아갈 수도 없었다. 소리와 냄새, 시커멓게 우거진 숲의 모양새에 불안한 마음이 들었고, 또 한편으로는 말도 안 되지만, 숲 전체가 자신을 주시하고 있는 듯한 느낌이 들었기 때문이었다.

마침내 숲의 경계에 이르렀을 때는 막 먼동이 터오기 직전이었다. 잭은 걸음을 멈추고 숨을 헉헉거렸다. 상당히 빠른 리듬으로 걸었기 때문이다. 알렉산더나 다른 사람들이 그가 떠났다는 사실을 알아차리자마자 찾아 나설까봐 두려웠고, 또한 돌아가고픈 유혹을 떨치기 위해 가능한 한 멀리 가려 했던 것이었다.

잭은 크리스티안과 빅토리아를 떠올리며 이게 모두에게 최선이라고 생각했다. 그 두 사람은 북쪽으로 여행을 떠났고 알렉산더와 다른 사람들은 바니사르로, 여교왕은 신전으로 향했으며, 대마법사는 카슬룬 탑의 재정복을 노리고 있다. 거기에 잭 자신은 남쪽인 아위노르를 향해 가고 있으니 아슈란이 모두의 위치를 파악하려면 많은 시간이 걸릴 터이다.

그는 심호흡을 했다. 아위노르에서 뭘 찾게 될지 전혀 감을 잡을 수 없지만, 용에 대해 더 많이 알고 싶었다. 그들이 살았었고, 알렉산더가 십오 년 전에 자신을 발견했던 장소가 어딘지 알고 싶었다. 죽음의 천체 결합이 일어났던 그날, 죽을 게 확실했던 그를 구해낸 바로 그 장소 말이다. 정말로 이 세계의 용들이 모두 전멸했는지도 알고 싶었다. 하지만 무엇보다도 잭은 아위노르 땅에 발을 디딤으로써 그의 내면에 있는 용이 깨어나길 기대했다.

잭은 상당히 지쳤다. 잠을 거의 못 잤기 때문이었다. 그래도 계속 길을 가기로 마음을 먹었다.

그때 나무들 사이로 새벽의 첫 햇살 아래 그를 기다리며 서 있는 누군가가 보였다. 잭은 숨을 죽였다. 그녀라면 어디서라도 알아볼 수 있다.

그는 꿈이라고, 유령이라고, 환영이라고 생각했다. 하지만 그녀가 수줍어하며 애정이 묻어나는 미소를 짓자 잭은 실제라는 걸 깨달았다.

"빅토리아. 여기서 뭐 하는 거야?"

"너랑 같이 갈 거야. 어딜 가더라도 말이야."

잭은 무슨 대답을 해야 할지 몰랐다.

"하지만 크리스티안과 같이 있지 않았니?"

"작별인사를 하러 갔었어. 크리스티안이 네가 떠났다고 말해주었지. 그리고 어떻게 하면 따라잡을 수 있을지도 알려주었고."

"빌어먹을 뱀 같으니."

잭은 셰크가 자신을 한방 먹였다는 걸 알자 투덜댔다. 하지만 그래도 입가의 미소를 지울 수 없었다.

빅토리아가 잭의 손을 잡고 눈을 바라보았다.

"다시는 날 떠나지 않을 거라고 했었잖아. 언제나 나와 함께 있겠다고, 기억나? 또다시 너를 잃을 순 없어."

혼란스럽기도 하고 감동받기도 한 잭은 빅토리아를 응시했다.

"하지만 빅토리아, 난 멀리 가야 해. 아위노르로. 그곳은……"

"……세상 끝에 있지."

빅토리아가 그의 말을 잘랐다.

"그래, 알아. 그래도 상관없어. 같이 가고 싶어. 필요하다면 세상 끝 그 너머까지라도 말이야. 이제 두 번 다시 너와 헤어지고 싶지 않아."

잭이 온 힘을 다해 빅토리아를 안았다.

"나도 그러고 싶지 않아."

그의 목소리는 쉬어 있었다.

"하지만 내가 뭘 할 수 있었겠니?"

"날 믿는 것."

빅토리아가 속삭였다.

"내가 너의 길에 어울릴 만한 참된 동반자이고, 널 사랑하는 내 마음이 진심이라는 걸 믿는 거지."

잭은 미소를 지었지만 뭐라고 표현할 길이 없어 그 말에 대답할 수가 없었다.

6

여행의 시작

“내 탓이야.”

죄책감에 휩싸인 샤일이 말했다.

“내가 그애에게 그런 말을 한 탓이야. 나한테 자기가 부담이 된다고 생각하게 한 거야. 사실이 아닌데. 이런 빌어먹을……”

그들은 무분별하게 엿듣는 귀가 없는 강가에 모여 앉았다. 잭과 빅토리아가 떠났다는 소식은 곧 대마법사와 두 존자들에게 전해질 터였다. 남은 저항군인 그들은 수많은 질문에 답해야만 할 테고, 또 이렇게 그들끼리 이야기를 나누고 뭘 해야 할지 결정할 기회를 빼앗길지도 모른다.

“자네 잘못이 아니야, 샤일.”

알레그라가 나직이 말했다.

“설사 받아들이기 힘들더라도 그들이 올바른 결정을 내렸다고 믿도록 해.”

"그럼, 빅토리아는 잭과 함께 간 거군요. 크리스티안과 같이 간 게 아니라."

알렉산더가 확인하려 했다.

알레그라가 고개를 끄덕였다. 샤일은 여전히 혼란스러웠지만 그의 친구는 만족한 듯 미소를 지었다. 알렉산더가 장담했다.

"잭이 그애를 돌봐줄 거예요. 둘이 알아서 잘할 겁니다."

샤일은 고개를 가로저으며 사람들이 마련해주었지만 아직 자유자재로 사용하지는 못하는 지팡이에 어설프게 몸을 기댔다.

"똑같지 않을 거야. 여긴 그애들의 세상이 아니라고, 알렉산더. 이둔 출신이라 해도, 그애들은 이곳에 살아본 적도 없고, 익숙하지도 않잖아. 우리가 지구에 도착했을 때와 마찬가지로 잭과 빅토리아에게 이곳은 새로운 세상이라고. 우리에겐 림바드라도 있었지만 그애들에겐 아무것도 없어. 그애들이 아와 숲을 떠났다는 걸 알아차리자마자 아슈란이 그애들을 찾기 위해 모든 병력을 총동원하여 움직이리라는 사실까지 굳이 말하지 않더라도 말이야."

"그애들이 어디로 가는지 아슈란이 알아낼 수 있을 거라고 생각하는 거야?"

"크리스티안이 어디로 향하는지는 틀림없이 알겠지."

알레그라가 말했다.

"가에달루가 옳다는 생각이 들기 시작했어. 크리스티안이 드락웬 탑을 빠져나온 건 우연이 아니야. 그애 아버지가 그애를 위해 무슨 계획을 세웠을 수도 있고, 그렇다면 그애 입장에서는 우리한테서 멀리 떠나는 게 현명한 일이지."

알렉산더가 곰곰이 생각했다.

"모두 잭과 빅토리아가 네크로맨서에게 맞서서 항거를 이끌 거라고 기대하고 있어요. 환영해줄 사람도 없고 싸움을 도울 수도 없는, 세상에서 가장 먼 곳으로 숨어버리길 바라는 게 아니라요."

"이제 우리는 뭘 해야만 하지?"

"그렇다면 그애들이 사람들의 기대대로 움직이고 있다고 믿게 해야만 해."

알렉산더가 결심했다.

"바니사르로 가서 봉기를 일으키고, 필요하다면 대마법사의 말도 안 되는 탈환 계획도 돕고…… 용과 유니콘이 우리에게서 멀어진 게 아니라 적절한 때가 되면 우리 편에서 싸울 거라고 모두 믿게 만들어야 해. 저항군이 여전히 일치단결하고 있으며 어디에 있다는 것까지 세상에 알려야지. 그러면 아슈란은 잭과 빅토리아를 찾아 우리에게 주의를 돌릴 거야."

"그자가 그런 수에 빠질 것 같아?"

"모르지. 하지만 시도는 해봐야지. 설사 믿지 않는다 해도, 우리가 이것저것 일을 벌이면 우리한테 주의를 기울일 수밖에 없을 테니까."

"찬성이야."

알레그라가 받아들였다.

"우리는 그 계획대로 밀고 나가서 바니사르로 가자고. 어때, 샤일?"

마법사는 회의적인 시선을 한 채 대답했다.

"그 말은 그애들과 정반대 방향으로 간다는 뜻이에요."

알레그라가 다정하게 물었다.

"우리도 알아. 그애들과 함께 가고 싶었던 거지?"

"난 아마 그애들의 걸음을 더디게 했을 겁니다."

샤일은 예전에 오른쪽 다리가 있던 곳을 힐끗 곁눈질하며 화난 표정으로 말했다.

"다리가 이 지경이니. 게다가 걱정거리가 또 있어요. 그 빌어먹을 예언 말이에요."

그는 밤색 눈을 들어 친구들을 똑바로 쳐다보았다.

"우린 여러 해가 지나서야 셰크가 예언에 포함되어 있다는 사실을 알았어요. 사제들이 우리에게 뭘 또 숨기고 있는지 그리고 우리가 예언에서 더 알아야 할 게 있는지 궁금해요."

알레그라와 알렉산더가 어두운 표정으로 고개를 끄덕였다.

저항군에게는 꽤나 복잡한 날이었다. 요정들이 셰크와 함께 얀드라크와 루나리스도 사라져버렸다는 사실을 알리자, 대마법사와 여교왕은 그들이 키르타슈가 친 함정에 빠진 것이라고 생각했다. 하지만 남은 일행의 표정에는 걱정의 기미가 깃들었을 뿐, 슬픔이나 절망이 어리지는 않았다. 가에달루는 이들이 시인하는 것 이상을 알고 있음을 금세 알아챘다. 그가 캐묻자 알렉산더가 단호하게 대답했다.

"키르타슈는 이 일과 아무 상관이 없습니다. 잭과 빅토리아는 본인들의 의사로 떠난 겁니다."

콰이다르가 눈을 가늘게 뜨며 물었다.

"그애들 둘이서만?"

알렉산더가 잠시 그를 쳐다보았다. 그는 대마법사를 신뢰하지도 않았고, 카슬룬 탑을 재정복하겠다는 그의 집념도 썩 마음에 들지 않았다. 그래도 그를 설득해야만 했다. 적어도 대마법사만이라도 저항군을 지지하게 하려면 말이다. 그래서 말을 골라가며 조심스럽게 대답했다.

"이곳이 위험해질까봐 둘이서만 간 겁니다. 아슈란이 그들이 어디 숨어 있는지 알고 있으니, 카슬룬 탑이 무너진 것처럼 아와 숲이 그의 수중에 넘어가는 일도 시간문제이기 때문이지요."

대마법사의 얼굴이 증오로 일그러졌다. 하지만 그는 입을 다문 채 알렉산더의 말을 기다렸다.

"우리는 항거해야만 해요. 아슈란에 대항하려면 군대를 모아야만 합니다. 우리가 준비되면 얀드라크와 루나리스가 돌아와 공격을 이끌 테고, 필요하다면 카슬룬 탑도 재정복할 것입니다."

알렉산더가 덧붙였다.

"하지만 지금은 아닙니다. 아직 우리는 강하지도 않고, 제대로 조직을 갖추지도 못했습니다. 만일 아슈란이 공격해온다면, 용과 유니콘은 우리와 떨어져 있는 게 나을 겁니다. 그애들을 없애려 할 가능성이 높으니까요."

가에달루가 말했다.

'아슈란은 그애들을 없앨 수 없어요. 예언에 나오는 영웅들이니까요.'

"아무리 영웅이라도 죽을 수 있습니다."

알렉산더가 쌀쌀맞게 대꾸했다.

"저는 그애들이 자라는 걸 지켜봤고, 어려운 상황에 맞서 승리를 거두는 모습도 봤지만 그래도 그애들이 약하다는 걸 잘 알고 있습니다. 얀드라크와 루나리스가 우리에게 남은 마지막 희망이라면 그애들이 준비가 될 때까지 보호해야지, 단번에 아슈란의 손아귀에 던져버려선 안 됩니다. 지금 이 순간까지는 우리의 적이 아직 더 강하기 때문입니다."

'신전에서라면 안전했을 거예요……'

"……아슈란이 제일 먼저 찾아갈 곳이지요."

알레그라가 끼어들었다. 가에달루가 바다 같은 눈길로 그들을 주시했다.

'혹시 그애들이 어디로 갔는지는 아나요?'

알렉산더가 고개를 들어 똑바로 쳐다보고는 망설이지 않고 대답했다.

"아니오."

샤일은 당혹감을 숨기려고 있는 힘을 다했다. 알렉산더가 거짓말을 한 적은 한 번도 없었기 때문이다. 그건 그가 속한 기사단의 명예 규약을 어기는 일이었다. 마법사는 자신이 저항군을 떠나 있던 지난 이 년 동안 얼마나 많은 변화가 있었는지 떠올리지 않을 수 없었다. 그리고 이제 더이상 친구가 예전에 그가 알던 알산 왕자가 아니라는 사실도 함께.

가에달루는 알렉산더의 생각을 탐색하려는 듯 눈을 가늘게 떴지만 넘을 수 없는 장벽에 부딪혔다. 셰크라면 알렉산더의 마음속에 깃든 진실을 읽을 수 있었겠지만, 바루 족의 정신 탐사 능력으로는 한계가 있었고, 무엇보다도 알렉산더의 의지는 강철 같았다.

눈길을 피하며 심란해하는 쪽은 하딘이었다. 그는 알렉산더가 거짓말을 하고 있다는 걸 정확히 알고 있었고, 알렉산더는 그가 이 사실을 사람들에게 폭로하지 않을지 걱정되었다. 하지만 교왕은 입을 다물고 있었다.

그때 대마법사가 끼어들었다.

"우리가 왜 그대를 믿어야 하지? 자네는 왕국도 없는 왕자야. 그리고 다른 세상으로 떠났었으니 더이상 기사도 아니지. 예전에 자네가 어땠는지 기억하네. 머리카락도 회색이 아니었고, 눈도 지금과 달랐어. 자네에게서 흑마술의 흔적이 감지되는군."

"아슈란의 졸개들이 날 지금의 이런 모습으로 만들었습니다."

알렉산더가 시인했다. 하지만 자세한 내막은 더이상 말하지 않았다.

"고맙지 않은 일이지요. 놈들에게 갚아주겠다는 마음이 굴뚝같습니다."

콰이다르는 그 말을 복수의 의지로 해석했다. 그는 고개를 끄덕였지만 그래도 여전히 불신의 눈길을 거두지는 않았다. 알레그라가 한발 앞으로 나섰다.

"저도 알렉산더 편이에요, 콰이다르. 마법에 입문하지 않은 자를 신뢰할 수 없다 해도, 적어도 제 말은 들어보세요. 저는 대마법사는 아니지만 제 책임하에 마법의 탑을 맡고 있었습니다. 그러니 탑을 잃는다는 게 어떤 건지 알고 있어요. 아슈란이 우리에게서 빼앗아 간 것을 되찾고 싶어요. 알산 왕자와 함께 북쪽의 바니사르로 가겠어요. 거기서 항거를 시작할 수 있게 말입니다."

가에달루는 섭섭함이 가득한 눈빛으로 그들을 쳐다보며 말했다.

'당신네 마법사들은 늘 당신들 이익만 생각하는군요. 나는 당신들의 미친 짓을 지지하지 않을 겁니다. 신전으로 돌아가 얀드라크와 루나리스가 정신을 차리고 우리에게 달려오라고 신들에게 기도를 드릴 겁니다.'

샤일은 황급히 고개를 들어 가에달루 뒤에 다른 수행원들과 나란히 함께 서 있는 사이세이를 쳐다보았다. 천상족 여사제도 잠시 그의 눈길을 마주보다 곧 다른 쪽으로 고개를 돌렸다. 샤일은 사이세이가 그들과 함께 바니사르로 동행하지 않을 거라는 사실을 알고 있었다. 그녀의 자리는 신전과 윗사람들과 함께하는 것이므로. 두 사람은 다시 만난 지 채 이틀도 되지 않아 또 헤어져야만 했다. 마법사는 새삼 두 사람을 가로막는 높은 장벽을 느꼈다.

가에달루가 돌아서 강을 향해 멀어지자 여사제들이 그 뒤를 따랐다. 사이세이는 두 번 다시 뒤돌아보지 않았지만 샤일은 무성한 수목의 그림자 사이로 일행이 사라질 때까지 눈길을 떼지 않았다.

"루나리스를 떠나게 해서는 안 되는 거였어."

대마법사가 눈에 분노를 번득이며 그들을 꾸짖었다.

"그애만이 더 많은 사람에게 마법을 전수해줄 수 있지. 우리 싸움에서 아주 값진 무기가 될 수 있었는데……"

알레그라가 단호하게 말을 잘랐다.

"그애는 아직 준비가 되지 않았어요. 아직 다른 유니콘처럼 마법을 전해주는 방법을 모른다고요, 콰이다르. 성급하게 굴었다간 그애를 영원히 잃고 말 거예요. 그 사실을 당신도 나만큼이나 잘 알잖아요."

대마법사가 어두운 표정으로 잠시 그녀를 쳐다보았다. 그러고는 쌀쌀맞게 말했다.

"마법사들을 모아 무슨 일이 있었는지 알릴 것이오."

그는 알레그라를 쳐다보며 그녀가 무슨 대꾸를 하거나 마법 종단의 대변인이 그녀 자신이라고 주장하길 기다렸다. 비록 콰이다르가 대마법사이고 알레그라보다 더 큰 힘을 지니고 있지만, 알레그라 역시 한 마법 분파를 통솔하고 있으며, 마법 종단의 계급 체계에 따르면 그녀는 대마법사보다 높은 단계에 있었다.

하지만 알레그라는 미소를 지으며 순종의 표시로 고개를 숙이고 콰이다르가 마법 공동체의 지도자임을 인정하는 제스처를 취했다. 의심이 깃든 표정을 한 대마법사는 알레그라가 혹시 나중에 지휘권을 빼앗으려 하지 않을까 하는 의문이 들었다. 어찌되었든 그녀는 지금 당장 그와 적이 될 생각은 없어 보였다. 그는 결국 고개를 끄덕이고는 가에달루와 동행자들이 간 방향과 반대 방향으로 물러났다.

알레그라는 그가 떠나는 모습을 보고 한숨을 내쉬며 걱정했다. 콰이다르는 마법 종단을 이끌 능력이 없는 듯했지만, 그녀는 지구에서 장기간 체류한 탓에 힘이 무척 약해졌고, 지금은 그와 맞설 상황이 아니었다.

"이제야 모였건만 벌써 서로 갈라서고 말았군."

그때 뒤에서 부드러운 목소리가 들려왔고 모두 깜짝 놀랐다.

"좋지 못한 일이야."

샤일, 알레그라, 알렉산더는 그때서야 태양 교단의 교왕인 하딘이 아직도 그곳에 있다는 사실을 깨달았다. 알렉산더는 불안한 마음에 질문을 던졌다.

"그럼 당신은요, 교왕님? 신전까지 여교왕과 동행할 겁니까?"

하딘은 고개를 가로저었다.

"우리는 숲의 한가운데 새 신전을 짓고 있소. 작업 진도가 늦어지고 있지요. 단 한 그루의 나무도 파괴할 수 없다는 요정들의 바람을 존중해야 하기 때문이오. 그래도 어쨌든 나는 모든 일을 지휘하기 위해 이곳에 있어야만 하오. 세 태양 교단도 새로운 신전이 필요하니까."

"어쩌면 이제 두 교단이 하나로 합쳐질 때가 온 건지도 모르지요."

알레그라가 공손히 말하자 하딘이 온화하게 웃었다.

"내 눈으로 직접 그날을 볼 수 없을까봐 걱정이오, 마법사. 대신전이 계속 건재했다면 그럴 수도 있었겠지요. 하지만 여교왕은 두려워하고 있소. 아주 많이. 하여 상황을 바꾸려고는 하지 않고 혼자 신전에 갇혀 있으려 하지요……"

"잭과 빅토리아가 모든 걸 해결해주길 바라면서요."

샤일이 급작스럽게 말을 잘랐다. 하딘은 그에게 깊은 이해의 눈길을 던졌다.

"그래요. 두 아이들이 때가 되기도 전에 무리한 일을 맡을까봐 걱정이오. 잭이 아위노르에서 찾고자 하는 바를 발견하길 바라야지요, 그러지 못하면 지금도, 그리고 앞으로도 절대로 아무도 아슈란과 대결할 자가 없을 테니 말이오."

그를 바라보는 샤일과 알렉산더의 얼굴에는 당황해하는 기미가 역력했다. 알레그라가 미소를 지으며 말했다.

"당신의 명성에는 다 그만한 이유가 있군요. 마치 펼쳐놓은 책처럼 사람의 마음을 읽는다는 말이 사실이네요. 잭과 두어 번밖에 말하지 않았는데도 벌써 그애 마음속에 깃든 의혹을 알고 계시는군요."

하딘이 다정하게 미소를 지었다.

"가련한 아이들. 때로는 신들의 의도를 받아들이기가 힘들겠지. 그리고 신들이 그애들을 위해 마련해놓은 그 길은 힘 있고 현명한 어른조차 동요할 만한 것이고."

샤일이 심호흡하며 물었다.

"교왕님, 저희도 알아야겠습니다. 정확히 예언이 뭐라고 말하고 있습니까?"

짧은 침묵이 감돌았다. 곧 천상족이 대답했다.

"아무도 모른다오. 신탁이 말하면 우리는 들을 따름이지요. 그중 어떤 것들은 이해하지만 전부 다 이해하진 못하오. 신탁이 아슈란에 대해 말했을 때 우리는 그 메시지의 본질을 이해했죠. 즉

새로운 어둠의 시대가 이둔에 도래할 것이고, 단지 유니콘의 마법과 용의 힘이 결합할 때만 그것에 맞설 수 있다는 사실을…… 그리고 그들에게 길을 제시하는 이가 셰크라는 사실이지요."

"……문을 열어준다는?"

"아마도. 신탁은 우리처럼 많은 말을 하지 않소. 우리는 그저 그들의 말을 여러 가지로 해석할 뿐이지요.

우리 중 단지 여섯 사람만 신탁의 예언을 들을 수 있었다오, 샤일. 그 여섯 중 셋이 죽었고. 네번째는 가에달루와 가까운 사람이지만 나와는 눈인사만 나눈 사이라오. 나머지 둘이 가에달루와 나요. 우리 셋은 아마 각자 다른 말로 예언을 기억하고 있을 거요…… 본질적인 면에서는 비슷하겠지만."

샤일이 대답했다.

"그것만으로는 충분하지 않아요. 정확히 무슨 일이 일어날 것이며 이 모든 과정에서 빅토리아의 역할이 무언지 알아야 합니다. 그애에게 무슨 일이 생긴다면 제 책임이니까요. 저는 그애를 살던 세상에서 이곳으로 데려왔고, 남의 싸움에 억지로 참가하게 했으니까요."

짧은 침묵이 감돌았다. 하딘이 한숨을 내쉬었다.

"그들 안에서 고동치는 그 인간의 영혼이…… 구원이 될 수도 있고, 재앙이 될 수도 있어요."

알렉산더가 물었다.

"신탁의 예언을 다시 들을 수 있는 방법은 없나요?"

"지금은 오직 하나의 신전만 남아 있고, 그곳은 세 달 교단에 속하니 여교왕에게 부탁해봐야 할 거요. 어쨌든, 십오 년 동안 신탁의 목소리가 그 예언을 다시 언급한 건 오직 단 한 번뿐이니까."

"그 첫번째 예언을 기록해놓은 사람이 아무도 없나요?"

샤일은 궁금해했다.

"있소. 기록한 사람이 있었는데……그후 대신전이 무너졌고, 우리는 간신히 그 기록만 건졌지요. 지금은 간타드 신전에 두번째 예언이라고 불리는 것을 옮겨 적은 기록 옆에 놓여 있어요."

"두번째 예언요?"

샤일과 알렉산더가 동시에 외쳤다.

하딘이 고요한 미소를 띠며 고개를 끄덕였다.

"아직 무슨 말인지 못 알아들었소? 최초의 신탁은 오직 용과 유니콘만 언급했어요. 가에달루와 나는 여러 번 그 일에 대해 이야기를 나눴고, 여러 차례에 걸쳐 예언의 기록들을 참조해보았지만 신탁이 세크에 대해 한 번도 말하지 않은 것은 명백한 사실로 보였다오.

두번째 예언이 등장한 것은 훨씬 뒤에 천체 결합이 일어났을 때, 이미 용과 유니콘이 거의 전멸되다시피 했고 얀드라크와 루나리스가 이미 다른 세계에 살고 있을 때였소……그때 신탁의 소리가 다시 입을 열었고 세크가 개입되어 있다고 덧붙인 거요. 그때는 오직 우리 세 사람만이 그 예언을 들었지요. 가에달루, 이리알 여신의 여사제 그리고 나 이렇게 세 사람. 그 여사제는 첫번째 예언을 듣는 자리에도 있었지요. 내가 아는 바로는 이 년여 전에 세상을 떴다고 하더군요. 그러니 이제 가에달루와 나뿐이고, 그 말을 서면으로 적은 기록은 간타드 신전에 있는 거지요. 그 기록이 우리 기억보다 더 믿을 만할 수도 있소, 신들의 목소리를 듣는 일에 익숙한 자가 기록했다는 사실을 고려한다면 말이오. 잘 모르겠소."

짧은 침묵이 감돌았고, 모두 예언의 말에 대해 이리저리 머리를 굴려봤다.

알레그라가 샤일을 바라보며 의미심장하게 말했다.

"그걸 확인하려면 누군가 신탁으로 돌아가는 여사제들과 동행해야만 하겠는데."

샤일은 그 말이 무슨 말인지 알아들었다. 하딘과 알렉산더를 돌아보자 두 사람도 그를 보고 있었다. 샤일은 얼굴이 붉어졌다.

"왜 납니까?"

대답이 뭔지 뻔히 알면서도 샤일은 질문을 던졌다.

하딘의 커다란 눈에 반짝 웃음이 일었다.

"루나리스도 남쪽으로 여행하니까. 여교왕 일행과 함께 간다면 그 아이를 만날 가능성도 있지요."

하지만 샤일이 여사제들과 동행해야 하는 이유는 그것뿐만이 아니라는 사실을 모두 알고 있었다. 샤일의 심장이 고동치기 시작했다.

"내가 동행하는 걸 허락해줄까요?"

교왕이 대답했다.

"그럴 거요. 내가 부탁할 테니까. 그들은 내 청을 들어줘야만 하지요. 아무리 태양신의 신전이 파괴되었다 해도, 태양신들은 여전히 존재하고, 나 역시 여전히 교단의 교왕이니까요."

잭과 빅토리아는 하루 종일 걸어서 변화의 산맥 줄기 아래에 이르렀다. 두 사람은 위장 망토로 몸을 가리고 강 위쪽을 따라 잠시도 쉬지 않고 걸으며 전속력으로 서둘러 왔다. 도망치고 있다는 기분이었지만 정확히 아슈란으로부터는 아니었다. 산기슭의 커다란 바위 아래서 피난처를 찾아내자 비로소 안전하다는 생각이 들었다. 그들은 그제야 바닥에 털썩 주저앉아 숨을 몰아쉬며 망토를 벗었다.

"이 물건은 아주 질색이야."

잭이 말했다.

"너무 숨 막혀서 이렇게 가볍다는 게 거짓말 같아."

빅토리아는 아무 말도 하지 않았다. 그녀는 너무 지쳐 있었다. 잭이 애정 어린 눈으로 그녀를 바라보았다.

"아직 돌아갈 시간은 있어."

"나한테서 그렇게 쉽게 벗어나진 못할 거야."

빅토리아가 대답하며 웃었다.

빅토리아는 할머니가 준 지도를 주머니에서 꺼내 두 사람 앞의 바닥에 펼쳤다. 그 사이 잭은 배낭을 뒤져 커다란 파란색 과일 두 개를 찾아냈다. 하나를 빅토리아에게 건네자 그녀가 고마워하며 받았다.

"여기가 아위노르야."

빅토리아가 지도 위에 표시된 남쪽 끝을 가리키며 말했다.

"우리는 여기 있고."

그녀는 또다른 지점을 가리켰다. 북동쪽에 있는 거대한 초록색 점이다.

두 사람은 두 지점 사이에 떨어진 거리를 조용히 응시했다. 대륙의 절반이 넘었다.

"몇 주는 걸려야 도착하겠는데."

잭이 기운이 빠져 낙담한 채 말했다.

"아, 내가 용으로 변신할 수 있다면 얼마나 좋을까. 그러면 너를 태우고 날아갈 수 있을 텐데."

"그럼 이둔에 있는 모든 뱀들의 주의를 끌겠지."

빅토리아가 현명하게 지적해주었다.

"그건 별로 좋은 생각 같지 않다. 아무리 길이 멀어도 너랑 함께라면 난 각오가 돼 있어."

그녀는 한순간 진지한 표정으로 잭을 바라보았다.

"잘 알지?"

"아직도 선뜻 믿기지는 않아."

잭이 웃으며 대답했다.

두 사람은 다시 지도에 집중했다. 아위노르까지 갈 수 있는 방향은 두 방향이었다. 하나는 셀레스티아 평원과 카슈타르 사막을 지나는 길이고, 다른 길은 요정의 땅인 데르바드 전체를 북쪽에서 남쪽으로 관통하는 길이었다. 단순하게 보면 이 두번째 선택이 더 안전해 보이지만, 빅토리아는 사람들이 많은 장소에서는 두 사람이 들키지 않을까 하는 게 걱정이었다. 셰크들이 철저히 감시하고 있다는 사실을 알기 때문이었다. 요정들은 아슈란을 군주로 인정하기를 거부했고, 그 결과 아슈란 제국은 요정들을 변절자라고 몰아붙이고는 걸핏하면 트집을 잡고 있었다. 한편으로 사막은 위험해 보이기도 했고 길을 잃기도 딱 좋은 곳처럼 보였다.

결국 둘은 반반씩 섞은 해결책을 선택했다. 먼저 변화의 산맥을 따라 산맥에서 멀리 떨어지지 않게 거리를 유지하며 남쪽으로 내려가다가, 데르바드로 들어가지 않고 대륙 동쪽에 있는 이 요정 나라와 중앙에 자리한 거대한 지역인 셀레스티아의 국경선을 따라 걸어가는 것이다. 잭은 산맥 기슭에는 숨을 수 있는 바위와 동굴, 그리고 돌 사이로 흐르는 수많은 개울이 있어 물이 풍부할 테니 분명 먹을 것도 많을 거라고 말했다.

다시 지도를 챙겼을 때는 벌써 밤이 깊어 세 달이 두 사람 위를 비추고 있었다. 부드러운 붉은빛이 도는 가장 작은 달 아예아가 이제 막 지평선 위로 떠올랐다. 잭은 이끼로 만든 잠자리 위에 망토를 펼치고는 빅토리아를 존중하여 신중하게 거리를 둔 뒤에 망토 위에 드러누웠다. 하지만 빅토리아는 잭 옆에 바짝 웅크리더니 그의 온기를 찾아 가슴에 머리를 기댔다. 잭이 미소를 띠며 그녀를 안아주었다.

"이게 편하니?"

"응."

빅토리아가 절반쯤 잠이 든 상태로 속삭였다.

잭의 미소가 더 활짝 커졌다.

"푹 쉬어, 내일이면 먼 길을 가야하니까……"

'변화의 산맥을 따라서 말이야' 라고 되뇌던 잭은 불현듯 그 이름이 이상하다는 생각이 들었다.

"빅토리아, 왜 그 산맥을 '변화의 산맥'이라고 부르는 걸까?"

"몰라."

빅토리아가 하품을 했다.

"다음에 샤일을 만나면 물어볼게."

잭은 빅토리아가 눈을 감기 전에 끼고 있던 반지의 보석에 다정하게 입 맞추는 모습을 보았다. 크리스티안이 선물로 준 반지다. 하지만 이번에는 질투가 나지 않았다. 떨어져 있는 친구에게 밤인사를 하는 방법이라는 걸 알기에. 길고 불확실한 여행을 잭과 동행하기 위해 그녀가 헤어져야만 했던 바로 그 누군가와.

'빅토리아를 잘 돌볼게, 크리스티안.'

잭이 생각했다.

'너 역시 그렇게 했겠지만.'

크리스티안이 아와 숲을 통과하는 데는 별다른 문제가 없었다. 모든 사람들이 그를 찾고 있었다 해도 말이다. 그는 그림자처럼 살그머니 나무 사이로 숨어들었고, 숲의 경계에 닿기까지 그리 많은 시간이 걸리지 않았다.

일단 그곳으로 나와 그는 셰크로 변신했다.

위험을 무릅쓰는 일이었다. 인간의 모습을 하고 지상으로 가는 것보다 다른 셰크들의 눈에 띌 가능성이 더 컸기 때문이었다. 하지만 그는 한시라도 빨리 변신하여 날아올라 고통스러운 인간성을 잊고 싶었다.

내부에서 뭔가 폭발하는 듯했다. 그의 내면에 있던 뱀이 환희에 찬, 그리고 무엇보다 안도에 찬 외침을 내질렀다. 최근 며칠간 크리스티안의 내면에서는 영혼의 지배권을 다지려는 듯이 인간적인 감정이 들끓었고, 이 때문에 내면의 셰크는 질식할 것만 같았다. 그는 튼튼한 날개를 활짝 펼쳐 세 달의 달빛으로 물든 드넓은 보랏빛 하늘로 솟아올라 얼음의 땅 나나이, 거인들의 나라를 향해 날아갔다.

그는 혹시나 싶어 바닷가 쪽으로 방향을 틀어 해안선을 따라가기로 했다. 조금 더 먼 길이 되겠지만, 인간들의 왕국을 지나지 않고 바다 위를 날아가면 그나마 다른 셰크들에게 발견될 가능성이 적었다.

그렇다고는 해도, 셰크로 변신하자 어쩔 수 없이 빅토리아의 기억이 떠올랐다. 그는 잠시 눈을 감고 빅토리아의 손가락에서 반짝이고 있는 반지, 시스카셰그가 전달해주는 감정을 감지했다. 고요, 안정, 휴식 그리고 행복이 느껴졌다.

크리스티안은 혼자 고개를 끄덕였다. 그래야만 했다. 빅토리아는 무사히 잭과 함께 있으니 그가 돌봐줄 것이다. 성질 잘 내는 그 용은 아직 자신이 살아 있는 유일한 이유를 짐작조차 하지 못할 것이다. 크리스티안이 기회가 있었을 때도 그를 죽이지 않은 유일한 이유 말이다. 그것은 바로 용이 빅토리아에게서 이끌어내는 이런 감정들 때문이었다. 잭은 빅토리아와 함께 가며 우정과 신뢰, 안정감과 같은, 크리스티안이라면 절대 베풀 수 없는 모든 감정을 베풀어줄 것이다.

'하지만 빅토리아에게 무슨 일이 생기면,'

그는 침울한 표정으로 다짐했다.

'너는 내 손에 죽게 될 거라고 맹세하지.'

가에달루와 여사제들은 어두워질 무렵 길을 떠났고, 샤일도 그 무리에 합류했다. 모두 파스케를 탔다. 줄무늬가 있고 이마에 세 개의 뿔이 달린 이 덩치 큰 동물은 놀랄 만큼 편하고 빨랐다. 셰크들에게 발각될 경우, 이들만큼 재빨리 움직이는 동물은 없다. 그리고 그런 경우, 샤일이 함께 있다는 게 무리에게 유리하다는 사실도 금방 드러났다. 아직 몸이 약하기는 하지만 그는 위장 마법을 걸 수도 있고, 다른 모습으로 바꾸어 이동할 수도 있기 때문이었다. 일행이 위장했을 때는 가까이서 주의 깊게 지켜보는 자만이 그들을 알아볼 수 있다. 하늘에서 내려다보거나 밤에 마주친다면, 셰크의 번득이는 눈에도 걸리지 않고 지나갈 수 있을 터이다.

사이세이는 샤일이 그들과 함께 간다는 걸 알았을 때 아무 말도 하지 않았다. 마법사도 그녀 가까이 가지 않으려 했다. 잭과 빅토리아가 무리를 떠나가게 내버려둔 일로 그녀가 마음이 상했다는 사실을 알기 때문이었다. 사이세이는 가에달루가 옳으며, 그애들에게 가장 안전한 장소는 세 여신의 보호를 받는 간타드 신전이라고 철석같이 믿고 있었다.

샤일은 이 일로 그녀를 탓할 수 없었다. 신들에 대한 사이세이의 믿음은 참되고 깊은 것이었으며 그는 굳이 그 믿음을 빼앗고 싶지 않았다. 어쨌든 아무것도 믿지 않는 것보다는 나으므로. 그는 그렇게 쓰라린 심정으로 되뇌었다.

하지만 샤일은 이제 더이상 예언을 믿지 않았다.

아침에 눈을 떴을 때 빅토리아는 여전히 잭의 품안에 있었다. 자신이 어디 있는지 그리고 무슨 일이 있었는지 전부 떠올리는데 조금 시간이 걸렸다. 불안한 마음이 들었지만 잭이 함께 있다는 사실이 위안을 주었다. 고개를 들자 잭이 그녀를 바라보고 있었다.

"좋은 아침."

잭이 미소를 지었다. 빅토리아는 눈을 깜박이다 한쪽 눈을 비비며 역시 미소를 지었다.

"안녕. 언제부터 깨 있었어?"

"조금 전부터. 잘 잤니?"

빅토리아가 그에게 몸을 기대며 깊이 숨을 내쉬었다. 거짓말 같았다. 낯선 세상에서 길을 잃었고 네크로맨서와 날개 달린 뱀 종족 전체가 자신을 죽이려하는데도 이 아침이 인생에서 가장 행복한 순간처럼 여겨졌다.

"아주 잘 잤어."

빅토리아가 진심으로 말했다. 조금 춥기는 했지만 잭의 따스한 온기가 지난밤의 서늘한 공기를 막아주었다.

"지금은 그냥, 욕실만 하나 있으면 딱 좋겠다."

빅토리아는 농담을 했다.

"지금 당장 하나 찾아줄게."

잭이 미소를 지으며 대답했다.

그가 몸을 떼고 단숨에 벌떡 일어났다. 빅토리아는 행복한 순간이 끝났다는 사실이 아쉬웠다. 두 사람은 지금 휴가를 보내는 게 아니며, 앞으로도 긴 여행이 남아 있다는 사실을 억지로 떠올리려고 애썼다.

잭에게서는 환하게 빛이 나는 듯했다. 그는 활짝 미소를 지으며 흙과 나뭇가지를 털어내려고 망토를 흔들었다. 빅토리아는 그가 이렇게 행복해하는 걸 본 적이 없었다.

낮게 휘파람을 불며 은신처를 나서는 잭의 모습을 보며 빅토리아는 새삼 미소를 지었다. 그동안 일어난 많은 일에도 불구하고 웃음을 멈출 수 없었다.

그때, 별안간 잭이 휘파람을 멈추고 놀라움의 탄성을 내질렀다. 빅토리아의 미소도 그대로 입가에 얼어붙었다. 그녀는 벌떡 일어나 지팡이를 쥐고 뛰쳐나갔다.

하지만 친구는 위험에 처한 게 아니었다. 아니, 적어도 보기에 위험해 보이지는 않았다. 그는 그대로 몇 미터 저쪽 앞에 가만히 서서 주위를 돌아보고 있었다. 빅토리아도 그의 곁으로 갔다.

"잭, 무슨 일이야?"

그녀는 곧 말을 잃었다.

두 사람은 산에 둘러싸여 있었다. 사방으로 높고 가파른 산꼭

대기들이 전날 오후 지나온 부드러운 평원을 삼켜버린 듯했다. 그들이 기억하는 어제의 풍경과 눈곱만치도 비슷하지 않았다. 두 사람이 동시에 고개를 돌려 지난 밤 은신처로 삼았던 바위를 바라보았다.

바위는 여전히 같은 모습으로 그곳에 있었다. 그랬다. 그들이 움직인 게 아니었다. 산맥이 통째로 밤사이 위치를 바꾼 것이다.

"이제 사람들이 왜 이곳을 '변화의 산맥'이라고 부르는지 알겠다."

빅토리아가 간신히 말문을 열었다.

잭이 갑자기 웃어젖혔다. 빅토리아는 어이가 없어 그를 쳐다보았다.

"뭐가 그렇게 웃기니?"

잭은 진정하려 했다.

"미안, 너무 희한한 일이라서. 진지하게 받아들이면 아마 난 미쳐버리고 말 거야."

빅토리아 역시 결국 웃음을 터뜨리지 않을 수 없었다. 어느 정도 진정하고 나자 빅토리아는 객관적으로 생각하려 애썼다.

"그런데 산이 계속 변하면 우리는 방향을 어떻게 잡아야 하지?"

"태양들의 위치로. 지구의 태양과 마찬가지로 동쪽에서 뜨거든. 좋은 소식도 있어."

잭이 다시 미소를 지으며 말했다.

"산들이 네가 찾던 욕실을 가져왔다는 거야. 봐, 저 개울은 어젯밤 저기 없었어. 최소한 세수는 할 수 있겠다."

빅토리아가 미소를 지었다. 잭의 기분 좋은 유머에는 전염성이 있었다. 이런 황당한 곳조차 그의 행복을 앗아갈 수는 없었다.

'함께 있어서 기분이 좋은 거야. 나와 둘이서, 단둘이만.'

이렇게 생각하자 빅토리아는 마음이 떨렸다. 빅토리아도 잭과 함께 있으면 행복한 기분이 들었다. 그때 갑자기 크리스티안이 잘 있는지 궁금해졌다. 하지만 즉시 그가 무사하다는 걸 알 수 있었다.

'크리스티안한테 안 좋은 일이 생기면 바로 알 수 있을 거야.'

손가락에 낀 뱀의 눈을 쓰다듬으며 빅토리아는 생각했다. 향수가 파도처럼 밀려오자 그녀는 눈을 감고 크리스티안의 푸른 눈동자를 떠올렸다. 그가 곁에 없다는 사실에 날카로운 고통을 느꼈지만 이겨내려고 안간힘을 썼다.

'크리스티안은 무사해. 혼자 잘 알아서 할 거야. 그리고 어쨌든 그애도 나와 같이 있는 셈이잖아.'

다시 반지에 입을 맞추자 한결 기분이 좋아졌다.

그녀는 미소를 띠고 잭을 따라 개울가로 갔다.

변화의 산맥을 따라 여러 날을 여행하면서 잭과 빅토리아는 시간관념을 잃어버렸다.

하루하루 시간이 지나면서 산이 움직이는 모습이 보였다. 아니, 움직이는 모습이 보인 게 아니라 변화를 감지했다고 말하는 편이 낫겠다. 아침 내내 오른쪽에 있던 봉우리가 돌연 뒤에서 나타났다. 산 하나가 느닷없이 길을 가로막는 바람에 어쩔 수 없이 다른 길을 찾아 방향을 틀어야 하기도 했다. 개울이 생겨나기도 하고 겹쳐지기도 하며, 여러 차례 같은 개울을 건너야만 할 때도 있었다. 이곳저곳에서 산들이 서로 합쳐져 길을 막기도 하고, 서로 떨어져 계곡과 골짜기를 만들기도 했다.

처음에 빅토리아는 자꾸만 묻지 않을 수 없었다.

"우리가 길을 잃은 건 아닐까?"

하지만 잭이 고개를 가로저었다.

"속지 마. 태양들을 잘 봐."

하지만 그것도 황당하기는 마찬가지인걸, 하고 빅토리아는 생각했다. 세 개의 태양이 비추는 모든 사물이 하나가 아니라 세 개의 그림자를 만들어내는 걸 보면 말이다.

잭도 사실 그들이 어느 정도나 왔는지 알아낼 방법이 없었다. 변화의 산맥에서는 두 사람이 가지고 있는 지도도 별 소용이 없었다. 하지만 빅토리아를 걱정시키고 싶지는 않았다. 산들이 계속 변해 위치를 바꾸어 나타났다 사라졌다 했지만 그는 지치지 않고 세 태양이 이끄는 대로 남쪽으로 나아갔고, 그렇게 며칠이 지나자 시간이 마치 영원처럼 느껴지면서 밤과 낮이 지구에서보다 더 긴 듯했다.

그들은 곧 그곳에서 이동하는 법을 배웠다. 더이상 장애물에 둘러싸이지 않았다. 산이 길을 가로막으면 그대로 야영을 하며 그저 물러나기만 기다릴 뿐이었다. 대개는 다음날 잠을 깰 때쯤이면 이미 길이 뚫려 있었다. 그러면 계속 나아갔다.

하지만 이 이상한 풍경은 영 끝날 것 같지 않았다.

잭은 빅토리아에게 낚시와 사냥하는 법을 가르쳤다. 특히 그는 돌멩이 던지는 데 선수였다. 어찌나 정확한지 이십 미터가 넘는 거리에서도 움직이는 목표물을 맞힐 정도였다. 사실 이런 일은 질색이야, 라고 그는 빅토리아에게 말했다. 그의 어머니는 수의사였고 그는 어머니로부터 동물들을 돌보는 법을 배웠기 때문이었다. 하지만 유럽을 돌아다니며 오랜 여행을 하는 동안, 이런 거친 지역을 지나야 했고 그는 살아남는 법, 즉 가끔씩 먹을 것을 구하고 사냥하고 낚시하는 법을 배워야만 했다.

이곳의 동물들은 두 사람이 알고 있는 동물들과 매우 달랐다. 가죽에 반점이 있고, 다리가 가늘고, 목이 길고, 주둥이가 납작한 포유류도 있었는데, 산양처럼 날렵하게 바위 사이를 뛰어다녔다. 하지만 결코 다가갈 수는 없었다. 동에 번쩍 서에 번쩍 하며 뛰어다니는 이 짐승은 두 사람이 어느 정도까지는 가까이 와도 상관하지 않았지만, 언제나 조금 거리를 두려는 듯했다. 또한 털이 복슬복슬하고, 동그랗고 커다란 눈에 사자처럼 기다란 꼬리가 달린 작은 동물도 있는데, 다리가 짧아서인지 빨리 달릴 수 없어 사냥하기가 어렵지 않았다. 하지만 어디 있는지 찾기가 쉽지 않았다. 신기하게도 털의 무늬가 변해서, 가만히 엎드려 있을 때면 바닥과 구분하기가 꽤 힘들었기 때문이다. 그래도 잭과 빅토리아는 여행을 하면서 두세 마리 정도는 잡을 수 있었다. 구워서 먹으면 토끼 고기 비슷한 맛이 났고, 이상하게도 뒷맛은 매웠다.

개울에서는 통째로 구우면 아주 맛있는 장밋빛 물고기도 있었고, 가시가 가득한 초록색 물고기도 찾아냈지만 먹을 수는 없었다.

처음에는 모든 게 새롭고 낯설어만 보였다. 하지만 시간이 지나면서 언제나 같은 식물, 같은 동물, 같은 산에 점차 익숙해졌다. 전진 또 전진하다보니 두 사람은 마치 꿈속을 걷는 것 같았다. 그러던 어느 날 오후 두 사람의 졸음을 송두리째 앗아가는 일이 벌어졌다.

여행을 시작하고 적어도 다섯 번은 지나쳐갔을, 두 봉우리 사이의 좁은 골짜기를 지나갈 때였다. 잭이 별안간 오싹한 한기에 발걸음을 멈췄다. 잭 곁에 멈춰 서며 무슨 일인지 물어보려던 빅토리아 역시 입을 열기도 전에 위험을 감지했다.

두 사람이 눈빛을 교환했다. 잭의 표정이 어두워졌고 눈에서 이상한 광채를 발하는 것이 마치 거센 불길이 타오르는 듯했다. 빅토리아는 즉시 무슨 일인지 깨닫고 도미바트의 손잡이를 쥔 잭의 손을 저지했다. 그리고 친구의 눈을 바라보며 진지한 표정으로 조용히 고개를 가로저었다. 잭은 자신의 감정을 억누르려고 애썼다.

둘은 바위 틈에서 은신처를 찾았다. 잭이 먼저 들어가 안전한 장소인지 확인했다. 빅토리아에게 신호를 보내자 그녀는 아무 소리도 내지 않고 따라 들어왔다. 일단 안으로 들어온 두 사람은 구덩이에 몸을 웅크리고 망토를 둘러썼다.

곧이어 틈사이로 그것이 보였다. 날개를 접은 몸통이 바위 위로 이리저리 미끄러지며 갈라진 혓바닥으로 위협적인 쉭쉭 소리를 냈다. 여러 색깔로 번득이는 눈이 바위 사이의 빈 공간을 샅샅이 뒤지고 있었다. 잭이 빅토리아에게 눈짓을 보내자 그녀는 틈

새로 놈의 낌새를 살폈다. 겁에 질린 빅토리아의 표정을 보고 잭은 이 셰크가 크리스티안이 아니라고 추정했다. 잭이 보기에는 모두 똑같아 보였지만, 빅토리아는 셰크들 중에서 자신의 친구를 알아볼 수 있었다.

잭과 빅토리아는 놈이 어디서 나왔는지 알 수가 없었다. 주변의 동굴에서 쉬고 있었을 수도 있고, 위에서 내려왔을 수도 있고, 이곳까지 두 사람을 따라왔을 수도 있다. 어느 쪽이 사실인지는 모르지만 어떤 식으로든 두 사람이 있다는 걸 알아차린 건 분명해 보였다.

잭은 생물의 둥근 몸통이 바위 사이로 미끄러지며 점점 더 가까이 다가오는 소리를 들었다. 그는 도미바트의 손잡이를 붙들었다. 칼 손잡이를 아플 정도로 꼭 쥐며, 밖으로 나가 이 숨 막히는 망토를 벗어젖히고 셰크와 죽을 때까지 겨루고 싶은 본능을 억누르려 애썼다. 그는 자제하려고 안간힘을 썼지만, 셰크가 곁에 있다는 사실만으로도 내면의 이글거리는 불길이 더욱 거세졌다. 얀드라크가 자유로워지길 요구하는 느낌이었다.

빅토리아는 잭에게 뭔가가 일어나고 있는 걸 알아채고 걱정스러운 표정으로 쳐다보았다. 잭은 지나치게 오랫동안 본능을 억제하고 있었다. 크리스티안이 곁에 없고, 맞서 싸울 만한 다른 셰크가 근처에 와 있는 지금, 잭은 자기 안에 잠든 용의 고삐를 풀어놓고 싶은 듯 보였다.

빅토리아는 망설였다. 잭이 용으로 변신하는 법을 익히는 것은 모두의 희망이다. 잭의 눈 속에 이글거리는 불길과 위태로울 정도로 달아오르기 시작한 은신처의 온도로 판단하건데 그는 마침내 변신을 하려 하고 있었다. 하지만 빅토리아는 지금이 적당한 때인지 확신이 들지 않았다. 셰크가 두 사람을 발견할 것이고, 두 사람이 어찌어찌하여 셰크를 이긴다 해도, 이 일은 아슈란에게 그들의 위치를 알려주는 꼴이 될 것이다. 셰크들은 모두 강한 텔레파시로 이어져 있기 때문이다. 만일 잭이 변신한다면 셰크와 멀리 떨어진 곳이어야 하고, 적어도 둘 다 네크로맨서와 맞설 준비가 되어 있어야만 한다.

빅토리아는 바싹 다가온 뱀의 갈라진 혓바닥이 쉭쉭거리는 소리를 들었다. 일단 잭의 힘이 풀려나오자 더이상 망토로도 그것을 잡아둘 수 없었다. 셰크가 곧 잭의 존재를 감지할 것이다.

잭의 얼굴이 증오로 일그러지며 초록색 눈이 분노로 타올랐다. 빅토리아는 뭔가 해야만 한다는 걸 깨달았다. 그것도 지금 당장.

잭이 망토를 젖히고 은신처 밖으로 막 뛰쳐나가려는 찰나, 빅토리아가 잭의 손을 붙잡으며 잭 위로 덮쳤다. 빅토리아를 떼어놓으려 몸을 뒤틀던 잭은 여전히 몸 안의 피가 분노로 부글부글 끓고 있었다. 그때 빅토리아가 손으로 그의 얼굴을 잡아 열정적으로 입을 맞추었다. 잭이 놀라 거친 숨을 삼켰다. 별안간 그는 셰크도, 자신의 분노도, 안에서 맥박 치는 용도 잊었다. 눈을 감고 빅토리아를 끌어안으며 그녀의 키스에 답하자 이제 그에게는 사랑하는 빅토리아의 존재 외에는 아무것도 존재하지 않았다. 빅토리아가 더 바짝 몸을 붙이며 두 사람의 머리를 망토로 가렸고, 둘의 몸은 천으로 완전히 가려졌다. 잭은 그녀의 이런 몸짓조차 알아차리지 못했다. 그는 거의 필사적이다시피 다시 빅토리아에게 키스하고, 그녀를 더 바짝 끌어당기며 그녀의 밤색 머리카락을 손가락을 휘감았다. 둘이 몸을 떼며 빰이 붉게 물든 채, 거칠게 숨을 몰아쉬었을 때 셰크는 이미 떠나고 없었다.

두 사람 모두 이 일에 대해 그날 내내 아무 말도 하지 않았다. 하지만 밤이 되어 가던 길을 멈추고 언덕 아래 쉴 곳을 찾았을 때 잭의 입술이 다시 빅토리아의 입술을 찾았다. 그녀도 기꺼이 그를 안아주었다.

이즈음 잭은 빅토리아를 매우 존중해주고 있었다. 둘만 있다는 사실에 심하게 동요하고 있었지만, 통제력을 잃어 나중에 후회할 짓을 하고 싶지 않았기 때문이었다. 하지만 그날 오후의 키스가 모든 감각을 들쑤셨고, 잭은 자신이 더 많은 것을 원한다는 걸 깨달았다. 훨씬 더 많은 것을.

빅토리아도 그랬다. 하루하루 지나면서 점점 더 잭을 사랑하게 되었고, 그가 자신의 곁에 있어야만 한다는 사실을 깨달았다. 가까워지면 가까워질수록 그가 좋았다. 빅토리아에게도 그날의 키스는 일종의 해방 같은 것이었다.

세 달의 달빛 아래 입맞춤을 나누던 빅토리아는 불현듯 멈춰야만 한다고 자각했다. 하지만 정작 머리칼을 헝클어뜨린 채 몸을 뗀 쪽은 잭이었다.

"기다려, 잠깐만."

잭이 힘겹게 말했다.

“정말 계속하고 싶은 거야?”

빅토리아는 고마운 눈빛으로 그를 바라보았다. 간헐적으로 숨을 내쉬던 그녀의 심장이 빠르게 방망이질쳤다.

“실은, 아직은 아닌 것 같아.”

빅토리아의 얼굴이 빨개졌다. 불과 얼마 전에 그녀는 크리스티안과도 비슷한 장면을 연출한 적이 있다. 그녀는 그때 무슨 말을 했던가 떠올리려고 애썼다.

“아직은 마음의 준비가 되지 않은 것 같아.”

잭이 고개를 끄덕이고는 몸을 떼며 눈을 감고 심호흡을 했다.

짧은 침묵이 감도는 틈을 타 두 사람 모두 마음을 가라앉혔다. 빅토리아가 물었다.

“괜찮아?”

잭이 고개를 끄덕였다.

“넌 내 첫 여자친구야.”

잭이 웃으며 말했다.

“난 네게 잘하고 싶어.”

빅토리아가 미소를 지으며 다시 그의 어깨에 머리를 기댔다. 잭이 그녀를 팔로 감쌌고, 두 사람은 이둔의 아름다운 밤하늘을 한동안 응시했다. 그날 밤 보름달이 된 아예아가 분홍빛의 부드러운 광채로 산맥을 물들였다. 중간 달 일레아는 입가에 살짝 머금은 초록빛 미소인 양, 점차 차오르기 시작한 가장 큰 달 에레아의 은빛 표면 위에 걸려 있었다. 빅토리아는 에레아가 며칠 만에 보름달이 되는지 궁금했다.

잭이 침묵을 깨며 말했다.

"가끔씩 나도, 지구에서 모든 남자친구들이 해주는 일을 네게 해주고 싶어. 극장에 가고, 좋은 식당에서 저녁도 먹고, 밸런타인데이에 장미도 선물해주고. 아주 단순하고 바보 같은 일이지. 하지만 난 한 번도 그런 일을 해본 적이 없고, 어쩌면 앞으로도 할 수 없을 것 같아."

"이제 받아들이기 시작했구나."

빅토리아가 나지막한 목소리로 말했다.

"우리가 두 번 다시 지구로 돌아갈 수 없다는 거, 우리가 절대로 정상적인 삶을 살 수 없다는 거. 그걸 말하고 싶은 거야?"

잭은 고개를 가로저었다.

"이곳은 낯선 것들로 가득한 거짓말 같은 세상이야. 내심 나 역시 이 세계를 탐험하면서 재미를 느끼고 있는지도 모르지. 하지만 그래도 여전히 이곳은 적의에 찬 곳일 뿐이야. 여자친구랑 촛불 켜놓고 저녁식사를 할 수도 없으니까. 이 세상에서 내가 너에게 해줄 수 있는 거라곤 죽음의 땅으로 향하는 이 불편하고 무지무지 위험한 여행밖에 없어."

잭이 비통한 어조로 말하자, 빅토리아는 가슴이 죄어왔다. 차원의 문을 넘어서며 이둔으로 온 지 불과 며칠밖에 되지 않았지만 잭은 훨씬 더 성숙해지고 어른이 된 것 같았다.

빅토리아가 애정 어린 목소리로 속삭였다.

"우린 놀라움과 감동적인 모험으로 가득한 마법의 세상을 함께 탐험하고 있잖아. 다른 어떤 남자친구가 이런 일을 해줄 수 있겠니?"

잭이 미소를 지으며 그녀를 꼭 안아주었다. 그러고는 덧붙였다.

"지금 누군가가 떠오르는데. 하지만 그애도 나처럼 널 극장에 데려가는 문제를 두고 고민을 할지 어떨지는 모르겠다."

한순간, 두 사람은 극장에 있는 크리스티안의 모습을 상상했다. 팝콘을 먹으면서 다같이 즐겁게 웃음을 터뜨리는 지구인들에게 둘러싸인 그의 모습을. 그러자 빅토리아의 심장은 크리스티안의 부재를 깨닫고 고통스럽게 뛰었다. 그가 무척이나 그리웠다. 하지만 그렇지 않은 척하려고 애썼다. 괴롭지만, 잭과 함께 있다는 사실이 행복했고, 이 행복을 망치고 싶지 않았기 때문이었다. 그녀는 한숨을 내쉬며 잭 곁에 몸을 웅크렸다. 만일 반대였다면, 오늘 밤 곁에 있는 사람이 크리스티안이었다면, 아마도 잭이 그리웠겠지. 그녀는 새삼 미소를 지었다. 잭이 어떤 기분일지 정확히 알고 있었다. 그는 이 사실을 받아들이는 법을 배우는 중이다. 그리고 크리스티안 역시 이미 이것을 받아들였다. 그러자 조금 마음이 편해졌다. 그렇지만 잭이 이 관계를 그녀 자신과 완전히 똑같은 수준으로 이해하고 있는지는 궁금해하지 않을 수 없었다.

얼마 지나지 않아 빅토리아는 잠이 들었다. 여전히 입가에 미소를 머금고 있었다. 하지만 오후에 마주쳤던 셰크의 기억 때문에 두 사람은 그날 밤 처음으로 망토 아래 몸을 웅크리고 잠을 잤다.

그리고 결국 깊이 잠드는 데 실패했다.

셰크의 주의를 끌지 않는 최선의 방법은 마법을 전혀 쓰지 않는 거라는 사실을 잘 알았던 알렉산더와 그의 일행은 말을 타고 여행을 하기로 했다. 그리고 위장 망토도 준비했다. 아슈란은 그들의 목에 상당히 높은 현상금을 내걸었다.

바니사르를 향해 가는 여러 날 동안, 난델트를 지날 때까지는 아무 문제가 없었다.

하지만 그날 밤 알렉산더는 생각지도 못한 상황에 처하게 되었다.

가장 작은 달인 아예아가 보름달이 된 것이다.

처음에는 이 사실에 영향을 받을 이유가 없었다. 알렉산더는 지구의 달에 따라 영향을 받았기 때문이었다. 하지만 지구의 달은 너무 멀리 있고, 알렉산더는 그의 안에 살아 숨쉬는 늑대의 본질이 이둔의 달을 따르기 시작했다는 걸 느꼈다.

다행히 아예아가 너무 작아 변신은 일어나지 않았다. 하지만 알렉산더는 내면의 늑대가 깨어나지 않도록 의지와 자제력을 총동원해야 했다.

그는 밤새도록 기분이 좋지 않았고, 눈은 이상하게 번쩍였으며, 평소보다 쉰 목소리가 났다. 느껴지는 감각도 달랐다. 알렉산더는 세 달을 향해 울부짖고 싶은 본능을 억눌러야 했다. 알레그라에게 시선을 돌린 그는 요정의 현명한 눈이 자신을 응시하고 있다는 걸 알아챘다.

'알고 있구나.'

그는 알레그라와 함께 자신의 의구심과 우려를 나누고 싶었지만, 처음부터 불신의 눈으로 자신을 보았던 대마법사에게 의심을 불러일으킬 여지를 주고 싶지 않았다.

그런데, 콰이다르의 눈에 띄지 않는 것보다 훨씬 더 걱정스러운 문제들이 있었다. 그중 하나가 새로운 변신 주기였다. 아예아의 만월이 그에게 이 정도로 영향을 미친다면, 에레아가 보름달이 되면 어떤 일이 벌어질까? 이 은빛 달은 77일마다 보름달이 된다. 지구의 달보다 더 긴 주기지만 영향력도 훨씬 더 막강하다. 아예아의 만월이 늑대를 깨우기 직전이라면, 에레아는 틀림없이 그것을 깨우고 말 것이다. 중간 달, 초록색 달인 일레아도 그를 변신시킬 힘이 있는지 궁금하지 않을 수 없다.

이둔 달력은 총 11개월이며, 아예아와 나머지 두 달은 11개월의 마지막 날에 모두 만월이 된다. 이번은 아예아의 일곱째 만월이다. 알렉산더는 다음 보름까지 남은 날짜를 따져보고는 겨우 엿새 후면 보름달이 될 거라는 사실을 확인하고 속으로 욕을 했다. 그리고 넉 달 후면, 매 231일마다 그래왔듯 이둔의 세 달이 모두 만월이 되는데, 이때가 바로 한 해의 끝이자 다음 해가 시작된다는 신호였다. 그날 밤이 되면 과연 자신의 늑대 영혼에게 무슨 일이 벌어질까?

그곳에서 멀리 떨어진 위풍당당한 성의 총안 사이에 서 있는 바니사르의 왕도 세 달의 달빛을 응시하고 있었다. 전설에 따르면 각각의 달은 세 여신과 각각 짝을 이루는데, 가장 큰 달 에레아는 빛의 여신 이리알의 달로, 그녀는 언제나 에레아의 빛처럼 멀리까지 닿길 소망하며 늘 어둠에서 벗어나고 싶어하는 인간들의 여신이다. 초록빛을 내뿜는 중간 달 일레아는 땅의 여신인 위나의 총애를 받는 달로, 위나 여신은 요정들로부터 경배받는다. 요정들의 커다란 눈은 언제나 그들의 주변과 나무, 숲을 향해 있다. 그들은 머리 위, 하늘에는 그다지 신경 쓰지 않으며 발딛고 있는 땅만 살피는 종족이기도 하다.

그리고 마지막으로 삼각형 아래 꼭짓점에 해당하는 자리에 아예아가 있는데, 가장 작은 달, 혹은 사람들이 부르듯 '눈물의 달'이다. 깊은 바다의 여군주이자 바루 족의 모신(母神)인 넬리암 여신을 대표하는 달이다.

또한 각각 세 남신에 해당하는 세 개의 태양도 있다. 왕은 모든 악과 마법의 가장 어두운 근원인 셉티모* 신에 해당하는 일곱째 천체도 있지 않을까 의문을 던졌다. 그리고 이제 자신이 셉티모 신의 뜻을 받들며 섬기기 시작한 건 아닌지, 만일 그렇다면 그 선을 언제 어디서부터 넘어선 것인지도 궁금했다.

"전하."

등 뒤에서 차가운 목소리가 들려왔다.

왕은 몸이 오싹했다. 그가 다가오는 소리를 듣지 못했지만 그래도 알아챘어만 했다는 생각이 들었기 때문이었다. 갑자기 대기의 온도가 급격히 내려간 듯했다.

뒤돌아섰다. 한 남자가 서 있었다. 겉으로 보기에는 수비대 기사들 중 하나처럼 보였지만 그건 단지 겉모습일 뿐이었다.

---

* 일곱번째라는 뜻.

그의 눈에는 얼음의 벽이 서려 있었다. 표정은 석고상처럼 딱딱하고 차가웠다. 그리고 그 표정엔 공포를 불러일으키는 뭔가가 있었다. 왕은 있는 힘을 다해 떨리는 몸을 다스리고, 뒤돌아 도망치고픈 충동을 억눌렀다. 거기서 도망칠 길은 허공으로 뛰어내리는 것뿐이다.

이 존재가 사람처럼 보이는 건 단지 겉모습뿐이다.

"에이세슈."

왕은 입이 바짝 마른 채 셰크의 이름을 불렀다.

셰크가 복종의 표시로 왕 앞에 고개를 숙였다. 에이세슈는 바니사르 왕국에 머무는 아슈란의 심복으로, 아슈란에게 반란 가능성이 있는 거점을 보고하며 그곳을 셰크의 법령에 따라 통치하는 책임을 맡고 있었다. 에이세슈와 그의 뱀 인간 군대는 바니사르 왕국에 진을 치고 몇 년째 주둔하고 있다. 변절자들에겐 아주 혹독하게 굴었지만, 단순 가담자들은 평화롭게 살게 내버려두었고, 평상시에는 그다지 사건을 일으키지 않았다. 하지만 군주인 왕은 좀처럼 이자들에게 익숙해지지 못했다.

그날 밤 총안 사이에 나타난 에이세슈는 영 꺼림칙한 모습이었다. 갑자기 나타나 깜짝 놀라게 했기 때문이 아니라 인간의 모습으로 변신했기 때문이었다. 그를 알고 난 이후 몇 년 동안 왕은 그가 이런 모습으로 나타난 걸 단지 두어 번 정도밖에 보지 못했다. 에이세슈가 인간으로 모습으로 자신을 낮추는 걸 질색하기 때문이었다.

하지만 오늘 밤 그는 분명 매우 신중한 태도를 취하고 있었다.

“전하께 지시사항이 있습니다.”

감정 없이 얼어붙듯 차가운 목소리였다.

에이세슈는 왕과 말을 나눌 때 왕의 권위를 살려주거나 외교 전례를 따르는 법이 전혀 없었다. 셰크에게 그런 행동은 단지 인간적인 일에 지나지 않았다. 아무리 높은 군주라 해도.

“그대들의 요구대로 따르리다.”

왕은 중얼거리며 이런 굴욕 덕분에 그의 왕국이 아직 건재하고, 상대적으로 평화를 누리고 있다는 생각을 다시 한 번 되새겼다.

“찾아오는 손님이 있을 겁니다. 위험한 변절자 무리입니다. 귀하의 왕국에 맞아들여 그들을 지지하는 척하십시오. 우리가 지켜보고 있을 겁니다. 때가 되면 할 일을 알려드리지요.”

왕은 셰크의 말에 몸을 떨었다. 어쨌든 별로 복잡할 일은 없는 듯했다. 왕은 이미 많은 변절자들을 배반해왔다. 그의 군인들은 ‘누에보스 드라고네스’*들을 수색하여 체포하는 정찰 활동에 나섰다. 이들은 아슈란과 셰크들에게 크나큰 두통거리를 안겨준 난델트의 반란군 무리였다.

그 대신 왕의 백성들은 평화롭게 살고 있다. 왕은 이 사실을 계속 떠올려야만 했다.

“그들을 어떻게 알아본단 말이오?”

“알아볼 수 있을 겁니다. 이제 당신이 우리에게 어느 정도로 충성하고 있는지 증명할 때가 되었습니다. 실망시키지 마십시오.

* ‘새로운 용’이라는 뜻.

우리가 당신을 지켜보고……"

'……있습니다.'

마지막 말이 왕의 머릿속에 들려왔다. 왕이 고개를 들자 그의 형상은 더이상 그 자리에 없었다. 오직 은빛 번개 같은 형상이 아예아의 핏빛 광채에 감싸인 채 산을 향해 치솟으며 하늘을 가로지르는 모습뿐이었다.

게르데는 의장 테이블에 손가락을 살짝 갖다댔다. 그리고 시마넨의 자리였던 의자에 앉았다. 그는 이 장소를 다스렸던 대마법사로, 불과 이 주 전 셰크들의 포위 공격 때 숨을 거두었다.

"카슬룬 탑의 성주라."

게르데는 커다란 검은 눈을 굴리며 가르랑거리는 소리를 냈다.

"내게 꽤 잘 어울리는군."

흡족한 한숨을 내쉬며 그녀는 주위를 둘러보았다. 이곳은 카슬룬 탑의 회의실로, 상위 계급의 마법사들이 마법 종단과 관련된 다양한 문제를 논의하던 장소였다. 게르데는 젊지만 마법사로서의 경력은 꽤 오래되었고, 그러니 이 테이블의 한자리를 확실히 꿰차는 데 그다지 많은 시간이 걸리지 않았었다. 이 테이블은 언제나 카슬룬의 성주였던 시마넨이 회의를 주재하던 곳이었다.

게르데는 천체 결합이 일어난 날 바로 이 회의실에서 벌어졌던 회의를 잘 기억하고 있다. 마법사들은 용과 유니콘을 구하기로 결정했다. 하지만 게르데는 모두 부질없는 일이며 그들이 패자의 진영에 속한다는 느낌을 받았다. 그래서 한 발 뒤로 물러서서 마법사들이 애쓰는 모습을 그저 지켜만 보았다. 그녀는 얀드라크와 루나리스를 다른 세계로 보내는 과정을 지켜본 증인이었다.

또한 그 직후, 마법사들이 알산과 샤일을 뒤따라 보내기 전에, 데르바드 탑의 성주이자 훗날 지구에서 알레그라 다스콜리라는 이름으로 알려진 아일레 알레나이가 마법 종단에 속한 요정들의 이름으로 몰래 차원의 문을 넘어갔다는 사실도 알았다. 게르데는 자원하지 않았었다. 뭣 하러? 그런 미친 계획이 성공할지 상당히 의문이었다. 어린 유니콘 루나리스가 좀 안됐다는 생각이 들긴 했지만 말이다. 루나리스는 어린 시절 그녀에게 마법을 전수해준 유니콘을 떠올리게 했기 때문이었다.

루나리스를 딱하게 여긴 건 사실이었다. 하지만 그때는 키르타슈를 알기 전이었다. 당시 루나리스는 인간의 몸을 지니지도 않았고, 네크로맨서의 아들을 홀릴 영혼을 지니지도 않았다.

게르데는 인상을 찌푸렸다. 어쨌든 그 성질 돋우는 빅토리아가 마법사들이 오래전에 구해낸 바로 그 유니콘이라는 사실이 믿기 힘들었다.

카슬룬 탑은 그후 십오 년 동안 아슈란에게 저항했다. 하지만 대륙의 나머지는 아와 숲을 제외하고 모두 셰크의 수중에 떨어졌다.

그런데도 시마넨은 믿음을 꺾지 않고 계속 얀드라크와 루나리스를 기다렸다. 하지만 게르데는 기다리다 지친 지 오래였다. 탑이 무너졌고, 그와 함께 이둔의 나머지도 무너졌다.

게르데는 승자의 편에 가담하기로 결정했다. 그녀는 탑을 떠나

아슈란과 담판을 지으러 서둘러 달려갔다.

그때만 해도 아슈란이 그녀의 행위를 이렇게까지 보상해줄 줄은 상상도 못 했었다. 아슈란의 친아들마저 그를 버린 지금, 게르데는 여전히 아슈란의 곁에 남은 것이다. 시마넨은 죽고 카슬룬 탑은 함락되었다. 아슈란은 아위노르 탑과 데르바드 탑을 부수었던 것처럼 이 탑을 부술 수도 있었지만, 그러는 대신 손 하나 대지 않고 게르데에게 넘겨주어 제국을 위한 새로운 병영기지로 만들게 했다.

게르데는 혼자 헛된 꿈을 꾸지는 않았다. 그녀는 이 탑이 아슈란의 수중에 남아 있어야만 한다는 사실을 익히 깨닫고 있었다. 두 사람 모두 카슬룬 탑을 되찾으려는 마지막 대마법사 콰이다르의 집착을 샅샅이 꿰고 있었다. 마법 종단에 남은 이들은 이 일에 집중하느라 셰크 제국 세력의 진정한 거점인 드락웬 탑을 한동안 잊어버릴 것이다.

또한 카슬룬 탑은 난델트에서 가까운 거리에 있었는데, 이곳은 바로 여러 해에 걸쳐 몇 번의 반란이 일어난 곳이었다. 그러니 이 탑은 기지를 세우기 위한 이상적인 장소였다. 제국은 이곳에서 저항군을 시작으로 누에보스 드라고네스까지 아우르는 모든 반란자들에 맞서는 싸움을 계획하게 될 것이다.

어쨌든 그러는 동안 게르데는 이곳의 주인이자 성주다. 그녀는 미소를 지으며 느긋하게 의자에 앉았다. 사마넨이 마음에 든 적은 한 번도 없었다. 그의 죽음도, 카슬룬 탑에서 일어난 학살도 전혀 안타깝지 않았다. 그녀의 말을 새겨듣지 않고, 셰크에 맞서는 것이 전혀 가망이 없다는 경고를 믿지 않은 벌이다. 이제 사마넨은 죽었고 그녀가 그 자리를 차지하고 있다.

그때 얼음처럼 차가운 한줄기 바람이 방 안을 뒤흔들었고, 게르데는 곧 군주인 아슈란의 그림자가 창가에 너울거리는 모습을 보았다.

"그 자리가 편한가?"

네크로맨서는 게르데가 의자에 앉은 모습을 보자 미소를 지었다.

게르데는 벌떡 일어나 고개를 숙였다.

"셰크들이 변화의 산맥에서 이상한 징후를 감지했다."

아슈란이 단도직입적으로 말했다.

"세스하크가 보낸 추적자 중 하나가 뭐랄까 아주 기분 나쁜, 그의 말을 빌리자면 '용 냄새를 풍기는' 뭔가가 출현했다고 하더군. 하지만 단 한순간이었고, 흔적을 놓친 모양이다. 만일 우리가 찾고 있는 용이라면 제 흔적을 숨길 수 있다는 게 놀랍긴 하지만."

"아일레 마녀가 그애들을 보호하고 있어요."

게르데가 아와 숲에서 알레그라와 마주친 기억을 떠올리며 작은 소리로 말했다.

"우리 요정들은 특이한 능력이 다른 생물의 감각에 노출되지 않게 가릴 수 있습니다. 설사 셰크라 해도 말입니다. 그리고 아일레는 막강하지요. 뭔가 수를 써서 그들을 숨겼을 거라는 확신이 듭니다."

"그럴 줄 알았다."

네크로맨서가 고개를 끄덕였다.

"정보가 정확하다면 용과 유니콘은 남쪽으로 향하고 있단 말이군."

"간타드 신전으로 가는군요."

게르데가 상황을 파악했다.

"아니면 아위노르로 향한 거겠지. 그리고 그들의 방향이 그쪽이라면, 네가 해줬으면 하는 일이 있다."

게르데의 몸에 전율이 일었다.

"전 사막을 따라갈 수는 없어요."

그녀가 항변했다. 요정들은 그들이 사랑하는 숲에서 오랫동안 떨어져 있으면 살아남을 수 없다.

"그럴 필요는 없다. 그들은 트라스크반을 지나갈 확률이 매우 높으니까."

게르데는 고개를 끄덕이며 생각에 잠겼다. 트라스크반은 트라스고들의 숲이다. 이들은 요정 일족 중 가장 기분 나쁜 분파로, 이 배신자 생물들은 대부분 카슬룬 탑의 새로운 성주를 섬기고 있었다.

"데르바드 탑의 마법사들이 오래전에 변화의 산맥을 지나는 통로를 열어놓았습니다. 용과 유니콘이 이 통로를 찾아내면 어떻게 되죠?"

네크로맨서가 조용히 말했다.

"그건 네게 달렸다, 게르데."

요정은 무슨 말인지 알아들었다. 검은 눈에서 어두운 광채가

빛났다.

"그 통로, 엘 파소는 매복하기에 완벽한 장소지요. 만일 그애들이 트라스크반을 지나간다면 트라스고들에게 붙잡히고 말 거예요. 그리고 엘 파소를 지나간다면, 맞은편에서 기분 나쁜 깜짝쇼와 마주치게 되겠지요. 하지만 만일 목적지가 신전이라면 어떻게 되는 겁니까?"

"그건 셰크들이 알아서 할 것이다."

게르데가 고개를 숙여 절을 했다.

"분부대로 하겠습니다."

아슈란이 고개를 끄덕였고, 그의 모습이 허공에서 사라졌다.

트라스고들은 마지막 햇살이 지평선으로 저물어갈 무렵, 명령받은 위치에 도착하여 장소를 점검했다. 산을 지나 작은 계곡으로 접어드는 작은 오솔길이 있었다. 그 너머로 메마른 황무지가 시작되었다. 바로 카슈타르 사막의 경계였다.

트라스고들은 계곡 입구에 자리 잡았고, 그중 한 놈이 다 떨어진 넝마 자루에서 뭔가를 꺼냈다. 말랑말랑하고 이끼 낀 공처럼 보이는 그것은 마치 생명이 있는 듯 손바닥 위에서 떨리고 있었다. 다른 한 놈이 땅을 긁어 꽤 큰 구멍을 파냈다. 그러자 아까의 트라스고가 구멍 안에 그 이상한 씨앗을 던졌다.

그들은 다시 구멍을 메웠고, 웅성거리는 목소리로 대지의 마법을 이끌어내는 노래를 불렀다. 이 마법은 트라스고를 포함한 모든 요정들이 선천적으로 타고난 능력으로, 씨앗이 싹트게 하는 마법이었다.

그들은 석양의 햇살 아래 식물이 쑥쑥 자라는 모습을 지켜보았다. 그들이 노래를 멈추자 씨앗은 젊은 나무로 성장했고, 흰 가지들이 마치 메두사의 촉수처럼 나무 주위를 일렁거렸다.

트라스고 한 놈이 갑자기 조롱 섞인 웃음을 터뜨렸다. 그러자 다른 놈들도 따라 웃었다.

7

검을 만드는 자, 이데온

크리스티안은 이틀이 걸려서야 저 멀리 '얼음 고리 산맥'의 높은 산봉우리들이 보이는 거리에 이르렀다. 얼음 고리 산맥은 나나이를 둥글게 둘러싸며 난델트와 나나이의 경계를 가르는 거대한 산들이 연결된 산맥이다.

더 안전한 기분이 들기도 했고, 또 가는 길에 마주칠 문제나 사고를 피하기 위해 그는 밤에만 날아가야 했다. 그는 사람이 많은 항구 도시인 에스메랄다 위를 날 때 딱 한 번 암컷 셰크와 마주쳤다. 이 셰크가 크리스티안보다 먼저 그가 있다는 사실을 감지했는데, 이는 크리스티안이 능력을 잃어가고 있다는 또다른 증거였다. 셰크가 다가오는 모습은 마치 크리스티안에게 무슨 소식을 전하려는 것 같았다. 크리스티안이 위로 물러나려 했을 때는 이미 너무 늦었다. 그는 의심을 사지 않으려고 가만히 기다리고 있었다.

늙은 암컷 셰크였다. 아마 그 때문에 크리스티안이 자신들을 배신한 변절자라는 걸 확인하고도 선뜻 맞서지 않았나보다. 그녀는 치명적인 독니를 드러내며 그저 성난 소리만 쉭쉭 뿜어낼 뿐이었다. 크리스티안은 오랫동안 그녀를 쏘아보기만 하다가 싸우지 않고 가던 길을 계속 갔다. 안전하게 멀리 벗어날 때까지 자신의 뒤통수를 노려보는 셰크의 성난 눈길이 느껴졌다.

이제 모든 셰크들이 그의 위치를 알았을 것이다. 크리스티안은 경계태세를 취하며 셰크들이 찾아오기를 기다렸지만 그의 길을 가로막는 놈은 하나도 없었다. 크리스티안이 아슈란이 바라는 바대로 움직이고 있으며, 때문에 그의 여행길을 방해할 존재가 아무도 없다는 사실이 갈수록 점점 더 뚜렷해졌다. 검의 힘을 제거한 것이 바로 네크로맨서 자신일 텐데, 왜 그가 크리스티안이 검을 되살리길 바라는 것인지는 아직도 미스터리였다. 어쨌든 이와 관련하여 짐작되는 바가 한 가지 있기는 했다.

아슈란의 기대를 충족시키며, 그의 목적대로 움직이고 있다는 생각이 그다지 마음에 들지는 않았지만 크리스티안으로서는 다른 도리가 없었다. 어쨌든 아버지가 정확히 어떤 의도를 가지고 있는지 알아내기 위해 뭐든 하리라고 그는 스스로 다짐했다. 나중에 후회할 일을 하지 않으려면 말이다.

얼음 고리 산맥은 언제나 우르릉 쾅쾅 하며 쏟아지는 눈폭풍에 휩싸여 있었다. 크리스티안은 날아서 이곳을 지나가려는 시도가 미친 짓이라는 걸 깨닫고 지상으로 지나갈 통로를 찾았다. 그렇다고는 해도 인간으로 변신하지는 않았다. 아직은 아니었다. 셰크의 혼이 이렇게 빨리 감옥으로 돌아가는 걸 못 견뎌했기 때문이었다. 그는 날개를 접고 구불거리는 긴 몸통으로 눈 위를 기어가면서 산맥 곁의 좁은 골짜기를 지나는 모험을 감행했다.

셰크들은 극한의 온도를 꽤 잘 참는 편이다. 작열하는 기후에는 세 태양이 그들의 차가운 피가 흐르는 몸통을 덥혀준다. 혹독하게 추운 곳에서는 딱딱한 비늘로 덮인 가죽이 추위와 습기로부터 완벽하게 격리해준다. 셰크들 자신도 추위를 얼려버리는 능력이 있기에 추위는 그들을 해치는 요소가 되지 못한다.

아무리 그렇다고는 해도, 크리스티안은 왜 셰크들이 나나이를 정복하는 데 전혀 관심이 없는지 즉시 알 수 있었다. 이곳은 온통 얼음으로 뒤덮인데다 도처에 송곳 같은 얼음바늘이 널려 있는 황량한 세계였고, 도저히 올라갈 수 없는 곳이었다. 접근 자체가 어려웠는데, 요동치는 하늘을 날아서 지날 수도 없고, 땅으로 간다 해도 가끔씩 통로가 보이는 듯하다가 금세 눈사태와 빙하가 몰려왔다. 어쨌든 크리스티안은 본능에 몸을 맡기고 얼음 벽 사이에서 틈을 발견해냈는데, 그것은 미로 같은 동굴과 산맥 사이에 난 좁은 협곡으로, 우뚝 솟은 두터운 산 이쪽과 저쪽을 관통하고 있었다.

그런데 금세 허기가 지는 게 느껴졌다.

셰크들은 먹지 않고도 여러 날을 보낼 수 있는 능력이 있다. 동선을 완벽하게 따져 단 하나의 쓸데없는 동작도 하지 않고 에너지를 절약하기 때문이다. 하지만 이 얼음 세상에는 살아 있는 건 하나도 없는 것 같았고, 크리스티안은 과연 이 여행에서 살아남을 수 있을지 의구심이 들기 시작했다.

그렇게 희망을 잃어갈 즈음, 나나이의 높은 고원으로 향하는 통로가 눈앞에 펼쳐졌다.

이곳의 산들은 서로 거리를 두고 드문드문 솟아 있고, 눈보라도 그리 자주 불지 않는다. 바로 그때, 하늘을 가리고 있던 얼음안개 사이로 세 태양이 어렴풋이 내비쳤다. 햇살이 내리비추는 계곡과 산의 정면 기슭에는 식물이 수월하게 자라나 있고, 몇몇 종류의 동물들도 황량함에 잘 적응하고 있었다. 크리스티안은 이제 목적지 가까이에 다다른 걸 알고 심호흡을 했다.

비행을 하려고 몸을 일으켰지만, 힘을 좀더 내어서야 겨우 날 수 있었다. 그는 다시 땅에서 날아오를 수 있음을 감사했다.

조금 시간이 흐른 뒤, 그는 저쪽 산 발치에 거인 하나가 서 있는 걸 알아보았다. 마침 그가 움직였기에 망정이지, 그러지 않았다면 아마 눈치 채지 못했을 것이다. 멀리서 보면, 산맥에 붙은 커다란 바위덩이처럼 보였기 때문이다.

거인은 눈앞에 셰크가 내려앉는 걸 보고도 그리 놀라는 것 같지 않았다. 무덤덤하게 바라보며 그저 그가 먼저 입을 열기를 기다릴 뿐이었다.

'이데온을 찾고 있어요.'

크리스티안도 짤막하게 텔레파시로 말을 건넸다.

거인은 한마디 말도 없이 고개만 끄덕였다. 그러고는 나무 기둥처럼 커다랗고 꺼끌꺼끌하며, 바위처럼 단단한 팔로 저 멀리 산봉우리를 가리켰다.

크리스티안에겐 그걸로 충분했다. 고맙다는 인사도 하지 않았다. 어쨌든 거인도 인사를 기대하지는 않았다. 크리스티안은 다시 날아올라 나나이의 얼음 바람 속으로 묻혀 들어갔다.

이데온의 집에 이르렀을 때는 이미 하얀 달 아레아가 지평선 위로 살며시 모습을 나타내고 있었다. 크리스티안은 별로 힘들이지 않고 얼음 바늘들이 삐죽삐죽 커다란 입구를 장식하고 있는 바위 동굴을 알아볼 수 있었다. 잠시 망설인 뒤 그는 다시 인간의 모습을 취했다.

기분이 이상했다. 셰크로 변신한 채 여러 날을 보내서인지 인간의 몸이 견딜 수 없이 나약하고 작다는 느낌이 들었다. 그는 마음을 다잡고 팔다리를 쭉쭉 뻗으며 다시 새로운 형태에 적응하려 했다. 그리고 터널 안으로 들어갔다.

어둠 속으로 얼마나 내려가야 하는 건지 알 수 없었다. 셰크의 감각 덕분에 방향을 잡을 수 있었지만, 그래도 여러 차례 얼음에 미끄러질 뻔했다.

그는 곧 이곳이 터널로 이루어진 미로라는 사실을 깨달았다. 계속 이어지는 갱도는 왼쪽, 오른쪽으로 갈라져 있었고, 새롭게 나타나는 통로들은 계속 이어지던 통로들보다 더 편해 보이기도 했다. 대체 어디가 어딘지 길을 알아볼 수가 없었다. 그런데 안쪽에서 갑자기 따뜻한 기운이 감지되었다.

잠시 후, 규칙적으로 탕탕거리는 소리가 들리기 시작했다. 마치 세상의 심장에서 들려오는 소리 같았다. 모든 터널 안에 메아리가 천둥처럼 울려 퍼져 소리의 진원을 정확히 알아낼 수 없었다. 하지만 꽤 근접해 있다는 생각이 들었다. 얼마 지나지 않아 터널이 부드러운 붉은빛으로 환해졌고, 크리스티안은 이제 소리 가까이 왔다는 걸 알았다. 주위 온도가 올라갔고, 기분 좋은 따뜻함이 훅 하는 묵직한 열기로 바뀌었다. 붉은빛 또한 더 강렬해지고, 두드리는 소리도 더 거세졌다.

마침내 크리스티안은 모퉁이를 돌아 거대한 지하통로에 이르렀다. 탕탕거리던 소리가 갑자기 멈추었다. 크리스티안이 조심스럽게 걸어나가자 빛나는 오렌지색 통로가 커다란 동굴로 이어지는 것이 보였다. 그는 거기 문턱에 그대로 서서, 눈으로만 공간을 훑어보았다.

낯선 광경이었다. 동굴 전체가 얼음으로 덮여 있고, 벽 앞에 수북한 눈이 잔뜩 쌓여 있었다. 조금 더 안쪽에 이글이글거리는 작은 용암의 강이 천천히 미끄러지듯 흘러내리고 있는데, 이상하게도 이 두 요소, 즉 불과 얼음은 서로 아무런 영향도 미치지 않고 있었다. 용암의 강에서 뿜어 나오는 열기가 곧바로 얼음을 녹여야 했건만 얼음은 그대로였다. 또한 빙하의 맹렬한 추위도 빙하를 슬그머니 통과하는 긴 불의 혓바닥을 사그라들게 하지 못하고 있었다.

이 미스터리를 푸는 건 나중 일이다. 용암 강 옆에 칠흑처럼 검고 넓적한, 거대한 바위가 우뚝 서 있었고 바로 그 바위 옆에 이데온이 있었기 때문이다.

그는 키가 삼 미터쯤 되는 것 같았고, 회색 피부는 산 속의 바위처럼 딱딱하고 꺼끌꺼끌했다. 빨갛고 둥근 눈 안에 빛이 반짝이는 듯했다. 짧고 굵은 목과 군건해 보이는 두 어깨 위에 숱 없는 머리가 자리 잡고 있었고, 딴딴한 두 팔과 큼지막한 두 손이 걸치고 있는 가죽옷 사이로 쑥 나와 있었다. 한 손으로 칼 손잡이를 쥔 채, 생생한 붉은 빛을 뿜어내는 칼날을 검은 돌 위에 얹어 한창 다듬는 중이었다. 크리스티안은 거인이 검을 벼리는 데 사용하는 망치는 어디 있는지 궁금했다.

"환영하오, 키르타슈 왕자."

검을 만드는 자, 이데온이 말했다. 그의 목소리가 산기슭에서 굴러 떨어지는 바위 소리처럼 쩌렁쩌렁 울려 퍼졌다.

"기다리고 있었소."

크리스티안은 움직이지 않았다. 눈으로 찬찬히 거인을 탐색했다.

"나를 아나요?"

조금 후, 그가 차분하게 물었다.

"나를 찾아올 수 있는 인간은 거의 없으니까."

이데온이 대꾸했다.

"하지만 당신은 평범한 인간이 아니지."

크리스티안은 대답할 필요가 없었다. 그때 거인이 주먹 쥔 손을 들어올리더니 붉게 빛나는 금속을 향해 내려쳤다. 크리스티안은 이데온이 다른 도구는 하나도 없이 힘센 주먹만 가지고 검의 형태를 잡아가는 모습을 흥미롭게 지켜보았다. 물론 거인들이 지니고 있는 비상한 힘은 잘 알고 있지만, 이 같은 능력을 지닌 거인이 또 있을지는 의문이었다. 가만히 기다리며 지켜보자 이데온은 두드리기를 마친 무기를 수북이 쌓여 있는 눈 속에 푹 찔러넣어 식혔다. 주위가 갑자기 피어오른 김으로 가득했다.

이데온이 크리스티안을 돌아보았다. 이제 그의 말을 들을 준비가 된 모양이었다.

"하이아스 때문에 왔습니다."

크리스티안이 목소리를 절반쯤 낮춰 말을 걸었다.

"당신도 알고 있었죠, 그렇지 않나요?"

이데온은 말 한마디 없이 고개만 끄덕였다. 크리스티안이 칼집에서 검을 꺼내 거인에게 보여주었다.

"검의 힘을 제거한 사람이 당신인가요?"

거인이 대꾸했다.

"내가 부여하지도 않은 힘을 제거할 수는 없지. 난 그저 검을 벼릴 뿐이니까. 최대한의 강도를 지니고 최대한의 힘을 모을 수 있는 검으로 말이야. 그러면 검은 자기에게 부여되는 생명의 마법을 흡수하여 자기 것으로 만들게 되는 거지. 마법을 불어넣는 일은 마법사들의 일이야. 혹은 용, 유니콘, 셰크처럼 절반이라도 신성성을 지닌 생물이든지."

"그러면, 힘을 복구할 방법이 없는 건가요? 다시 깨울 수 없나요?"

이데온의 붉은 눈이 크리스티안의 파랗고 차가운 눈과 마주쳤다.

"그건 왕자가 내게 말해 줘야지. 어찌 되었든 당신은 셰크니까."

"알고 계시는군요. 나나이에는 바깥세상 소식이 전해지지 않는

줄 알았는데요."

"처음부터 알고 있었지. 한 십오 년 전인가 아슈란과 세스하크가 날 보러 와서는 청하길, 셰크들의 모든 힘을 담을 수 있는 검을 만들어달라고 하더군."

이데온의 눈은 계속 크리스티안을 응시하고 있었다.

"왕자, 당신을 위한 검이었지. 어떤 인간도 그런 검을 휘두를 수는 없을 거요. 필히 셰크 중 하나여야 했지.

나는 늘 당신이 궁금했다오. 아슈란의 아들이라서, 또는 이둔을 통치할 운명을 타고났기 때문만은 아니야. 그저 내가 만든 가장 막강한 검을 소유하고 있고, 그 검이 주인으로 받아들였기 때문이지.

그런데 며칠 전부터 하이아스가 부르는 얼음의 노래가 더이상 내 영혼에 들리지 않더군. 검이 죽었다는 걸 알았지. 그리고 머지않아 왕자가 이곳에 나타나겠구나, 그러면 개인적으로 만나게 되겠구나, 하는 사실도 알았고. 상상하던 것만큼 인상적이지 않다는 말은 해야겠구먼."

크리스티안은 모욕당한 기분이 들지 않았기에 그저 미소만 지었다.

"내 힘의 상당 부분을 잃었어요."

그는 순순히 인정했다.

"아마 그 사실이 검의 죽음과 연관이 있을 겁니다. 확실하지는 않지만요."

이데온이 그에게 손을 뻗자, 크리스티안은 즉시 그가 뭘 청하는지 알아챘다. 그는 단 일 초도 망설이지 않고 그에게 하이아스를 건네주었다.

거인은 마치 깃털이라도 되는 양 손쉽게 검을 들어올리더니 용암의 강이 발하는 오렌지색 불빛에 칼날을 찬찬히 비추어보며 중얼거렸다.

"이렇게 빨리 다시 돌아올 줄은 예상하지 못했는데. 검을 고친 지 채 한 달도 되지 않았으니."

거인은 이글거리는 불길이 담긴 눈길로 크리스티안을 돌아보았다.

"알아야만 하겠소. 도대체 뭘로 이 검을 부러뜨렸던 거지?"

"우리 아버지가 이야기하지 않았나요?"

바로 즉시 그는 자신의 질문이 얼마나 어리석었는지 깨달았다. 당연히 아슈란은 자기 아들을 이길 수 있는 누군가가 존재한다는 사실을 아무에게도 언급하지 않았을 터이고, 그 사실을 비밀로 간직했을 것이기 때문이었다.

"하이아스를 부술 수 있는 건 거의 없지."

검 제조자가 말했다.

"당신을 이길 수 있는 자도 거의 없다고 생각하는데."

거인의 붉은 눈이 탐색하듯 계속 크리스티안을 바라보고 있었다. 크리스티안은 이데온이 듣고 싶어하는 말을 입에 올렸다.

"도미바트예요."

바위처럼 거대한 거인의 몸이 으스스 전율했다.

"도미바트, 불의 검이라."

거인이 다시 중얼거렸다.

"며칠 전에 이둔 어디엔가 도미바트가 나타났다는 걸 알아챘지. 그 검에 대해 아무 소식도 듣지 못한 채 수세기가 지났는데도 말이야. 잘못 감지한 거라고 생각했는데 이제 그렇지 않다는 걸 알겠군. 누군가 그 검을 찾아내 다시 가져온 거야. 불타버리지도 않았고."

"도미바트도 당신이 만든 건가요?"

크리스티안이 오래전부터 궁금해해온 질문을 던졌다.

"삼백 년도 더 전이지. 그에 비하면 왕자의 검은 어린애야. 그렇다 해도 실전 경험은 하이아스 쪽이 더 풍부하지. 그대가 많은 사람들의 피를 맛보게 했을 테니까. 반면 여기서 내가 감지한 바로 도미바트는 최근 들어서야 사용하기 시작했더군."

"제대로 짚으셨네요."

"그가 누구지, 키르타슈? 누가 불의 검을 다루고 있는 건가?"

피곤했던 크리스티안은 나오려는 한숨을 억지로 참았다. 그는 바위에 앉아 동굴의 얼음벽에 등을 기댔다.

'그애는 이제 죽은 목숨입니다.'

바로 얼마 전에 그는 아버지에게 그렇게 말했다.

하지만 지금은 잭을 다른 시각에서 보고 있었다.

"언젠가 나를 죽일 수도 있는 사람이에요."

그는 혼잣말처럼 중얼거렸다.

얼마 되지 않는 시간 동안 얼마나 많은 일들이 변했는지. 새삼 빅토리아의 반짝이는 눈이 떠올랐다. 그리고 셰크와 용이 친구가 되는 것이 자연의 법칙에 어긋난다는 사실을 빅토리아가 과연 얼마나 확실히 깨닫고 있을지 궁금했다.

'내 안에서는 절대로 일어날 수 없었던 감정을 고스란히 간직하려면 본능과 싸우는 것밖에는 도리가 없겠지.'

문득 크리스티안은 그렇게 생각했다.

"왕자는 이상한 셰크로군."

이데온이 안됐다는 듯 고개를 흔들었다.

"왕자의 검을 되살릴 힘이 내겐 없소. 하지만 아마 그 방법을 알아낼 수는 있을지도 모르지. 그것을 탐색할 마음의 준비는 되었겠지, 왕자?"

크리스티안이 고개를 들어 속을 알 수 없는 시선을 던졌다.

"그래서 이곳에 온 겁니다."

"그렇긴 하지."

이데온이 동의했다.

"하지만 그것만으로는 부족해. 당신은 이곳에 머물러야만 할 거요."

"얼마 동안입니까?"

"우리가 하이아스를 되살릴 방법을 찾을 때까지."

바니사르는 한창 번영을 누리고 있었다.

알렉산더는 이 사실을 금방 알아챌 수 있었다. 지난날 자신의 고향이었던 왕국을 가로질러가는 동안, 그는 과거 셰크에 대항해 벌인 전쟁으로 인한 황폐함의 흔적을 여기저기서 발견했다. 부서

진 집들, 서릿발 아래 생명을 잃은 숲 등. 하지만 그 시절은 이제 잊혀진 듯했다. 곡식들이 힘차게 자라고 있었고, 표정은 심각해 보였지만 주민들은 그래도 비교적 잘 지내고 있는 모습이었다.

"셰크들은 영리한 생물이야."

알레그라가 알렉산더의 무언의 질문에 대답하며 속삭였다.

"놈들은 한 나라를 정복해놓고 그냥 죽게 내버려두는 건 아무 의미가 없다는 걸 잘 알고 있지."

알렉산더에게는 오 년이 흘렀지만 바니사르 민족에게 그것은 십오 년의 세월이었다. 그는 사람들이 자신을 알아볼지 궁금했다. 비록 머리카락은 완전히 회색으로 변했어도 그는 거의 늙지 않았다. 그래도 혹시 몰라서 알렉산더는 물론 일행들도 주민들을 피했고, 망토 두건 아래 얼굴을 가리고 다녔다.

왕국의 수도인 바니스에 도착한 지 이틀이 지났다. 알렉산더는 바니사르 특유의 두 가지 색 벽돌로 지은 건물들을 보자 감격에 겨워 미소를 지었다. 왕궁의 둥근 붉은색 지붕들, 시장이 있는 광장으로 이어지는 아치, 이 도시의 여인들이 그리도 좋아하는 자줏빛 꽃으로 장식한 발코니 등. 다시 집에 돌아왔다는 기쁜 마음에 그는 군중의 소리와 냄새에 그대로 가만히 휩쓸려 다녔다. 설사 그의 일부는 그것을 낯설게 느끼고 있다 해도.

이곳에서 셰크의 지배는 시골에서보다 더 뚜렷했다. 단추처럼 둥글고 까만 눈동자를 굴리며 모든 것을 샅샅이 지켜보는 시슈 군인들이 거리와 시장 광장을 통제하고 있었다. 알렉산더는 사람들이 시슈들과 함께 지내는 데 익숙해졌다는 것을 깨달았다. 심지어 어떤 사람들은 도둑놈을 붙잡은 뱀 인간 둘에게 갈채를 보내기도 했다.

알렉산더는 어두워진 표정으로 고개를 들었다.

콰이다르가 속삭였다.

"뱀들은 모든 일이 제대로 돌아가게 하는 데 관심이 있지. 그래서 왕국이 번창하도록 맡은 바를 성실히 하는 사람들을 가만히 내버려두는 거야. 심지어는 그들의 편의를 봐주어 일을 쉽게 하도록 해주기도 하지. 반대로, 범죄자들과 반역자들을 대할 때는 혹독하고 무자비하다네."

알레그라가 나지막이 물었다.

"왕의 성에 어떻게 잠입하죠?"

콰이다르가 뭐라고 대답했지만 알렉산더는 그 말을 듣지 못했다.

그는 시장 노점에서 바구니를 짜고 있는 한 노파를 물끄러미 바라보며 서 있었다. 노파가 주의를 끈 이유는 그녀가 파란빛이 감도는 일종의 골풀로 바구니를 짜고 있었기 때문이었다. 오로지 바니사르와 라헬드를 양분하는 라이사르 강가에서만 자라는 풀이었다. 골풀로 만든 물건을 본 게 꽤 오랜만이라 마음속에 향수가 몰려왔다.

그때 바구니를 짜던 노파가 알렉산더를 향해 고개를 들더니 미소를 지었다. 노파의 주름진 피부에는 황갈색 줄무늬가 아로새겨져 있었다. 이는 슈르 이카일 출신이라는 표시로, 이곳은 야만족인 인간 종족이 사는 땅이었다.

"바구니 하나 안 사실라우, 선생? 다섯 왕국 어디를 가봐도 이보다 좋은 건 못 찾을 거라오."

알렉산더가 미소를 지으며 노파가 내민 바구니 쪽으로 몸을 기울이자 노파가 그의 얼굴을 빤히 보더니 마치 유령이라도 본 듯 얼굴이 하얗게 질렸다.

"전하!"

노파가 소리쳤다.

알렉산더는 고개를 가로저으며 뒤로 물러섰다.

"사람 잘못 보신 모양입니다."

"알산 왕자님!"

노파가 계속 단호하게 외쳤다. 그러고는 무릎을 꿇고 손에 입을 맞추려 했지만 알렉산더는 허용하지 않았다.

"돌아오셨군요!"

"다시 말하지만 사람을 착각한 겁니다."

바구니 짜는 노파의 행동이 몇몇 호기심 많은 사람들의 주의를 끌었고, 그중 한 사내아이가 생각에 잠긴 시선으로 알렉산더를 아래위로 훑어보더니, 고개를 끄덕이고는 무리 속으로 사라졌다. 알레그라는 친구를 잡아끌어 멀찍이 데려갔다. 알렉산더는 시슈두 놈이 노파를 질질 끌고 가는 모습을 보았다. 노파는 기쁨에 겨워 눈물을 흘리며 계속해서 알산 왕자의 이름을 불러댔다. 이제 어느 누구도 두 번 다시 살아 있는 노파의 모습을 볼 수 없을 것이다.

알레그라와 알렉산더가 합류하자 콰이다르의 눈에 분노가 번쩍였다.

"놈들이 우리를 잡아내길 바라는 거요?"

그는 잔뜩 화가 나 식식거렸다.

알렉산더의 눈에 노르스름한 야성의 빛이 감돌았다.

"그런 식으로 말하지 마시오, 대마법사. 당신은 지금 내가 당연한 권리를 지니고 있는 왕국 바니사르에 계시는 겁니다. 다른 곳도 아닌 이곳에서는 왕위 계승자인 절 존중해주시길 요구합니다."

알레그라가 부드럽게 말했다.

"이제 그만해요. 우리 모두 현실적으로 굴자고요. 사람들이 알렉산더를 알아봤으니 곧 우리를 찾으러 올 거예요."

일행은 좁은 골목으로 숨어들어 큰길을 예의 주시하며 살폈다. 하지만 시슈 보초병들에게서는 아무런 이상한 조짐도 찾을 수가 없었다.

"사람들이 노파의 말을 믿지 않는 것 같군요."

안도의 한숨을 내쉬며 알레그라가 작게 말했다.

하지만 콰이다르는 고개를 가로저었다.

"이놈들은 일을 마구잡이로 하지 않지. 누군가 왕자를 봤다고 생각한다면 곧 그 일을 조사할 것이오. 의심의 여지가 없지. 하지만 아무도 모르게 은밀히 진행할 거요. 자기들이 이 사건에 관심을 기울이고 있다는 사실을 사람들에게 숨겨야 할 테니까. 전혀 중요하지 않은 양 행동해야만 모두 납득할 테고, 미친 노파의 헛소리로 여기고 말겠지."

콰이다르는 격분하여 고개를 가로저었다.

"시슈 놈들을 탐색하면서 시간을 보낸 적이 있지. 놈들은 저희들이 섬기는 괴물들만큼이나 꿍꿍이가 많은 놈들이야."

"그럼 우리가 어떻게 해야 한다는 겁니까?"

"괜찮으시다면 성까지 저희와 동행하시지요."

느닷없이 등 뒤에서 목소리가 들려왔고 일행은 깜짝 놀랐다.

"암린 왕께서 기다리고 계십니다."

그들 곁에 한 서른다섯쯤 되어 보이는 남자가 서 있었다. 피부는 연한 푸른빛을 띠고 있었고, 거의 흰색으로 보이는 연한 금발의 머리카락은 굉장히 가늘면서 숱이 적었다. 그가 미소를 짓자 즐겁고 쾌활한 표정이 떠올랐다.

'천상족 혼혈이군.'

알렉산더는 생각했다. 그는 즉각 샤일과 샤이세이를 떠올렸고, 가에달루 일행이 이미 신전에 도착했는지 궁금했다.

"제 이름은 마흐 킵입니다. 전하를 모시고 있지요. 시슈들이 여러분을 찾고 있습니다. 전하께서 여러분을 성까지 무사히 안전하게 모시고 오도록 저를 보냈습니다."

세 사람은 시선을 주고받았다. 마흐 킵은 혼혈 천상족으로, 그의 눈빛은 요하비르 신의 모든 자손들처럼 맑고 순수했다. 그들을 속이거나 배신할 눈빛은 아니었다.

그들은 그를 따라 미로 같은 골목길을 내려가 버려진 듯 보이는 오래된 여인숙에 이르렀다. 마흐 킵이 일행을 지하실로 내려가게 했다. 그곳의 무거운 선반 뒤로는 터널이 나 있었고 모두 그 선반을 밀어야 했다.

"이 터널은 완벽하게 안전합니다. 궁까지 이어져 있지요. 제가 몇 달 전에 발견하여 전하께 알렸고, 전하께서는 이 장소의 정확한 위치가 알려지길 원치 않으셨죠. 이곳은 에이세슈나 시슈들도 알아낼 수 없는 안전한 곳입니다."

"에이세슈?"

알렉산더가 나지막이 되뇌었다.

"바니사르의 총독이지."

콰이다르가 불만 섞인 말투로 말했다.

"아슈란의 이름으로 왕국을 통치하는 셰크이자 뱀 인간들의 대장이야. 사실상, 암린은 그저 이름뿐인 왕이라네. 이곳에서 실권을 쥐고 있는 건 바로 에이세슈지."

"전하께서 그렇게 하도록 하신 거죠."

마호 킵이 한숨을 내쉬었다.

"만일 반란을 꾸민다면 에이세슈가 즉각 알게 될 것입니다. 다른 셰크들처럼 생각을 읽는 것만으로도 알아차릴 수 있으니까요. 그런 이유로 반란군들은 우리 군주의 등 뒤에서 몰래 행동하고 있지요. 전하께서는 그들을 위태롭게 하지 않으시려고 전혀 관여하지 않으시는 겁니다."

알렉산더가 물었다.

"그렇다면, 내 동생이 반란군을 지원하고 있다는 말이오?"

마호 킵이 미소를 짓고는 부드럽게 되물었다.

"난델트 전역에서 찾고 있는 세 변절자를 괜히 보호하려 하시겠습니까?"

알렉산더 역시 미소를 지었다. 마침내 어둠 속에서 한 줄기 희망을 본 듯했다. 하지만 알레그라는 입술을 깨물며 생각에 잠겼다.

드디어 터널 끝에 이르렀다. 바위에 파인 계단을 오르자 벽 전체를 덮은 태피스트리 바로 뒤였다. 알렉산더는 주위를 돌아보며 자신이 자란 장소의 세세한 곳까지 전부 눈에 담았다. 바니사르가 사무치게 그리웠고 고향에 다시 돌아오니 행복했다. 하지만 마음 한편으로 뭔가 계속 개운치 않았다.

마흐 킵이 그들을 커다란 거실로 안내하자 창가에서 한 인물이 일행을 기다리고 있었다. 알렉산더는 놀라움에 탄성을 지를 뻔했다.

동생이었다. 하지만 자신이 기억하던 그 소년이 아니었다. 형제는 단지 두 살 터울이었고, 알렉산더가 동생을 마지막으로 보았을 때 암린은 잭보다 조금 더 나이 많은 소년일 뿐이었다. 하지만 지금은 서른 살 언저리의 사내로, 그리 크지 않은 키에 밤색의 곱슬머리, 알렉산더와 똑같이 짙은 눈을 지니고 있었다. 바니사르의 왕에게는 길고 긴 십오 년의 세월이 그대로 흐른 것이다. 차원의 문을 넘는 동안, 알렉산더는 십 년이 넘게 그 속에 갇혀 있었고, 때문에 알렉산더에게는 단지 오 년이 흐른 셈이었다. 예전의 그는 알산 왕자, 즉 왕위 계승자였다. 이제 스물세 살인 알렉산더의 모습은 놀랍게도 동생보다도 더 어려 보였다.

"다시 만나 반가워요, 알산 형님. 어떻게 보면 변한 것도 같고, 또 어떻게 보면 형한테는 시간이 흐르지 않은 것 같기도 하군요.

이상한 모습을 하고 있네요."

알렉산더가 어깨를 으쓱했다.

"차원 간의 이동에는 가끔 이상한 일이 벌어지기도 하지."

두 형제는 잠시 조심스럽게, 약간은 불신이 담긴 시선으로 서로 살펴보았다. 겉으로 보기에는 어려 보여도 알렉산더는 암린보다 먼저 태어났다. 바니사르의 왕좌는 법적으로 그의 것이다.

그리고 암린 역시 이 사실을 잘 알고 있었다. 바니사르의 왕으로 많은 세월을 보낸 지금, 바룬 왕의 적법한 계승자가 귀환한 마당에 어떻게 반응을 해야 한단 말인가?

그렇게 짧은 순간이 지나자, 암린이 활짝 미소를 지었다.

"집에 잘 왔어요, 형님."

잭은 개울가 옆 풀밭에 기대 누웠다. 겉으로는 평온해 보였지만 초록색 두 눈은 경계하듯 풍경을 살피고 있었다.

변화의 산맥을 따라 여행을 하는 동안 늘 경계하는 법을 배웠다. 그 장소에 대해 모르는 것, 이해할 수 없는 것이 너무나 많았기 때문이다.

빅토리아는 강 위쪽 조금 떨어진 곳에서 잔잔한 물웅덩이 위로 떨어지는 작은 폭포를 찾아내어 목욕을 하고 있었다. 잭은 빅토리아가 마음 놓을 수 있도록 조금 물러났고, 지나는 길에 원치 않는 방문객이 그녀를 놀라게 하는 일이 없도록 감시하고 있었다.

잭은 별 관심 없이 산이 움직이는 모습을 지켜보고 있었다. 이제 그것은 완벽하게 일상적인 현상이 되었다.

그런데, 뭔가가 주의를 끌며 그의 신경을 곤두서게 했다.

산 하나가 서서히 사라지고 있었다. 그리고 그 뒤로 더이상 산은 없고, 대신 드넓은 숲이 펼쳐졌다. 잭은 태양들의 위치를 알아보려고 벌떡 일어섰다. 태양들은 바로 그 숲 위에 있었다. 동쪽으로.

그는 심호흡을 했다. 저곳은 데르바드일 것이다. 이렇게 운이 나쁠 수가! 산들은 저 너머에 무엇이 있는지 볼 수 있을 정도로 길을 열어주었지만, 그 방향은 두 사람이 가고자 하는 곳과 반대쪽이었다. 어쨌든, 잭은 이제 산맥을 벗어나 조금 덜 당황스러운 곳으로 나아갈 때가 되었나보다 하고 생각했다.

그는 뒤돌아 폭포 쪽으로 가서 빅토리아에게 이 일을 알렸다.

두 사람은 즉시 길을 떠났다. 지평선에 숲이 선명하게 드러나자, 두 사람은 발걸음을 서둘렀다. 그곳이 시야에서 사라지기 전에, 산이 다시 그들을 가로막기 전에 도착해야만 했다.

다행히 산이 그들을 가로막진 못했다. 두 사람은 정오가 되기 조금 전에 시원하게 우거진 숲 그늘에 이르렀고, 피곤하고 허기진 채 나무 밑에 털썩 주저앉았다. 그리고 이제 막 두 사람이 빠져나온 저 이상한 산맥의 위협적인 윤곽을 응시했다. 잭은 두 사람이 떠나온 뒤 시간이 얼마나 지났는지 몹시 궁금했다.

잭이 말했다.

"이제 뭘 할지 결정해야 하는데. 데르바드를 통해 남쪽으로 계속 갈 수도 있고, 아니면 사막을 향해 산맥을 다시 가로질러 갈 수도 있고."

빅토리아가 대꾸했다.

"산맥으로 다시 가고 싶은지는 모르겠다. 그곳은 빠져나올 수 없는 미로 같이 느껴졌거든."

"아마 그럴지도 모르죠."

돌연 두 사람 위에서 목소리가 들려왔고, 둘은 화들짝 놀랐다.

"숲은 변할 수 있지만 산이 변해서는 안 되는 거죠. 자연스러운 일이 아니에요."

두 사람은 나뭇가지에서 그들을 지켜보고 있던 실포 하나를 발견했다. 실포는 남성의 모습을 한 요정이다. 대부분 날개가 있고 나무 꼭대기에 거하는 경우가 많았다. 그들은 땅의 여신인 위나신을 섬기기는 했지만, 부분적으로는 스스로 하늘의 생물이라고 느끼기도 하는 존재였다.

실포는 올리브색 피부에 마른 나뭇잎으로 만든 망토 같은 머리카락을 하고 있었다. 커다랗고 길게 찢어진 검은 눈이 두 사람을 호기심 어린 시선으로 응시하고 있었다.

"아주 오래전에, 세상이 아직 무척 어렸을 때,"

실포는 두 사람이 입을 열기 전에 먼저 말을 꺼냈다.

"첫번째 마법사들이 이 땅에 왔지요. 그들은 모든 이들에게 자신들이 지닌 새로운 능력에 대해 열정적으로 설파했답니다. 이전에는 들어본 적도 없는 생물, 유니콘이 건네 준 능력이었어요. 사제들은 마법사들의 말을 불신했어요. 그들은 신들의 능력을 넘어서는 능력은 없다고 말했지요. 어떤 이들은 마법이라는 새로운 능력이 어느 정도인지 보여달라고 최초의 마법사들에게 부탁하기도 했답니다. 그러자 마법사들이 산의 위치를 바꿀 수도 있다고 한 거예요."

실포가 입을 다물었다. 시선을 들어 지평선을 바라보자 변화의 산맥의 높은 벽이 보였다. 잭은 물론 빅토리아도 이 이야기의 끝이 무엇일지 직감했다.

"그때는 마법도 젊었을 때예요."

실포가 이야기를 계속했다.

"마법사들은 산의 위치를 바꿨지만 자신들의 능력이 어디까지인지 헤아리지 못했던 거죠. 덕분에 오늘날에도 산들이 계속 움직이고 있지 뭡니까. 그래서 마법사들은 종종 '마법이 산을 움직인다' 라는 표현을 쓰고 있지요."

"몰랐던 이야기예요."

이야기에 흠뻑 빠져 있던 빅토리아가 말했다.

"이야기해줘서 고마워요."

실포는 머리를 까닥하며 응답했다. 빅토리아가 일어섰다.

"우리는 변화의 산맥에서 여러 날을 보냈어요. 그러고 나니 이젠 길을 잃은 것 같아 겁이 나요. 길을 안내해줄 수 있겠어요?"

"당신들이 어디로 가는가에 달렸죠."

잭이 끼어들었다.

"우리는 남쪽으로 가고 있어요. 한참 전에 아와 숲을 떠났거든요. 하지만 거기서 그다지 멀리 온 것 같지 않네요."

"아주 멀리까지 왔어요."

실포가 확인해주었다.

"계속 남쪽으로 가면, 곧 간타드에 이를 겁니다."

잭이 미소를 지었다. 좋은 소식이었다. 잭이 질문했다.

"산맥을 건너갈 무슨 방법이라도 있나요? 트라스고들의 숲을 가로질러가고 싶지는 않아서요."

실포가 다정하게 웃었다.

"아, 그럼요, 있고말고요. 마법사들이 산맥을 통과하는 확실한 통로를 만들어두었어요. 절대 변하지 않는 지름길이에요. 그 주위로 산들이 움직이기는 하지만 절대로 가로막지도 못하고, 위치를 바꿀 수도 없지요."

'넬리암의 눈'은 데르바드 한복판을 가로지르는 마일린 강의 지류를 형성하는 유리처럼 맑은 호수들을 총칭해서 부르는 이름이다. 이 호수들에는 원래 물의 요정인 나야데, 온디나, 수중에 사는 실포 그리고 강과 옹달샘에 사는 몇몇 요정족들이 살았다. 하지만 이제 대부분의 호수에는 이미 수세기 전부터 담수에 적응한 바루 족들이 살고 있고, 이들은 그들의 여신을 기리기 위해 이곳을 '넬리암의 눈'이라고 불렀다.

이곳은 식물들이 그렇게 촘촘하게 자라지 않아 신선했고, 대지도 질척거리지 않고 말랑말랑해서 걷기에 매우 쾌적한 땅이었다. 또한 가에달루가 정기적으로 물 속에 들어가야 했기에 일행은 호수와 개울이 있다는 사실에 감사했다.

여교왕과 그의 일행은 여행하는 동안 별다른 문제가 없었다. 한번은 호수에서 목욕하고 있던 한 셰크에게 발각될 뻔한 적이 있었는데, 나야데들이 수풀이 빽빽이 우거져 몸을 숨기기 좋은 강변으로 안내해주기도 했다.

샤일은 아직도 사이세이와 말을 나누지 못하고 있었다. 처음 며칠 동안은 그들이 발 디디는 땅에 적응하기 위해 마법을 쓰고, 파스케의 등 위에서 균형을 잡는 데 전전긍긍했다. 요정들이 임시로 샤일을 의자에 묶을 수 있는 도구를 만들어주기는 했지만 그래도 한쪽 다리만으로 파스케를 타는 일은 쉽지 않았다.

가에달루도 샤일과 대화를 나누지 않았다. 정말 필요한 경우에만 말을 했고, 나머지 시간 동안은 마치 샤일이 없는 사람인 양 내내 무시하고 있었다.

이런 이유로 어느 날 밤, 여교왕이 파스케 안장을 뒤로 당겨 세우고 마법사 곁에 서자 젊은 마법사는 깜짝 놀랐다.

샤일이 작은 소리로 인사했다.

"가에달루 존자님."

가에달루는 고개를 숙여 인사에 응했다. 한동안 아무 말이 없었다. 두 사람은 밝은 달빛 아래 터벅터벅 파스케를 타고 가고 있었다.

가에달루가 말을 건넸다.

'당신은 다른 곳에 있었군요.'

샤일은 무슨 말인지 알아듣는 데 조금 시간이 걸렸다.

"지구 말씀이신가요?"

가에달루가 고개를 끄덕였다.

'여러분들 이전에도 많은 마법사들이 지구로 떠났지요. 그들

중 돌아온 사람들은 아무도 없었어요.'

샤일은 입술을 깨물며 대체 무슨 이야기를 하려는 건지 궁금해 했다.

그가 대답했다.

"이둔은 마법사들에게 안전한 장소가 아니었으니까요. 많은 마법사들이 지구 생활에 그대로 동화되었고, 지구인으로 보이게 되었습니다. 그들의 위치를 파악하기가 어려워졌고, 그건 림바드에서 알마의 도움을 받던 우리들 역시 마찬가지였습니다."

'그래도 그들 중 몇이라도 찾아냈겠지요?'

"네, 몇 명은 찾았습니다. 불행히도……"

'불행히도, 키르타슈가 먼저 그들을 방문했겠지요.'

여교왕이 차갑게 말을 마무리 지었다.

"네."

샤일이 작은 소리로 대답했다.

여교왕의 눈이 분노의 표시로 가늘게 작아졌다.

'내 딸은 최고 계급의 마법사예요. 데르바드 탑에 살다가 셰크들이 탑을 부수기 직전에 지구로 도망쳤지요. 십오 년 전에 말이에요. 그러고는 딸의 소식을 두 번 다시 듣지 못했어요.'

샤일은 대답할 말을 찾지 못했다.

'아마 지금쯤 내 딸은 죽었을 겁니다. 당신들, 저항군이 보호하는 그 생물에 의해 암살되었겠지요.'

샤일이 반박했다.

"아니면, 다른 곳에서 안전하게 있을지도 모르죠. 지구는 거대한 대양이 있고, 물이 차지하는 면적이 육지보다 훨씬 더 넓어요. 추방된 모든 이둔인들 중에서 바루 족들이 눈에 띄지 않을 가능성이 가장 높습니다."

가에달루가 잠시 동안 침묵을 지킨 뒤 말했다.

'그 셰크가 루나리스를 보호하는 게 사실이라면 당신들이 그자와 일시적인 동맹을 맺었다는 걸 이해할 수도 있어요. 하지만 예언이 실현되면 무슨 일이 벌어질까요? 당신들은 계속 그를 지지할 건가요? 아니면 그가 저지른 범죄의 대가를 치르도록 내버려 둘 건가요?'

샤일은 불편한 마음에 시선을 피했다.

'그때가 되면 내가 그를 심판할 겁니다. 그리고 내 딸 데바가 그의 손에 죽었다는 사실이 밝혀지면, 장담하지만 루나리스라고 해도 그를 살리지는 못할 거예요.'

이번에도 샤일은 대답하지 않았다. 마음 한편에서 여교왕이 옳다고 말하고 있기 때문이었다.

협곡을 지나는 데 하루가 더 걸렸다.

실포가 가리켜준 대로 가니 쉽게 협곡을 찾을 수 있었다. 산 사이로 틈처럼 벌어진 좁은 고갯길을 산들이 양쪽에서 침범하려는 듯 두들겨대고 있었다.

잭은 곧바로 이 길이 위험하다는 걸 깨달았다. 산들이 저절로 움직이면서 두 사람을 눌러버릴 수도 있었다. 몸을 피할 다른 장소가 전혀 없기 때문이었다. 하지만 실포가 말한 게 사실이라면,

산들은 이 길 가장자리를 넘어설 수 없을 것이다.

그들은 위험을 무릅쓰기로 결심했다.

완전히 고정되어 있는 길을 따라가는 일은 즐거웠고, 두 사람은 그것에 힘을 얻어 기꺼이 계속 길을 가기로 했다. 그날 내내 물 한 방울 찾을 수 없었고, 자루에 담아 온 물도 금방 바닥이 났지만 말이다. 고갯길이 조금 더 넓어지자 두 사람은 다행히 돌 틈새로 흐르는 작은 개울을 발견했다. 둘은 발걸음을 멈추고 쉬었다. 기진맥진했지만 승리감이 넘쳤다. 저 너머로 작은 숲이 보였고, 그 뒤로 넓은 황무지가 있었다. 더이상 산은 없었다.

"저기가 카슈타르인가?"

갈증을 달랜 후 빅토리아가 물었다.

"그럴 거야."

잭이 얼굴을 씻으며 대답했다.

"가까이 가서 보고 싶니?"

그렇다는 대답 대신 빅토리아는 가까이 서 있는 나무를 향해 다가갔다.

나무들은 한 열두어 그루 정도 되었다. 기둥 줄기는 거의 흰색에 가까운 밝은 색이었고, 가지들이 산들바람에 흔들리고 있었다. 빅토리아가 다가가자 가지들이 그녀의 머리와 어깨를 쓰다듬었다. 빅토리아는 작은 웃음을 터뜨리며 가지들을 떼어냈다.

하지만 가지 하나가 손목을 감았다. 빅토리아는 손을 빼고 뒤로 펄쩍 뛰어 물러섰다. 심장이 거세게 쿵쾅거렸다. 나뭇가지들이 빅토리아를 찾아 움직였다.

가지들은 산들바람에 흔들리는 게 아니었다. 저절로 움직이는 것이었다.

"잭……"

"봤어."

잭이 대답했다.

"여기서 벗어나자."

빅토리아는 빰을 쓰다듬는 다른 가지를 느꼈다. 그녀는 뒷걸음질쳤지만 다른 나뭇가지들이 빅토리아를 감쌌다. 빅토리아가 비명을 질렀다.

잭은 빅토리아를 향해 달려갔지만 어쩔 줄을 몰랐다.

나뭇가지들은 빅토리아를 해치지는 않았다. 빅토리아를 가만가만 건드려보고, 호기심 어린 몸짓으로 쓰다드는 것이 마치 그녀가 어떤 존재인지 알아보려는 듯했다. 빅토리아도 결국 미소를 짓고 말았다.

"그냥 놀고 싶은 건가봐."

빅토리아가 말했다.

잭은 다른 나무의 가지들이 자신을 더듬고 있다는 느낌이 들었다. 그는 한 팔을 들어올렸다. 나뭇가지 하나가 잭의 주위를 돌돌 말더니 그의 생김새와 질감을 확인했다. 그러고는 잭을 놓아주더니 가지 끝으로 장난을 쳤다. 잭은 웃음을 터뜨렸다.

"나무들이 이렇게 호기심이 많은 줄 몰랐는데."

나무들이 탐색하도록 내버려둔 채 그들은 계속 앞으로 나아갔다. 두 사람이 멀어지자 나뭇가지들은 실망한 듯 가지를 축 늘어뜨렸다.

"꼭 애들 같아."

빅토리아가 말했다.

드디어 둘은 숲의 끝에 다다랐다. 눈 앞에 평평하고 황폐한 땅이 펼쳐졌다. 두 사람은 잠시 동안 그 땅을 응시했다.

"지금 당장 계속 갈 필요는 없어."

잭이 흰 바위에 걸터앉으며 말했다.

"오늘 밤은 여기서 쉬고 여행 준비를 해도 돼."

"저런 나무들이 있는데 편히 잘 수 있을지 모르겠다."

"뭐 어때서? 네가 말한 것처럼 나무들은 그저 아이들처럼……"

잭은 갑자기 입을 다물었다. 앉아 있던 바위가 분명히 흔들렸던 것이다. 지진이 아닌가 싶었다.

그때 빅토리아가 위를 쳐다보며 소리를 질렀다.

"잭!"

잭은 빅토리아의 시선을 좇다가 그것을 보았다.

흰 바위는 사실 바위가 아니라 두 사람 위로 솟은 거대한 나무의 뿌리였다. 방금 알게 된 호기심 많은 작은 나무들과 같은 종류였지만 훨씬 더 커다랬다.

"엄마 나무가 틀림없어."

빅토리아가 소곤거렸다.

"잭, 거기서 떨어져."

잭은 나무의 주의를 끌지 않기를 바라면서 천천히 움직였다. 이 나무에는 왠지 믿음이 가지 않는 구석이 있었다. 나뭇가지들이 마치 그리스 신화에 나오는 고르곤의 뱀들처럼, 메두사의 촉수처럼 구불거렸다.

빅토리아가 별안간 날카로운 비명을 질렀다. 잭은 나뭇가지 하나가 뒤로 다가와 빅토리아의 허리를 잡아 공중으로 들어올리는 것을 보았다.

"빅토리아!"

잭은 도미바트를 칼집에서 꺼내며 소리질렀다.

검에서 나오는 불길을 감지한 나뭇가지들이 조금 거리를 두려는 것 같았다. 빅토리아가 가지를 풀려고 애쓰며 마구 발길질을 해댔다.

"잭! 가지가 나를 조여와. 몸이 끊어질 것 같아!"

빅토리아는 숨이 막혀 계속 말을 할 수가 없었다. 잭은 빅토리아를 구출할 방법을 찾느라 사방을 둘러보았다. 그때 조금 전까지는 신경 쓰지 않았던 뭔가가 눈에 띄었다. 나무뿌리 주위로 동물 시체가 여러 구 있었는데, 전부 으스러져 있었고, 어떤 건 조각이 나 있기도 했다. 잭은 진저리를 쳤다. 그러니까 저 나무들은 이런 식으로 영양을 취한 것이란 말인가?

잭은 분노에 찬 고함을 내지르며 나무 위로 돌진하여 기둥 줄기에 검을 푹 찔렀다. 나뭇가지들은 부들부들 떨기만 할 뿐 빅토리아를 놓지 않았다. 잭은 다시 달려들어 줄기를 둘로 가르려고 애썼다. 나무를 깊숙이 찔러 공간을 벌려놓자 그곳에 불이 붙어 타오르기 시작했다.

나뭇가지는 결국 빅토리아를 풀어주었다. 빅토리아는 숨을 헐

떡이고 기침을 하며 잭 위로 떨어졌고, 지팡이를 찾아 주변을 더듬었다. 조금 떨어진 곳에서 작은 나무들이 놀라 가지를 흔들어 댔다.

잭은 일어나 빅토리아를 멀리 끌고 가려 했다. 하지만 가지들이 또다시 두 사람 위로 덮쳐왔다.

나무는 불타고 있었고, 이제 곧 죽을 것이다. 무지 화가 난 듯했다. 자신에게 이렇게 심하게 해를 입힌 두 사람을 불길 속으로 끌어들일 기세였다.

잭과 빅토리아는 나뭇가지들이 그들을 다시 붙잡는 걸 느꼈다. 잭이 필사적으로 나뭇가지를 자르려고 일격을 가했다. 떨어져나가는 가지도 있었지만, 그러지 않는 것도 있었다.

빅토리아는 지팡이를 쥐고 나무줄기를 향해 마법을 발휘하려 했다. 가지가 숨통을 조여왔다. 나무는 두 사람을 계속 불길 속으로 끌어들이고 있었다.

잭은 도대체 말이 되지 않는다고 생각했다. 한갓 나무에게 이렇게 당하다니. 옆에서 절망적으로 몸부림치는 빅토리아를, 그녀의 이마에서 강렬하게 반짝이는 별을 보았다. 빅토리아가 이런 식으로 죽게 내버려둘 수는 없었다.

잭의 안에서 뭔가가 폭발했다. 그리고 그후……

모든 일이 너무나 혼란스러웠다. 돌연, 나무에서 멀어지면서 빅토리아를 데리고 하늘로 솟구치는 자신의 모습이 보였다. 그러고 나서 그는 급강하로 떨어져 먼지 자욱한 지면에 쿵 하고 내려앉았다. 빅토리아를 향해 앞발을…… 아니 손을 뻗으며 잘 있는지 살펴보았다. 빅토리아는 바닥에 엎어져, 지팡이를 꼭 붙든 채 그만 의식을 잃고 말았다.

멀리서 큰 나무가 뿌리째 타오르며 연기 기둥이 솟구쳤다.

잭도 기절하고 말았다.

세스하크가 부르르 몸을 떨며 눈을 떴다.

'자네도 그걸 느꼈나?'

아슈란이 고개를 끄덕였다.

"최후의 용이 깨어났군."

'그 말은 우리에게 문제가 생길 거라는 뜻이지.'

네크로맨서가 미소를 지었다.

"그게 아닐 수도 있지. 키르타슈가 그를 죽이는 게 더 간단해질 수도 있다는 뜻이기도 하지."

8

누에보스 드라고네스

알렉산더는 말 궁둥이 쪽으로 고개를 돌려 킁킁대며 지나온 길의 냄새를 맡았다. 그는 두 귀를 모으며 낮은 소리로 으르렁거렸다.

암린이 근심어린 표정으로 형을 지켜보았지만 알레그라는 아무렇지도 않다는 듯 행동했다.

"알렉산더, 뭐 이상한 조짐이라도 있는 거야?"

알렉산더가 으르렁거렸다.

"뭔가 우리를 쫓아와요. 계속 가면 안 될 것 같은데요."

암린이 매우 진지하게 물었다.

"날 못 믿는 겁니까, 형님?"

알렉산더는 동생을 빤히 쳐다보았다. 두 눈이 희미한 어둠 속에서 노르스름하게 반짝였다.

"그러는 너는?"

이번에는 알렉산더가 물었다.

"나를 믿니, 동생아?"

왕은 이 질문에 뭐라고 대답할 수가 없었다. 어색한 듯 시선을 피할 뿐이었다.

알렉산더는 그럴 줄 알았다는 듯 고개를 끄덕였다.

왕이 어깨를 으쓱하며 말했다.

"한참 전부터 반란군들이 우리를 지켜보고 있었어요. 우리가 그들의 영토 안에 있으니 당연한 일이죠. 곧 우리 앞에 모습을 드러낼 겁니다."

알렉산더는 눈살을 찌푸릴 뿐 아무 말도 하지 않았다. 그는 밤하늘을 향해 근심어린 표정으로 고개를 들었다. 아예아가 이미 지평선에 떠오르고 있었다. 아예아를 보자 불현듯 지금이 며칠인지 기억났다. 오늘 밤, 에레아 달은 분명 보름달로 떠오를 것이다. 그가 변신할 정도로 영향력이 클지는 모르지만 그래도 알렉산더는 달이 이미 자신에게 영향이 미치기 시작했다는 것을 눈치 챌 수 있었다. 계산이 틀리지 않다면 오늘 밤이 만월일 터이고, 그렇다면 이미 전날 밤부터 변신했어야 했다. 지구에서 보름달이 뜰 때면 연속 삼 일 밤 동안 어쩔 수 없이 변신했었다. 조금이라도 운이 좋다면……

그는 남몰래 자신의 부주의를 탓했다. 해가 떠오를 때까지 일행과 떨어져 있어야만 했었다.

다른 선택의 여지가 없다는 사실에 화가 나지만 그저 참을 수밖에 없었다.

암린은 산 속에 숨은 반란군들과 접촉하는 게 어떻겠냐고 제안했었다. 일행에게 말하기를, 반란군과 함께 지낸다면 수도에서 지내는 것보다 더 안전할 것이고, 게다가 힘을 합친다면 더 나은 결과를 얻을 수도 있다고 했다. 왕실의 비밀 구역에 숨어 지낸 지 이틀이 지난 그날 밤, 누에보스 드라고네스의 지도자와 약속을 했다고 왕이 알려주었다. 그래서 그들은 삼 일째 저녁이 되자 살그머니 성에서 빠져나와 지금 이렇게 산 속의 차가운 오솔길을 말을 타고 가는 중이었다. 말들은 점점 더 신경이 예민해지는 것처럼 보였다.

'이건 좋은 징조가 아닌데.'

알렉산더는 생각했다. 이둔에서는 난델트 지역의 인간들만이 말을 길들일 줄 알았다. 그들은 말에 대해 완벽하게 알고 있고, 알렉산더 역시 예외가 아니었다. 이둔의 말들은 지구의 말에 비해 조금 덩치가 작았지만, 훨씬 더 영리했다. 말들의 신경이 예민해진 것은 맹목적으로 공포에 복종하기 때문이 아니라 개들처럼 본능에 따르기 때문이었다. 말들은 발소리 하나 내지 않으면서 귀를 쫑긋 세운 채, 커다랗고 영리한 눈으로 어둠을 살피고 있었다. 어둠 속에 숨어 있는 자들이 인간이라면 이런 식으로 행동하지 않을 것이다.

알렉산더를 처음 보았을 때 말들은 그를 조심스럽게 살피기는 했어도 불안을 드러내지는 않았다. 하지만 완전히 변신하게 된다면 가장 먼저 도망치고 말 것이다. 어쨌든 지금 말들은 그가 위험하지 않다고 받아들였다. 알렉산더를 태우고 있는 암말은 튼튼한 네 발과 푸른빛이 감도는 무성한 갈기를 지닌 전형적인 이둔의 말로, 자신을 이끄는 기수의 말에 절대적으로 복종하는 듯 보였다. 지금은 그저 걱정의 표시만 드러낼 뿐이었다.

알레그라와 눈빛을 주고받은 알렉산더는 그 커다란 검은 눈 속에 깃든 의구심을 읽을 수 있었다. 그렇지만 그는 고개를 가로저었다. 모든 징후들이 뚜렷했지만, 그래도 동생이 자신을 배신할 거라고 선뜻 믿기가 어려웠다. 알레그라는 알렉산더의 딜레마를 이해하며 망설였다. 하지만 콰이다르는 그리 이해심이 많지 않았다.

"이건 맘에 들지 않는군."

콰이다르가 분명히 밝혔다.

"우리는 당장 도시로 돌아가야만 해. 뭔가 수상한 냄새가 나."

"아마 분명 우리가……"

알레그라가 말을 꺼냈다가 곧 입을 다물었다. 알렉산더는 알레그라가 왜 입을 다물었는지 궁금해 뒤돌아보려 했지만 그럴 수가 없었다. 바로 그때 뭔가가 그를 마비시킨 것이다.

암말이 겁에 질려 낮게 울부짖었다. 알렉산더의 내면에 깃든 야수 역시 사납게 으르렁거렸다. 하지만 겉으로 드러나지는 않았다. 몸이 전혀 움직이지 않았고, 곁눈질로 살펴보니 대마법사에게도 무슨 일인가 벌어졌다는 걸 알 수 있었다.

반대로, 왕은 아무 문제 없이 말에서 내려 어둠 속 한 구석으로 향했다. 알렉산더는 동생이 복종의 표시로 고개를 숙이는 모습을 보았다.

'잘했군, 암린.'

차가운 목소리가 의식 속에서 속삭였다. 알렉산더는 쭈뼛 소름이 돋는 느낌이었다.

셰크다. 내내 뭔가가 있음을 느꼈지만 워낙 영악한 생물인지라 셰크들이 허용하지 않는 한 그들을 확실히 감지하기는 쉽지 않았다. 알렉산더는 동생이 그들을 곧장 함정으로 몰고 가 적의 손에 넘겨주었다는 사실을 확실히 깨달을 수 있었다. 한동안 동생이 의심스러웠지만 그래도 믿고 싶어했었다.

아무리 많이 변했어도 두 사람은 여전히 형제였기 때문이다.

셰크가 아예아의 붉은 달빛 아래 위풍당당한 모습을 드러내며 어둠 속에서 나타났다. 알렉산더도 다른 마법사들도 전혀 꼼짝할 수 없었다. 알렉산더는 크리스티안이 셰크에 대해 말했던 모든 것이 떠올랐다. 그들은 눈을 쳐다보기만 해도 희생자를 마비시킬 수 있었지만, 더 막강한 셰크들은 그런 시각적인 접촉을 할 필요조차 없었다. 오싹 한기가 드는 걸 참았다. 이놈 역시 평범한 셰크가 아닌 게 분명했다. 바니사르의 총독 에이세슈일 것이다.

어찌 된 일이든 간에, 그들이 진 것이다.

어둠 속에서 뱀 인간 시슈들이 스무 마리 정도 나타나 퇴로를 막으며 일행을 둘러쌌다. 빈틈없는 완벽한 매복이군, 알렉산더가 비통한 심정으로 생각했다.

셰크가 살피듯이 조용한 움직임으로 그들을 향해 기어왔다. 호기심 어린 표정이었다.

'내게 뭘 가져온 건가, 암린?'

셰크가 물었다.

왕이 대답했다.

"저항군의 리더들입니다. 마법사 아일레, 대마법사 콰이다르, 그리고 알렉산더라는 이 인물은 스스로 제 형이라 지칭하는 자입니다."

분노가 치밀어오른 알렉산더는 간신히 셰크의 통제력에서 풀려나 소리칠 수 있었다.

"난 네 형이야, 이 배신자야! 넌 바니사르의 왕이 될 자격이 없어! 넌 아버지의 아들이라고 불릴 자격도 없는 놈이야!"

암린이 알렉산더를 향해 돌아섰다.

"내 형은 십오 년 전에 죽었어."

암린이 차갑게 말했다.

"형은 우리가 셰크들과 싸울 때 우리 편에 있지도 않았고, 아버님이 돌아가시는 모습도 보지 못했고, 우리 백성들이 고통받는 모습도 보지 못했지. 환상을 찾아 다른 세상으로 가버리더니 다시는 돌아오지 않았어. 형의 모습을 닮기는 했지만 넌 귀신이나 다름없어."

'조용!'

에이세슈가 지겹다는 듯 끼어들었다. 그가 몸을 들어올리자, 이제 막 떠오르는 달들이 거대한 날개에 가려졌다. 암린 왕은 물론 시슈들도 조금 뒤로 물러나 에이세슈가 포로들을 살펴볼 공간을 마련해주었다. 뱀은 쉭쉭거리며 독니를 드러내 보였다. 조금만 움직여도 모두 그대로 끝장나고 말 것이다.

하지만 셰크는 순간 동작을 멈추더니 알렉산더를 주시했다.

'넌 도대체 어떤 존재지?'

셰크가 물었다.

'두 영혼을 가지고 있군.'

알렉산더는 대답하지 않았다. 뱀이 눈을 가늘게 뜨고는 생각에 잠긴 눈길을 던졌다.

'내가 받은 소식에 의하면 두 영혼을 가진 생물은 너까지 해서 모두 네 놈이더군. 모두 변절자들이지. 너희 하이브리드 놈들은 문제만 일으킬 게 뻔해. 하지만……'

셰크는 고개를 약간 숙여 알렉산더를 지그시 주시했다. 셰크의 비늘 덮인 몸통이 나지막한 웃음으로 가볍게 떨렸다.

'……아니야, 이제 곧 알게 되겠지. 네 영혼은 너보다 우월한 존재가 아니라 야수와 육체를 공유하고 있군. 넌 다른 하이브리드들과는 좀 다르군. 널 이렇게 이상한 몰골로 만든 게 누구지?'

알렉산더는 셰크의 의식이 자기 안으로 몰려오는 느낌이 들자 다른 것들을 생각하려고 애를 썼다. 하지만 곧 에이세슈가 잭이나 빅토리아보다는, 자신의 기원에 대한 기억에 더 관심이 많다는 걸 알았다. 그 이유가 궁금했다. 셰크들이 알지 못하는 일이나 이해하지 못하는 일이라면 뭐든 관심을 보인다는 건 알고 있었지만, 셰크를 끝장내리라고 했던 예언의 아이들보다 이런 게 더 큰 호기심을 불러일으킨단 말인가?

알렉산더는 셰크의 의식이 갑자기 물러가는 걸 감지했다. 놈이 별을 향해 고개를 쳐들었다.

산 뒤쪽으로 밤하늘을 가로막으며 용의 모습이 솟아오르더니 재빨리 그들을 향해 하강하였다. 알렉산더는 심장 박동이 빨라지는 걸 느꼈다. 그럴 리가 없는데……

시슈들 사이에서 우왕좌왕하며 소동이 일었다.

'조용!'

에이에쉬가 명령했다.

'변절자들이 만들어낸 환영일 뿐이야. 이미 잘 알고 있지 않나.'

용은 계속 하강하다가, 숨을 들이마시려고 잠시 허공에 멈춘 듯 보였다. 알렉산더는 순간 곧 무슨 일이 벌어질지 깨닫고 소리를 질렀다.

"조심해!"

하지만 말들은 아예 셰크에게는 신경도 쓰지 않고 내처 달리기 시작했다. 무지갯빛으로 번득거리는 셰크의 눈에 용의 입에서 뿜어져 나온 한 줄기 불길이 비쳤다. 시슈들은 겁에 질려 쉭쉭거리는 소리를 내며 뒷걸음질쳤고, 에이세슈는 불길이 바로 자기 곁에서 터지기 직전 간신히 제때에 위로 날아오를 수 있었다.

모두 불길의 열기를 느꼈다. 환영이 아닌 진짜 불길이었다.

'불가능한 일이야, 잭일 리가 없어.'

알렉산더가 혼란스러워하며 생각했다.

'잭은 이곳에서 너무 멀리 있는데.'

혹시 세상에 잭 말고 다른 용이 존재하는 걸까? 혹시 그렇다면?

다른 상황이었다면 에이세슈는 좀더 냉정하게 행동했을 것이고, 날아올라 용에게 덮쳐들기 전에 무슨 일이 벌어진 것인지 알아낼 때까지 기다렸을 것이다. 하지만 셰크들은 용과 관계된 일이라면 증오심에 미치기 일보 직전이 되고 만다. 그리고 알렉산더가 용에 대해 알고 있는 바에 따르면 그 감정은 용과 뱀 모두 마찬가지였다.

뱀이 포로들은 잊은 채, 분노에 찬 고함을 내지르며 공중으로 솟아올라 곧장 용을 향해 날아가자, 용 역시 포효를 내지르며 뱀을 맞이했다.

"알렉산더, 여기!"

알레그라가 큰 소리로 외쳤다.

알렉산더가 몸을 돌리자 저편에 대마법사와 함께 시슈의 공격을 막고 있는 알레그라가 보였다. 셰크의 최면이 깨어졌기에 두 사람은 이제 몸을 움직여 힘을 쓸 수 있었다. 알렉산더가 검을 빼들고 그들과 함께하고자 암말을 몰았다. 뱀 인간들이 그를 덮치자, 숨라리스의 칼날이 그들의 몸통을 갈랐다.

바로 그때, 둥근 에레아의 은빛 표면이 마침내 산 너머로 모습을 드러내기 시작했다. 알렉산더는 돌연 깊은 꿈에서 깨어나듯, 자신 안의 뭔가가 휘몰아치는 걸 느꼈다. 그는 말 재갈을 놓고 손을 머리로 가져가며 소리를 질렀다.

암말이 히이잉 하며 뒷발을 쳐들어 알렉산더를 바닥으로 던져버렸다. 알렉산더는 땅에 굴렀지만 상처 하나 입지 않았다. 그의 몸은 이제 인간의 몸이 아니었다. 두려운 마음에 고개를 들자 에레아의 은빛 달빛이 그의 얼굴을 비추었다.

변신은 급격하고 무지막지하게 일어났다. 에레아는 지구의 달보다 두 배 정도 컸고, 마치 야수의 영혼이 제 것인 양 그것을 소환해냈다. 미처 무슨 일이 벌어지고 있는지 채 깨닫기도 전에 알렉산더는 이미 거대한 야성의 늑대로 변신해 있었다. 그는 잠시 몸을 부르르 떨고는 앞발을 쳐들며 새로운 힘과 능력을 만끽했다. 자유에 도취된 느낌으로 달을 보며 울부짖었다.

알레그라는 오후 내내 그를 지켜보며 마음의 준비를 하고 있었다. 하지만 대마법사에게 이는 그저 불쾌하기 짝이 없는 놀라운 광경일 뿐이었다.

"오, 신들이시여……대체 이게 무슨 일이야?"

짐승이 잠시 대마법사를 쳐다보고는 이빨을 드러내며 공포스러운 미소를 지었다. 지구에서 알렉산더는 그저 흔하디흔한 늑대일 뿐이었다. 보통 늑대보다 약간 덩치가 크고 더 위험하긴 했지만 그래도 어쨌든 한 마리 동물에 지나지 않았었다.

하지만 공중과 육지, 물에서 마법이 넘쳐나고 있는 이곳 이둔에서 야수의 영혼은 처음 이식 당시에 예상했던 것보다 더 큰 힘을 얻었다. 마법사 엘리온이 꿈꾸었던 바로 그 모습이었다. 그는 알렉산더가 이렇게 변할 거라고 예견했었다. 즉 두 세계에서 가장 강한 모습으로.

세 달의 달빛 아래 고개를 들어올린 알렉산더는 완전한 늑대의 모습이었으며, 웬만한 인간보다 훨씬 더 크고, 힘차고, 더 치명적이었다.

그리고 그는 증오심에 한껏 부풀어 있었다.

하늘에서 계속 전투를 벌이고 있던 용과 셰크는 알렉산더에게 주의를 기울이지 않았다. 하지만 시슈를 포함한 나머지 전투원들은 한동안 겁에 질린 채 어쩔 줄 몰라 그를 멍하니 쳐다볼 뿐이었다. 왕이 믿을 수 없다는 듯 야수를 향해 두어 걸음 앞으로 나갔다.

"혀……형?"

그가 확신 없이 물었다.

야수가 노란 두 눈으로 야성의 불길을 번득이며 왕을 쳐다보았다. 암린은 야수가 자신을 알아보지 못한다는 사실을 깨달았다. 늑대는 치명적인 송곳니를 드러내며 으르렁거리고는 왕을 덮치려 뛰어올랐다.

왕은 비명을 지르며 팔로 자신을 감쌌다. 하지만 뭔가 공중에서 야수를 저지했고, 그는 쿵 하는 소리와 함께 바닥에 떨어지고 말았다. 짐승이 주문에서 빠져나오려 애쓰며 돌아서서 울부짖었다.

암린은 고개를 들어 구원자를 찾아 주위를 둘러보았다. 알레그라가 두 손을 들어올리고 있었다. 그녀는 희미한 어둠 속에서 두 손으로 빛을 뿜어내며 조금 전까지만 해도 알렉산더였던 짐승을 저지하고자 정신을 가다듬고 있었다.

바로 그때 대마법사가 알레그라의 주의를 끌더니 근처의 산꼭대기를 가리켰다. 한 인물이 어둠 속에서 빛나는 깃발을 흔들고 있다.

날개를 쫙 펼친 용의 상징이 그려진 깃발이었다.

그뒤로 모든 일이 빠르게 전개되었다. 왕은 변절자들을 구출한 용이 상처를 입고 산 위로 떨어지는 모습을 보았고, 에이세슈의 승리에 찬 고함소리를 들었으며, 그 전에 두 마법사가 순간 이동으로 세 사람을 그곳에서 멀찌감치 데려가는 모습을 지켜보았다.

여사제가 팔을 가볍게 흔들자 악몽으로 마냥 뒤척이기만 하던 샤일은 불길한 꿈에서 잠을 깼다.

"마법사, 일어나세요. 도착했어요."

고개를 흔들어 정신을 차린 샤일은 자신이 파스케 위에 타고 오는 동안 잠을 자고 있었다는 사실을 알고는 깜짝 놀랐다. 다행히 그는 마구(馬具) 덕분에 의자에 꼭 붙어 있었고, 그를 태운 파스케는 기수의 안내 없이도 길에서 벗어나지 않고 일행을 묵묵히 잘 따라갔다.

"우리가 도착한 거요?"

여전히 조금 멍한 채 샤일이 물었다. 고개를 들어보니 신전의 둥근 돔 지붕 그림자가 보였다. 신전이 높이 솟아 있는 절벽 아래에는 거대한 왕관 모양의 거품들이 부서지고 있었다. 행렬은 걸음을 멈추었고 선두에는 가에달루가 서 있었다.

샤일은 눈으로 사이세이를 찾았다. 그녀는 바로 곁에 있었다. 하지만 그녀의 눈은 다른 방향을, 신전을 향하고 있었다. 심각한 표정을 한 그녀는 섬세한 어깨를 잔뜩 긴장하여 움츠리고 있었다.

샤일이 속삭이며 물었다.

"무슨 일이에요?"

다른 여사제가 대답했다.

"신전을 살펴보세요, 마법사."

그러자 즉시 긴 몸통으로 건물 주위를 감싸듯 유유히 돌고 있는 구불거리는 그림자가 보였다. 세 달의 달빛에 생물의 은빛 비늘이 번쩍번쩍 빛났다.

샤일이 겁에 질려 중얼거렸다.

"셰크잖아! 신전을 공격한 거요?"

사이세이가 대답했다.

"아뇨. 안에서 우리를 기다리는 자매님들이 잔뜩 놀라기는 했지만 신전은 여전히 무사해요. 셰크는 우리를 기다리고 있었던 것 같아요."

찌르르 하는 고통이 샤일의 심장을 관통했다.

'잭과 빅토리아를 찾는 거야. 그애들이 우리와 함께 있는가 싶어 기다리고 있는 거군.'

이 말은 여교왕의 이동이 아슈란과 그의 동맹자들에게 알려졌다는 말이다. 그래도 다행인 것은 놈들이 잭과 빅토리아의 행선지를 정확히 알지 못하는 것 같다는 사실이다. 그래서 어쩔 수 없이 두 사람이 숨어 있을 만한 곳마다 보초를 세운 것처럼 보였다. 바니사르에도 아슈란의 측근이 있을 터인데, 그렇다면 그들은 첩자들을 통해 용과 유니콘이 사라졌다는 사실을 샅샅이 꿰고 있을 터이며 그쪽에서도 역시 잭과 빅토리아를 찾고 있을 것이다. 샤일은 아무도 아워노르를 떠올리지 않기를 바랐다. 문득 그는 저 셰크가 자신을 붙잡는다면 잭과 빅토리아에 대해 알고 있는 모든 사실을 억지로 밝히게 할 수도 있다는 사실을 깨달았다.

샤일이 사이세이에게 나지막이 말했다.

"도망쳐야만 하오."

여사제는 고개를 가로저었다. 그리고 나지막한 어조로 대답했다.

"금방 따라잡힐 거예요. 이미 우리를 봤어요. 우리가 할 수 있는 유일한 일은 그와 협상하는 거예요. 셰크들은 우리가 계속 신전을 유지하길 원한다면 그냥 통과시켜줄 거예요. 그게 아니었다면 이미 오래전에 신전을 부쉈겠지요."

샤일이 고개를 가로저었다.

"이해를 못하는군요, 사이세이. 그들이 우리를 심문하게 해선 안 돼요. 그러면……"

"그러면 뭐요? 셰크들이 우리에 대해 모르는 건 아무것도 없어요. 우리도 숨길 게 없고요……"

그녀는 돌연 입을 다물고 겁에 질려 마법사를 쳐다보았다. 그리고 그의 눈에서 불안감과 죄책감을 읽었다.

"당신은 아는군요!"

그제야 상황을 파악한 그녀가 외쳤다.

"얀드라크와 루나리스가 어디로 갔는지 아는군요!"

샤일이 심호흡을 했다.

"난 떠나야만 해요, 사이세이, 여러분과 함께 온 건 실수였어요. 여러분을 위험에 빠뜨리기만 했네요."

천상족 여인은 시선을 피했다. 샤일이 파스케의 고삐를 당겨 뒤로 물러나자 그녀는 아무 말도 하지 않았다.

셰크는 행렬이 있는 곳까지 다가와 가에달루 곁에 섰다. 뱀의 눈이 여교왕의 얼굴을 뚫어지게 바라보았고, 여교왕 역시 셰크를 똑바로 쳐다보았다. 다른 사람들은 들을 수 없도록 텔레파시로 대화를 나누고 있는 듯했다. 가에달루는 여왕처럼 침착하고 장엄한 모습으로 파스케의 등 위에서 몸을 똑바로 세운 채 자신감에 차 있었다. 셰크는 두 눈을 굴리며 그녀를 죽일지 말지 결정하려는 듯 주시하고 있었다.

하지만 셰크는 샤일의 동작을 놓치지 않았다. 뱀은 급작스럽게 고개를 들어 거대한 날개를 움직여 일행 위로 날아오르더니 샤일의 퇴로를 가로막으며 조금 떨어진 곳에 자리를 잡았다.

마법사는 고삐를 당겨 파스케를 진정시키려 했다. 그는 눈으로 도망칠 길을 더듬었지만 찾지 못했다. 먼 곳으로 순간 이동을 해야 하나 생각했지만 곧바로 그래서는 안 된다는 사실을 깨달았다. 사이세이와 다른 사제들을 이렇게 뒤에 남겨둘 순 없다. 샤일이 무모하게 도망친다면 셰크가 이들을 처벌할 것이다.

'널 알지.'

그때 셰크가 머릿속에서 말을 걸었다.

'넌 다른 세상에서 온 저항군 마법사야.'

샤일은 눈에 띄지 않고 빠져나갈 희망을 잃었음을 깨달았다. 셰크가 마치 채찍이라도 되는 양 꼬리를 흔들어 파스케를 탁 치자, 겁에 질린 파스케는 비명을 지르고는 그대로 도망쳐버렸다. 샤일은 쿵 하고 땅에 떨어졌다.

"샤일!"

사이세이가 큰 소리로 그의 이름을 외쳤다. 곧 실수를 했다는 사실을 깨달은 그녀는 손으로 입을 가렸지만 이미 너무 늦었다. 셰크는 곁눈질하더니 슬쩍 미소를 짓고는 이 새로운 정보를 기억 속에 저장해놓았다.

샤일은 사이세이를 쳐다보지 않았고 일어서려고도 하지 않았다. 마법을 쓰지 않고는 일어설 수 없다는 걸 알지만 좀더 쓸모 있는 일을 위해 힘을 아껴두기로 했다. 혹시라도 이 상황을 벗어날 방법이 떠오를지 모르는 일이다.

'이런, 불구가 되었군.'

셰크가 꼼꼼히 뜯어보며 말했다.

'네놈은 이제 변절자들에게 별 소용이 없겠군. 물론 영웅이 될 가망도 없겠고. 용과 유니콘은 어디 있나?'

"네놈에게 말해줄 생각은 없는데."

'어쨌든 난 알게 될 거다.'

셰크가 말했다.

'내 눈을 바라봐라.'

이 생물의 치명적인 존재감에 몸이 마비되는 느낌이 들자 마법사는 있는 힘을 다해 황급히 고개를 돌려 다른 곳을 바라보려고 애썼다.

그때 셰크의 꼬리가 겁에 질려 도망가려던 여사제들 쪽으로 슬금슬금 뻗치더니 사이세이의 허리를 칭칭 감았다. 사이세이는 비명을 지르며 몸부림을 쳤지만, 뱀은 그녀를 파스케의 등에서 끌어내려 공중으로 들어올리더니 샤일 앞으로 데려왔다.

'이 여잔 네게 소중한 존재지, 그렇지 않나?'

셰크가 말했다.

'루나리스가 이 여자보다 소중한가? 유니콘의 생명을 구하기 위해 이 여자를 배신할 건가? 고개를 들어! 네 머릿속을 조사하겠다, 마법사. 네 기억을 더듬어 용과 유니콘에 대해 알아내게 해주면 여사제를 살려줄 것이다. 그러지 않으면……'

뱀의 둥근 몸통이 사이세이의 허리를 더 꽉 조이자 그녀는 고통에 찬 비명을 질렀다. 샤일은 이를 악물었다.

그때 갑자기, 셰크가 고개를 바짝 쳐들었다. 마치 멀리서 희미하게 부르는 소리에 귀 기울이는 듯했다. 어둠 속에서 그의 두 눈이 번쩍이더니 셰크는 갑자기 아무 가치도 없다는 듯 사이세이를 바닥에 내동댕이쳤다. 샤일이 사이세이 쪽으로 기어가도 주의조차 기울이지 않았다.

뱀은 승리에 찬 날카로운 고함을 내지르더니 불쑥 솟아올랐고, 마법사와 여사제들을 내버려둔 채 서쪽 밤하늘을 향해 그대로 멀어져 갔다.

사이세이는 간신이 일어나 샤일에게 다가왔다. 두 사람은 끌어안았고, 그동안 두 사람을 갈랐던 모든 장벽이 일시에 사라졌다.

샤일이 그녀의 귓가에 말했다.

"미안해요, 사이세이. 그러려던 게 아니었는데……"

"알아요. 모두에게 루나리스가 중요하다는 걸 알아요. 당신에게도 마찬가지죠."

샤일이 열정적으로 대답했다.

"당신은 그애와 달라요. 사이세이, 나는……"

여교왕의 목소리가 머릿속에서 들려와 샤일의 말을 중단시켰다.

'셰크가 가버렸어요. 무엇 때문일까?'

샤일이 사이세이에게 기대어 몸을 일으켰다.

"그 셰크는 잭과 빅토리아가 어디 숨어 있는지 내가 알려줄 수 있다는 걸 알고 있었어요. 그렇게 서둘러 심문을 그만둘 이유는 오로지 한 가지뿐입니다."

사이세이가 몸을 떨었다. 가에달루가 입을 열었다.

'당신 말은 어쨌든 놈들이 그애들이 어디 있는지를 전달받았다는 뜻인가요?'

"그런 게 아닌가 싶네요."

샤일이 중얼거렸다.

"모두를 위해 내가 잘못 알았기를 바랍니다. 그애들이 벌써 발각되어선 안 되는데……너무 빠른데."

첫 태양이 지평선 위로 떠오를 때쯤 알렉산더는 잠을 깼다. 하지만 그는 지하 감옥 같은 곳에 갇혀 벽에 묶여 있었고, 정작 떠오른 태양은 보지 못했다. 그래도 그는 이미 날이 밝았다는 걸 알 수 있었다. 자신이 다시 원래의 모습으로 돌아와 있기 때문이었다.

꼴을 살펴보니 옷이 너덜너덜 찢어져 있었다. 그는 기진맥진하여 잠시 눈을 감았다. 또다시 변신한 것이다.

"왜 내게 말을 하지 않은 거지?"

어둠 속에서 그를 질책하는 목소리가 들렸다.

알렉산더가 고개를 들어보니 알레그라가 진지한 표정으로 그를 응시하고 있었다. 그는 시선을 피했다.

"모르겠어요."

그가 중얼거렸다.

"저 혼자 알아서 처리할 수 있을 거라고 생각했나봐요. 아니면, 다른 사람을 끌어들이고 싶지 않았던 거겠죠."

알레그라가 한숨을 쉬었다. 알레그라가 팔을 들어올리자 알렉산더를 묶고 있던 사슬들이 공중에서 그대로 사라졌다. 알렉산더는 엉망진창인 채로 팔을 툭 떨어뜨렸다.

"그대는 아무도 해치지 않았어."

요정이 친절하게 알려주었다.

"다음 번 에레아가 만월이 되려면 사 개월이 남았지. 그동안 수많은 일들이 일어날 거야."

알렉산더가 한숨을 쉬었다.

"그럴 겁니다. 하지만……"

그는 끝까지 말을 맺지 못했다. 그가 변신하는 동안 대마법사와 동생 암린이 함께 있었던 게 어렴풋이 기억났다. 콰이다르에게 무슨 일이 있든 그건 아무 상관이 없지만, 암린은……

암린은 셰크의 편에 서서 그들을 배신했다.

알렉산더가 에이세슈와 있었던 일을 다시 떠올리며 몸을 일으켰다.

"용이 있었어요!"

느닷없이 그가 소리쳤다.

"어떻게 그게 가능하죠?"

“덴얄이 모든 질문에 답해줄 걸세. 하지만 지금은 옷이나 입으라고. 밖에서 기다리겠네.”

알레그라는 방을 나서며 뒤로 문을 닫았다.

알렉산더는 그녀가 자신이 입을 옷가지를 놓아둔 걸 알고는 너덜너덜 해진 옷을 서둘러 벗고 새 옷으로 갈아입었다. 그는 방을 나와 콰이다르와 알레그라가 기다리고 있는 작은 복도로 나섰다.

대마법사가 심히 못마땅한 시선을 던졌다.

“아일레가 말을 해주어서야 자네가 어떤 종류의 인간인지 알게 되었네.”

“그렇다면 아슈란의 졸개들이 지금의 나를 만들었다는 사실도 알겠군요.”

알렉산더가 차갑게 대꾸했다.

“그럼 제가 왜 이리 복수하고 싶어하는지도 이해하시겠죠. 어젯밤에 이미 보셨겠지만, 정확히 바로 그 때문에 저는 그 어느 때보다도 저항군에 더 충실하게 된 거죠.”

콰이다르의 눈에도 증오심이 피어올랐다. 그렇지만 마법사는 계속 알렉산더를 탓했다.

“그래서 키르타슈를 자네들 편에 받아들였군. 자네랑 똑같으니까.”

알렉산더는 아무 말도 하지 않은 채 곰곰이 그 말을 되새겼다. 그런 생각은 한 번도 해본 적이 없었다.

엘리온이 그에게 실험을 하기 전, 키르타슈가 알렉산더에게 던진 생각에 잠긴 눈길이 떠올랐다.

'내가 이런 입장이라면 싫었을 거야.'

그는 알렉산더에게 이렇게 말했었다. 그리고 그 전에 엘리온에게 말했다.

'절대로 제대로 될 리가 없지.'

알렉산더는 아슈란이 크리스티안에게 한 짓과 자신이 엘리온의 손아귀에서 겪은 일이 비슷한 일임을 깨달았다.

또한 잭과 빅토리아 생각도 했다. 그애들은 선천적인 하이브리드로 태어난 것이다. 그애들의 몸은 아직 어머니의 자궁 속에 있을 때 두번째 영혼을 받아들였다. 그렇지만 알렉산더나 키르타슈는 흑마술로, 인위적인 방식으로 '만들어진' 것이다.

정말로 그게 그렇게 다른 걸까?

"아뇨."

마침내 그가 대답했다.

"아니에요, 그애는 나와 다릅니다. 그애는 현재의 자기 모습에 자부심을 느끼고 있죠. 하지만 난 아닙니다. 그리고 내 안에 고동치고 있는 야수의 영혼에서 언젠가 벗어날 거라는 희망도 잃지 않았어요."

콰이다르는 아무런 말도 하지 않았다. 알렉산더가 계속 말을 이어갔다.

"키르타슈를 우리 편으로 받아들인 건 그애가 꽤 가치 있는 동맹이기 때문이죠. 그것뿐입니다."

"그리고 제가 그애에게 부탁했기 때문이고요."

알레그라가 수수께끼 같은 미소를 띠며 덧붙였다.

"콰이다르, 당신도 알겠지만 나는 루나리스가 어렸을 때부터 그애를 돌보았어요. 키르타슈는 저항군을 위해 싸우는 게 아니에요. 루나리스를 위해 싸우는 거죠. 그애의 목숨을 구하기 위해서요. 내겐 키르타슈도 우리 편이에요."

대마법사는 불쾌하다는 듯 두 사람을 쳐다보았다.

"미쳤군, 두 사람 다."

콰이다르가 단정지었다.

"다른 세상에 다녀오더니 사람이 변했어."

알렉산더는 대꾸할 틈이 없었다. 바로 그때 그들 앞에 결의에 찬 표정과 영리한 눈빛을 한 가무잡잡한 피부의 한 사내가 다가왔기 때문이었다. 여러 날 깎지 않은 수염이 더부룩하게 자라 있었고, 입고 있는 옷차림은 기사도 귀족도 아닌 듯했지만, 그의 행동에는 지도자다운 품새가 있었다.

"이제 저를 소개할 차례군요, 전하."

그가 알렉산더에게 피곤에 지친 미소를 지으며 말했다.

"제 이름은 덴얄, '누에보스 드라고네스'라 알려진 반군을 지휘하고 있습니다."

콰이다르가 고개를 끄덕였다.

"그렇군. 당신들에 대한 말을 들었소. 산 속에 숨어 지내는 농부들 무리로 시시때때로 뱀들을 괴롭힌다고 하더군."

덴얄은 그 말이 그다지 거슬리지 않는 것 같았다.

"사실, 그 이상이지요."

그가 순박하게 대답했다.

알렉산더가 그의 팔을 붙잡았다.

"용은?"

그가 다급하게 물었다.

"용은 어떻게 된 거요?"

덴얄의 표정이 어두워졌다.

"큰 손실이죠. 하지만 우리의 일은 워낙 위험한 일이고, 우린 매번 전투마다 이번이 마지막이 될 수도 있다는 생각에 한마음이 된답니다."

"대체 무슨 말이오?"

알렉산더가 고함을 질렀다.

"난 지금 용 이야길 하고 있는 거요! 용의 생명만큼 값진 건 아무것도 없어요!"

반란군이 몇 발 물러서며 불신이 담긴 시선으로 알렉산더를 쳐다보았다.

"저는 이미 전하께서 너무나 많이 변하셨다는 걸 확인했습니다."

덴얄이 나직이 말했다.

"하지만 아일레님께서는 아무리 외양이 변했다고 해도 당신을 믿을 수 있다고 장담하셨지요. 그게 사실입니까?"

알렉산더가 긴장을 늦추자 번쩍이는 눈빛도 가라앉았다.

"그래요. 미안하오. 그런데 용들은……"

"잠시 저와 함께 가주신다면 설명해드리겠습니다. 여러분께 보여드릴 것이 있습니다."

일행은 그를 따라 서로 연결된 터널과 방들의 미로를 지났다. 덴얄은 그들이 지금 산의 내부에 있고, 모든 출구들은 교묘히 숨겨진 채 마법으로 봉인되어 있다고 설명해주었다. 일행이 그를 따라 통로를 지나는 동안, 알렉산더는 반란군들이 이곳에 숨어 지낸 지 얼마나 되었는지, 그리고 셰크들이 그들을 잡을 때까지 얼마나 걸릴지 궁금해했다.

드디어 천정이 높은 넓은 홀에 도착하자 세 방문자는 놀라운 광경을 보게 되었다.

거대한 작업실이었다. 그곳에는 십여 명의 장인들이 나무 판을 톱으로 자르고, 못을 박으며 조립하고 있었다. 어떤 이들은 비늘 비슷한 천조각으로 뼈대를 덮고 있었고, 또 어떤 이들은 같은 재질로 이루어진 커다란 날개를 달고 있었다.

알렉산더와 두 마법사가 그곳에서 뭘 만들고 있는지 깨닫는 데 조금 시간이 걸렸다.

"용을 만들고 있군요!"

알렉산더가 놀라 감탄의 소리를 질렀다.

"나무로 만든 용이라니!"

덴얄이 미소를 지었다.

"기발하죠? 제 아이디어가 아니라 매형인 로윈의 아이디어란 점을 알려드려야겠네요. 그가 이 장인들을 이끌고 있지요."

"지금 이 물건들이 날 수 있다는 말을 하는 거요?"

"처음에는 그러지 못했습니다."

일행의 등 뒤에서 목소리가 들려왔다.

"바닥에서 띄우는 데 꽤 오랜 시간이 걸렸고, 산에 부딪혀 터져 버려 꽤 많은 모형을 잃기도 했지요. 하지만 자랑스럽게 말씀드리자면, 이것들이 하늘을 난답니다. 그것도 아주 잘 날지요."

한 남자가 미소를 띤 채 일행에게 다가왔다. 얼굴은 온통 그을음투성이였지만 매우 만족해하는 기색이었다.

덴얄이 그를 소개했다.

"우리의 경이로운 용을 가능케 한 기술자 로윈입니다."

이미 지구에서 거대한 몸체의 비행기가 마법의 도움 없이도 훨씬 더 높이, 멀리 나는 걸 보았던 알렉산더는 이 작품들이 다소 조잡하고 원시적이라고 생각했다. 하지만 그래도 어쨌든 덴얄이 옳았다. 이둔에서는 한 번도 이와 비슷한 것을 본 적이 없다.

덴얄이 목청을 가다듬더니 갑자기 심각한 태도를 취했다. 그리고 낮은 목소리로 말했다.

"로윈, 오늘 밤 그만 가린을 잃고 말았어요."

용을 만드는 제작자의 얼굴이 창백해졌다.

"가린을? 그럴 수가. 푸른 용이 추락했나?"

덴얄이 비통한 얼굴로 고개를 끄덕였다.

"에이세슈가 산 속에서 그를 쓰러뜨렸죠."

로윈이 한숨을 쉬었다.

"빌어먹을…… 불쌍한 것. 그애 엄마에게 뭐라고 말을 하지?"

덴얄이 로윈의 어깨에 손을 얹으며 위로했다. 그러고는 무슨 일인지 영문을 모른 채 멍하니 서 있는 콰이다르, 알레그라, 알렉산더를 향해 돌아섰다.

"우리의 나무 용들은 조종사를 태우고 있답니다. 용이 한 마리 추락할 때마다 그 용을 타고 있던 용감한 사람도 같이 떨어지는 거지요. 용은 또 만들 수 있지만 함께 죽은 이들의 생명을 되돌릴 수 없어요. 가린은 누구보다도 뛰어나게 용을 조종했던 최고의 조종사였어요. 겨우 스무 살이었고요."

알렉산더가 고개를 숙였다.

"이제야 무슨 일인지 알겠소. 진심으로 유감이오. 특히 이번에 추락한 용이 우리의 생명을 구하려고 애쓴 점을 생각하면 더 그렇군요. 용을 봤을 때……"

알렉산더는 미간을 찡그리며 뭐라고 말할지 고민했다.

"내가 봤을 때 그 용은 진짜처럼 보였는데, 어떻게 그렇게 실감나게 만들 수 있었습니까?"

"그 질문에 대한 대답은 제 누나 타나웨가 해드릴 겁니다."

덴얄이 대답했다. 그는 누나를 찾아 사방을 둘러보았다.

"조심, 불이에요!"

그때 여자의 외침이 들려왔다. 인조 용의 뱃속에서 들려오는 소리였다.

로윈이 걱정스러운 듯 말했다.

"옆으로 비켜서는 게 좋겠어요."

덴얄은 아무 예의도 갖추지 않고 세 사람을 갑자기 벽 쪽으로 밀쳐버렸다. 그때, 용의 커다란 입에서 불줄기가 솟구쳐 나와 동굴 벽에 부딪히며 타올랐다.

승리에 찬 함성을 내지르는 여자의 목소리가 들리더니 곧장 용의 등에 난 해치가 열렸다. 목소리의 주인공이 얼굴을 쑥 내밀었다. 중년의 나이에 짧은 머리카락은 온통 헝클어져 있고, 표정이 풍부한 파란 눈을 지니고 있었다. 로윈과 마찬가지로 얼굴은 온통 그을음투성이였지만 전혀 개의치 않는 듯했다. 그녀는 용에서 펄쩍 뛰어내리더니 그들을 향해 달려왔다.

"봤어, 덴얄? 이제 거의 한 번에 나왔어! 곧 모든 모델들이 입으로 불을 뿜어낼 수 있을 거야. 그건 그렇고 가린은 어디 있지? 아직 점검하러 오지 않은 것 같은데……"

그녀는 콰이다르와 알레그라, 알렉산더를 보더니 입을 다물었다.

"타나웨……"

로윈이 자기 쪽으로 그녀를 끌어당기며 낮게 속삭였다.

금방 여인의 표정이 바뀌고 두 눈이 젖어들었다.

"오, 안돼, 가린."

타나웨가 중얼거렸다.

남편의 가슴에 얼굴을 묻고 조용히 흐느끼는 그녀의 어깨가 들썩였다. 덴얄이 그녀의 팔을 잡았다. 그는 다정하게 말했다.

"누나, 손님들이 있어요. 중요하신 분들이에요."

"아니에요, 그냥 두세요……"

알레그라가 말을 꺼내자, 타나웨가 고개를 들었다. 로윈에게서 몸을 뗀 그녀는 여전히 반짝이는 눈으로 일행을 향해 침착하게 한 걸음 내디뎠다.

"무례를 용서하세요."

그녀는 여전히 미소를 지으려 애썼다.

"제 이름은 타나웨이고, 삼등급의 마법사로……"

그녀는 대마법사를 알아보고는 돌연 말을 끊었다.

"당신은!"

마법사가 자기소개를 했다.

"콰이다르, 대마법사로 마법 종단의 수장이오."

"나는 아일레 알레나이에요. 데르바드 탑의 최후의 성주였지요."

"나는 알렉산더입니다."

"……바니사르의 알산 왕자님이셔."

덴얄이 끼어들었다.

"이분들은 암린 왕의 손님들이셨는데, 왕이 이분들을 에이세슈에게 건네주려고 함정을 판 거지. 우리가 막 산에서 구해온 거예요."

"비열한 배신자 같으니라고."

타나웨가 식식거렸다. 그러다 그녀는 곧 입을 다물고 용서를 구하는 눈빛으로 알렉산더를 쳐다보았다.

"제 말은 그러니까……"

"……그렇소, 비열한 배신자요."

알렉산더가 미소를 지으며 그녀를 안심시켰다.

"알아요. 덕분에 동생을 더 정확히 알게 된 것 같군요."

"자기 형을 넘겨주려 하다니."

덴얄이 비난하듯 고개를 흔들었다.

그때 알레그라가 화제를 바꾸며 질문했다.

"당신도 마법사인가요?"

반란군 여인은 마법사 고유의 의상인 튜닉 대신 헐렁한 바지와 긴 셔츠를 입고 있는데, 남자 옷이라 그런지 많이 커보였지만, 그런 장소에서 다니기에는 편해 보였다.

"아위노르 탑에서 마법 교육을 받았어요. 용을 관찰하느라 몇 시간씩 하늘을 쳐다보기도 했지요. 할 수 있는 한 최선을 다해 용들을 연구했었습니다. 그들에게 한껏 매료되어 있었는데, 전멸했다니 너무 안타까워요."

로윈이 아내의 어깨를 팔로 감싸며 말했다.

"지금 우리는 반란군 용들을 제작하고 있습니다. 타나웨와 그녀의 견습생들이 마법을 걸어 용을 실제처럼 보이게 하는 겁니다. 단지 환영일 뿐이지만, 좀더 견고한 장치들도 있답니다. 그래서 그렇게 제대로 작동하는 거지요."

알렉산더가 궁금해했다.

"하지만 어떻게 셰크들을 속일 수 있는 겁니까? 셰크의 본능이라면 진짜 용이 아니라는 걸 충분히 알 텐데요."

타나웨가 고개를 끄덕였다.

"네, 저희도 알아요. 아위노르에 살 때, 땅에 떨어져 있던 용의 비늘을 모아두곤 했었어요. 이 비늘들을 집으로 가져왔던 게 아주 좋은 아이디어가 되었지요. 이걸로 접착제를 만들어 제 보잘것 없는 기계에 인공 피부를 붙였거든요. 셰크들은 용의 냄새를 감지하면 그대로 미쳐버리고 말죠. 이 용들이 효력을 발휘하는 건 바로 놈들의 증오심 넘치는 그 본능 덕분인 셈이에요."

"하지만 어제까지만 해도 에이세슈는 한 번도 속이지 못했었어요."

덴얄이 끼어들었다.

"놈이 지독히 영악해서 말이죠. 그래서……"

"에이세슈가 덫에 걸렸어?"

타나웨가 끼어들었다.

"푸른 에스쿠페푸에고*한테?"

덴얄이 고개를 끄덕였다.

"가린을 쓰러뜨린 놈이 에이세슈에요."

타나웨가 고개를 떨구었다. 덴얄이 목소리를 낮춰 계속 말을 이었다.

"에이세슈는 우리 용이 입으로 불을 뿜어내는 걸 한 번도 본 적이 없거든요. 그래서 놈을 속일 수 있었던 거예요. 다음번에는 쉽게 속아넘어가지 않겠지만."

타나웨가 기운을 차리고 설명했다.

"불을 뿜는 용은 최근에 만든 최고 걸작이에요. 처음부터 시도는 했었지만 우리가 용에게 불의 주문을 거는 족족 늘 몸통을 태워먹고 말았었죠."

"지금은 불에 견딜 수 있는 나무를 사용하고 있답니다."

로원이 덧붙였다.

"나무를 구하는 일이 어려운데, 이 나무가 나나이에서만 자라

---

* '불을 뿜는 용'이라는 뜻.

기 때문입니다. 거기까지 가는 터널들은 안전과는 아예 거리가 멀거든요. 그래서 우리 용들이 입으로 불을 뿜어내지 못했던 거죠. 지금 현재 그런 능력이 있는 건 단 세 마리뿐입니다. 우리는 이 용들을 '에스쿠페푸에고' 라고 불러요. 가린이 조종했던 용이 네번째 에스쿠페푸에고였던 겁니다. 어젯밤 여러분을 구한 그 용이지요."

이제 막 이곳에 도착한 이들은 여전히 어찌할 바를 몰라 당황했다.

덴얄이 설명했다.

"우리는 오로지 용들만이 셰크와 맞설 수 있다는 사실을 알고 있었습니다. 하지만 용들은 전멸했고, 유일한 가능성은……"

"모든 용이 전부 다 전멸한 건 아닙니다."

알렉산더가 말을 잘랐다. 무거운 침묵이 흘렀다.

"그렇다면, 전설이 사실인가요?"

타나웨가 조심스럽게 물었다.

"용에 대해 말한 그 전설은 용이 우리를 구하기 위해 돌아올 거라고 했잖아요."

알렉산더가 고개를 끄덕였다.

"그의 이름은 얀드라크입니다. 그는 평범한 용이 아니에요. 바로 지금 이둔의 어느 곳에선가 인간의 몸을 하고 숨어 있어요. 셰크들에게 발각되지 않는다면, 곧 우리와 합류하기 위해 돌아올 겁니다."

그때 어린아이의 목소리가 들려왔다.

"진짜 용이라고요? 살아 있는 뼈와 살로 된 용이요?"

일행은 그들의 말을 주의 깊게 듣고 있던 여덟 살 정도의 사내아이를 보았다. 조금 전까지 아무도 아이가 거기 있다는 사실을 눈치 채지 못하고 있었다. 그제야 알렉산더는 바니사르 시장 광장에서 바구니 짜는 노파가 소동을 일으킬 때 그 꼬마를 본 기억이 났다.

"제 아들 라웰입니다."

로윈이 말했다.

"천체 결합이 일어나고 팔 년 뒤에 태어나서 살아 있는 용을 한 번도 본 적이 없는데도 용에 완전히 빠져 있죠. 애 엄마랑 마찬가지로요."

알렉산더는 라웰의 기대에 찬 얼굴을 보고는 미소를 지으며 고개를 끄덕였다.

"일이 전부 다 잘 풀리면, 머지않아 곧 진짜 용이 나는 모습을 볼 거다. 아주 멋진 황금용이지."

아이가 물었다.

"그 용이 에이세슈를 죽일까요? 그럴까요, 알산 왕자님?"

알렉산더는 그 셰크가 잭과 빅토리아의 상황에 별 관심을 보이지 않았던 기억이 떠올랐다. 그는 이것을 곰곰이 따져보았고, 어쩌면 놈이 그애들이 어디 있는지 이미 알고 있을지도 모른다는 경악스러운 결론에 이르렀다. 마음을 진정하기 힘들었지만, 지금으로서는 이런 의혹을 혼자만 간직하고, 다른 사람들과 나눌 필요까지는 없다고 생각하던 터였다.

이들에게는 희망이 필요하기 때문이었다. 그들 모두를 구하러 올 용이라는 희망, 나무 뼈대와 용의 비늘로 가짜 용을 만들고자 애쓰게 한 희망, 이 아이의 두 눈에 반짝이는 희망 말이다.

암린이 굶주리던 바니사르 백성들의 목숨을 구했을지 모르지만, 바니사르의 정신을 간직하고 있던 것은 반란군들이었다. 알렉산더가 미소 지었다.

"물론이지, 꼬마야. 얀드라크는 에이세슈를 무찌를 거야. 그리고 얀드라크를 도와 네크로맨서 아슈란을 죽이러 온 유니콘 아가씨도 있단다."

라웰이 놀라 감탄의 소리를 내질렀다.

"정말요?"

"바로 신탁에서 예언한 그대로란다, 꼬마야. 하지만 내가 확신하는 건 단지 신탁이 그렇다고 해서만은 아니야. 그들을 믿는 진짜 이유는 내가 그 둘을 아주 잘 알기 때문이란다. 둘 다 아주 용감하지. 그리고 그들은 전투에서 우리를 이끌 준비가 돼 있단다."

빅토리아는 첫 태양이 지평선 위로 솟아오를 즈음 잠을 깼다. 눈을 깜박이며 혼란한 정신에 고개를 흔들었다. 무슨 일이 있었지?

눈을 감고 기억을 떠올리려고 애썼다. 머릿속에서 나무 괴물의 이미지가 떠오르자 악몽이 아니었나 싶었다. 그녀는 몸을 일으켜 주위를 둘러보았다. 잭이 먼지투성이 바닥에 뻗어 있었다. 저 멀리 산 발치에서 연기 기둥이 솟아오르는 것을 보고는 그것이 나무 괴물의 잔해이며, 꿈이 아니었다는 걸 알았다. 오싹하고 몸서리가 쳐졌다.

책을 살짝 흔들어보았지만 깨어나지 않았다. 빅토리아의 심장이 멈칫했다가, 책이 아직 숨을 쉬고 있다는 사실을 알고서야 다시 뛰었다. 빅토리아는 안도의 한숨을 내쉬었다.

깊이 잠든 것 같았다. 다시 깨워보려 했지만 소용없었다.

'아마 어디 아픈가보네.'

빅토리아는 책 위에 손을 얹고 마법의 일부를 전하며 치료하려고 해봤다. 하지만 책은 에너지가 필요한 게 아니었다. 그녀는 책의 내면에서 마치 태양처럼 불타오르는 낯설고 새로운 활기를 감지할 수 있었다. 그런데 왜 깨어나지 않는 거지?

빅토리아는 진정하고, 조금 더 찬찬히 주위를 둘러보았다. 두 사람은 여전히 변화의 산맥에서 뻗어 나온 지맥에서 그리 멀지 않은 곳에 있었다. 서쪽으로는 황량한 카슈타르 땅이 펼쳐져 있었다.

빅토리아는 그곳으로 그냥 들어가는 건 그다지 좋은 생각이 아님을 알았다.

책이 깨어나기를 한동안 기다렸지만 그래도 그는 깨어나지 않았다. 결국, 둘째 태양이 산 뒤로 완전히 떠올랐을 때쯤 빅토리아는 결단을 내렸다.

그녀는 체념의 한숨을 내쉬고 일어나서는 물건들을 챙겼다. 등에는 지팡이를 잘 메고, 책을 일으켜 팔로 어깨를 감쌌다. 책은 반응이 없었다. 도미바트가 칼집에 제대로 담겨 책의 어깨에 매달린 걸 확인한 후 빅토리아는 남쪽을 향해 전진하기 시작했다.

첫 발을 떼기가 힘들었다. 잭을 끌어 옮기기가 상당히 어려웠기 때문이었다. 하지만 그녀는 심호흡을 한 뒤, 있는 힘을 다해 흰 나무와 어린 나무들로부터 조금씩 멀어져 갔다.

안 그래도 이둔의 낮은 매우 긴데, 빅토리아에게 그날은 마치 영원 같았다. 잭을 부축한 채, 산맥에서 멀어지지 않으면서도 카슈타르로 들어서지 않게 주의하며 그녀는 남쪽을 향해 걸어갔다. 기운을 내려고 여러 번 발걸음을 멈춰야만 했다. 정오엔 개울 옆에서 좀 쉬면서 그 틈에 물도 맘껏 마셨다. 먹을 걸 도무지 찾을 수 없었지만, 그래도 걸음을 멈추지 않았다. 아무리 배가 고파도, 쓰러질 듯 피곤해져 와도 계속 길을 갔다.

칼리노르가 저물기 시작하자 빅토리아는 더이상 걸을 수 없었다. 바닥에 털썩 주저앉은 그녀는 잭을 끌어당겼다.

'그냥 조금만 쉬자.'

빅토리아는 기진맥진한 채 속으로 생각했다. 하지만 눈을 감자 자신도 모르게 잠에 빠지고 말았다.

다시 눈을 떴을 때는 세번째 태양이 지평선에 하얀 손톱처럼 내려앉아 있었다. 빅토리아는 누군가의 목소리를 들었지만 무슨 언어인지 알아듣지는 못했다. 시커멓고, 키가 크며, 날렵한 형상이 눈에 띄었지만 일어날 힘이 없었다. 하지만 그런 상황에서도 그녀는 잭의 몸을 팔로 감싸며 모든 위협에서 그를 보호하고자 했다.

"지금 여자 때문에 아버지와 자기편을 배신했다고 말하는 건가? 게다가 그 여자를 용과 공유해야만 한다고?"

크리스티안은 미소 지었다. 이런 식으로 들으니 혼자 그 일을 곰곰이 따져 생각할 때보다 훨씬 더 말도 안 되는 소리처럼 들렸다.

크리스티안이 대꾸했다.

"그애는 보통 여자애들하고 달라요. 온 세상에서 유일무이한 아이에요. 최후의 유니콘이라고요, 무슨 말인지 알겠어요? 인간의 몸을 빌어 태어난 유니콘이죠."

"그럼, 어떤 의미로는 자네와 닮은 거군. 그리고 그 용하고도 닮았고."

"우리 셋과 같은 존재는 아무 데도 없어요. 우리 셋을 이어주는 눈에 보이지 않는 뭔가가 있어 우리를 함께하게 만들죠. 설사 그것이 언젠가는 우리의 파괴를 의미하더라도 말이에요."

이데온이 고개를 갸웃거리더니 생각에 잠겼다.

아침 사냥을 하러 나왔던 두 사람은 차가운 얼음 바위 위에서 쉬고 있었다. 바위에서는 계곡의 일부와 거인이 사는 거처가 있는 산이 굽어보였다. 두 사람 곁에 커다란 바르하브의 몸통이 놓여 있었다. 바르하브는 흰 털에 꼬부라진 날카로운 뿔과 힘센 발을 가진 짐승으로, 고기를 숯불에 구워 익히면 거인들에겐 좋은 식량이 되었다. 크리스티안은 별로 많이 먹지는 않지만 고기가 남을 것 같다는 걱정은 하지 않았다. 이데온이 점심 한 끼로 그것을 통째로 다 먹어 치울 수 있다는 걸 잘 알고 있기 때문이었다.

그는 나나이에서 벌써 여러 날을 보내고 있었다. 평화로운 마음으로 눈을 감고 이 땅의 추위가 몸을 보듬게 내버려두다보면 종종 시간관념을 잃어버리곤 했다. 그는 은둔자처럼 자신의 내면을 치유하여 그의 안에 깃든 세크를 되살리고 있었다.

그리고 이데온이 있었다.

크리스티안은 한 번도 친구 비슷한 것을 가져본 적이 없었기에 거인을 어떻게 대해야 할지 알지 못했다. 이데온은 간혹 크리스티안의 과거와 인간의 생활, 감정 등에 대해 물었다. 처음에는 대답하면서 반발심이 생기기도 했다. 그런 질문들이 그의 사생활을 침범하는 것 같았기 때문이었다. 그는 자신이 생각하는 바나 느끼는 바를 누구에게도 말해본 적이 없었다. 빅토리아는 예외였지만 그녀와 서로를 잘 알 정도로 함께 많은 시간을 보내지는 않았다.

하지만 이데온은 이 비상한 젊은이에 대해 조금씩 알아가며 그 존재의 수수께끼를 풀어나가고 있었다.

크리스티안은 그의 생활에 대한 거인의 질문이 단순한 호기심이 아니라 일과 관련된 것임을 알고 있었다. 거인은 그렇게 질문을 통해 하이아스를 되살릴 열쇠를 발견하고자 했던 것이다.

그날 아침, 크리스티안은 빅토리아에 대해 이야기하고 싶은 마음이 굴뚝같았다.

이데온이 물었다.

"지금 그애는 어디 있는데?"

"책과 같이요."

크리스티안이 대답했다. '아직까지는 무사히요' 라고 생각하면서.

전날 오후, 시스카셰그를 통해 빅토리아가 죽을 고비를 겪었다는 걸 느낄 수 있었다. 단숨에 벌떡 일어나, 빅토리아를 구하기 위해 필요하다면 대륙을 절반 이상이라도 가로질러 남쪽으로 날아가고 싶었다. 하지만 제때 도착할 수 없을 거라는 걸 깨닫고는 어쩔 수 없이 기다리며 믿어보기로 했다.

잠시 후 반지를 통해 빅토리아가 무사하다는 걸 감지할 수 있었다. 의식을 잃고 지친 상태지만 어쨌든 무사했다. 그리고 잭이 지닌 용의 본질이 그 어느 때보다 더 세차게 그애 곁에서 고동치고 있었다.

멀리 떨어져 있으면서, 크리스티안은 시스카셰그를 통해 잭에 대한 빅토리아의 사랑이 더 단단해지고 강렬해졌음을 감지했다. 하지만 그다지 신경 쓰지 않았다.

"그애를 포기한 거야? 지금까지 이 모든 일을 했는데도?"

"아뇨. 포기한 게 아니에요. 그애를 사랑하기 위해…… 꼭 곁에 있을 필요는 없어요."

크리스티안은 힘겹게 이 사실을 인정했다.

"그리고 나에 대한 그녀의 감정을 의심하지도 않아요. 때문에 그녀가 다른 사람을 사랑해도 걱정하지 않는 거죠.

이곳에 오기 위해 그녀와 떨어져야만 했어요. 그녀 혼자 있거나 나와 같이 있는 것보다는 잭과 같이 있는 게 나으니까요. 하지만 모든 일이 끝나면 찾으러 갈 생각이에요."

"그러면 어떻게 되는 거지? 그애 때문에 용이랑 싸울 건가?"

"그녀를 지키기 위해서라면 필요한 경우 죽을 때까지라도 싸울 겁니다. 하지만 마치 물건이라도 되는 양, 내 소유로 만들기 위해 싸우지는 않을 거예요. 그건 너무 인간 같은 행동이죠. 전 인간의 영혼을 지니고 있기는 하지만 그렇게까지 바닥으로 내려가진 않았어요. 그 정도는 아니에요, 이데온. 잭과 싸워야 한다면 그건 그애가 용이기 때문이에요. 그 이상은 아니에요."

"음."

거인이 곰곰이 생각했다.

"자네 안의 셰크는 그 여자애에 대해 어떤 감정을 품고 있지?"

"존중이요."

크리스티안이 망설이지 않고 말했다.

"존중, 매혹…… 하지만 사랑은 아니에요. 그건 제 인간적인 부분의 일이죠."

"그럴 줄 알았네."

거인은 자리에서 일어나 한동안 그대로 바위 위에 서서는 생각에 잠겼다.

"그 사랑이 자네의 인간적인 부분을 강화하고 있지만 셰크로서의 힘은 약화시키고 있는 거지. 분명해. 하지만 자네가 억누르고 있는 셰크의 본능을 되살릴 방법이 분명 있을 걸세. 자네 안에 있는 뱀이 빅토리아라는 존재 자체에 아무 반감도 없다면, 그애에 대한 자네 감정들이 그 뱀을 병들게 한 게 아닌가 싶네."

크리스티안이 놀라 그를 쳐다보았다.

"지금 진담으로 하시는 말이에요?"

"존중이라."

이데온이 크리스티안의 눈을 똑바로 응시했다.

"그것이 사랑과 양립할 수 없는 건 아니지. 최근에 뭔가 억지로 해야만 했던 일이 있나? 자네 안의 셰크가 배신당했다는 느낌이 들 정도로 싫어할 만한 일 말일세."

"여러 가지가 있었죠."

크리스티안이 웃었다.

"주위에 인간들이 줄곧 같이 있는 걸 참거나, 아니면 같은 편과 싸우는 일 같은 거요."

하지만 그건 자기 방어였다는 생각이 곧 떠올랐다. 그리고 셰크들 역시 그와 맞붙어 싸웠다. 그렇다고 그들이 죽어가는 건 아니었다. 하지만 지금 자신은 그렇다.

분명 다른 일 때문일 것이다.

'제발.'

기억이 바람처럼 한꺼번에 몰려오며 머릿속에서 빅토리아의 목소리가 울렸다.

'제발, 오늘 밤에는 잭을 죽이지 마.'

그의 얼굴이 본능적인 증오의 표정으로 일그러졌다. 그러자 어떻게 된 일인지 이해할 수 있었다.

빅토리아의 간청을 받아준 그날 밤부터 그 어떤 것도 전과 똑같지 않았다. 그때가 바로 처음으로 자신을 배신한 때였다. 그 이후 다시는 그렇게 하지 않을 거라고 맹세했었다.

그때는 잭의 진짜 정체를 알지 못했다. 이전부터 잭을 지독히도 미워했으면서도 말이다. 하지만 그 이후 여러 차례 기회가 있었고, 그는 최후의 용을 끝장낼 수도 있었다. 셰크의 본성이 그렇게 하도록 요구했기 때문이었다.

하지만 크리스티안은 그러지 않았다. 잭은 빅토리아에게 중요했고, 그가 죽으면 무슨 일이 일어날지 알고 있었기 때문이었다.

"그 용이에요."

크리스티안이 말했다.

"그와 나는 동맹자가 되었죠. 내 안의 셰크는 용과 가까이 있으면서도 그를 죽일 수 없다는 생각을 견디지 못하는 거예요."

"그렇게 자꾸만 본능을 억눌러왔고 그 사이 인간적인 감정이 점점 기운을 얻은 거군. 자넨 균형을 잃은 거야, 키르타슈. 그게 무슨 뜻인지 아나?"

"기회가 있었을 때 그 빌어먹을 용을 죽였어야 했다는 뜻이죠."

"하지만 그랬다면 빅토리아를 잃었겠지."

크리스티안은 대답하지 않았지만 이데온은 평상시처럼 무표정한 그의 얼굴에서 진실을 읽었다.

이데온이 말했다.

"집으로 돌아가세. 실험을 하나 해봐야겠네."

크리스티안은 궁금해하며 동굴로 그를 따라갔다. 이데온은 잡아온 바르하브를 얼음 방에 저장했다. 그러고는 손님을 터널의 미로로 안내하여 어마어마한 동굴로 데려갔다. 거인이 걸음을 내디딜 때마다 동굴 천장 사방에 매달린 거대한 얼음 고드름이 흔들렸다. 위를 쳐다본 크리스티안은 저 치명적인 얼음 침들이 떨어질 경우 어떻게 피할지 계산하며 움직였지만, 이데온은 별로 걱정하지 않는 듯했다. 그는 동굴 안쪽에 솟은 2미터 50센티미터 정도의 얼음 더미가 있는 곳으로 크리스티안을 데려갔다. 자세히 보니 서리로 뒤덮인 돌 조각상이었다. 생김새가 기이했다. 휴머노이드 같기도 했고, 또 어찌 보면 거인 같기도 했다. 조각상은 표정이 없었다.

이데온이 손으로 탕 하고 조각상을 치자 얼음이 떨어져나갔다. 이제 조금 더 선명히 볼 수 있었다. 그러자 크리스티안은 첫 인상이 옳았다는 것을 알았다. 조각상은 누구의 모습도 표현하고 있지 않았다. 그는 고개를 갸웃거리며 눈썹을 찌푸리고는 경계태세를 취했다. 이 물체에서 마법의 흔적이 배어나오는 것을 감지할 수 있었다. 이 돌 조각상에 누가 마법을 걸었는지, 그리고 왜 걸었는지 궁금했다.

"깨어나라."

이데온이 말하자, 조각상이 우뚝 서더니 앞으로 한 걸음 내디뎠다. 크리스티안은 뒷걸음질치며 못 믿겠다는 듯 그것을 바라보았다.

"골렘이야."

이데온이 설명했다.

"거인족 마법사들만이 골렘을 만드는 방법을 알고 있지. 우리와 같은 요소인 돌에서 태어났기 때문이야. 진흙으로도 만들 수는 있지만, 흙을 가장 잘 다루는 존재인 요정들은 골렘을 못마땅해하지. 인간 마법사들도 아주 오래전에는 진흙으로 빚은 골렘에 기를 불어넣을 수 있었다고 하더군."

이데온이 어깨를 으쓱했다.

"이놈은 대략 이 세기 전에 내가 이곳에서 발견했는데, 무슨 이유에선지는 모르겠지만 만든 사람이 잊어버렸나보더군. 이 골렘한테는 신기한 특성이 있다네. 가까이 와보게."

크리스티안이 몇 초 뜸을 들였다 앞으로 나갔다. 그는 여전히 미심쩍은 눈초리로 골렘을 바라보았다.

"만져보라고."

이데온이 말했다.

"그리고 자네 적수를 떠올려보게나."

크리스티안이 한쪽 눈썹을 치켜올렸다.

"무슨 의도로 이러는 거예요?"

"검을 되살리고 싶은 게 아니었나?"

대답 대신 크리스티안은 골렘의 차가운 팔 위로 손을 얹었다. 게르데를 생각하고, 세스하크를 생각하고, 아니면 아버지 생각이라도 하려 했지만 잭의 모습이 머릿속에서 떠나질 않았다.

그의 적은 이제 동맹이 되었다.

하지만 잭은 틀림없는 용이었다. 그러니 틀림없이 적이 분명하다.

그때, 갑자기 골렘이 울부짖더니 크리스티안을 향해 주먹을 휘둘렀다. 크리스티안은 표범처럼 날렵하게 뒤로 펄쩍 뛰며 그 주먹을 피했다. 그리고 칼집에서 하이아스를 꺼냈다. 지금은 평범한 보통 강철 검에 불과하지만 그래도 한시도 떼어놓은 적이 없었다. 골렘이 다시 울부짖으며 크리스티안을 치려 했다. 하이아스가 지난날 얼음의 힘을 이제 더이상은 가지고 있지 않다는 사실을 한순간 잊어버린 크리스티안은 둘 사이를 검으로 가로막았다.

그런데, 놀랍게도 그가 본 것은 돌로 된 골렘의 팔이 아니라 잭의 불의 검인 도미바트의 칼날이었다. 이제 골렘은 더이상 골렘이 아니라 최후의 용, 얀드라크의 영혼을 내면에 숨긴 인간 소년이었다.

크리스티안의 이성은 이게 단지 환영일 뿐이고, 이것이 바로 이데온이 암시했던 '신기한 특성'이라는 걸 잘 알고 있었지만, 그럼에도 셰크의 본능이 봇물처럼 터져나왔다. 곧바로 크리스티안은 동작이나 전술, 휘두르기 등이 원래의 잭과 꼭 닮은 환영의 잭과 맞붙어 싸우기 시작했다. 가짜 잭의 동작은 알렉산더의 동작과도 아주 흡사했다. 알렉산더는 바로 잭의 스승이었기에.

시간 낭비라는 걸 잘 알고 있으면서도 크리스티안은 그대로 증오와 싸움의 열기에 자신을 맡겼다. 이 가짜 잭과 사투를 벌이면서 이전에는 느껴보지 못한, 생생하게 살아 있는 느낌이 드는 걸 즉시 느꼈기 때문이었다. 그러자 곧 이 잭이 가짜라는 사실조차 잊어버렸다.

셰크의 분노가 차가운 숨결처럼 영혼 속에서 고동쳤다. 크리스티안은 뱀이 자신의 육체를 지배하도록 내버려두었다. 그는 변신하여 거친 야성의 고함을 내지르며 적에게 돌진했다.

그런데 그를 기다리고 있는 건 소년이 아니었다. 크리스티안은 가짜 잭이 소년의 모습에서 당당한 황금용으로 탈바꿈하는 모습을 놀라움과 은밀한 기쁨의 감정으로 지켜보았다. 나약한 인간의 몸 안에 숨은 존재보다는 진짜 용을 죽이는 쪽이 훨씬 더 큰 기쁨을 주기 때문이었다.

경이로운 두 생물이 서로 뒤엉켜 싸우자 동굴 바닥과 벽들이 마구 흔들렸다. 얼음 고드름 몇 개가 떨어졌고, 크리스티안은 기다란 뱀의 몸통을 틀어 피했다. 하지만 고드름 하나가 용의 왼쪽 날개를 뚫었고, 용은 고통에 차 울부짖었다. 크리스티안은 이 틈을 타 용의 어깨에 치명적인 독니를 박았다.

용은 울부짖으며 다시 잭의 모습이 되었다. 크리스티안 역시 인간의 모습을 되찾았다. 두 검이 한 번 더 부딪혔다. 잭이 부상을 당했다. 그러자 크리스티안은 승리에 찬 거친 함성을 내지르며 적의 심장에 하이아스를 푹 찔렀다.

뱀은 최후의 용의 죽음을 축하하며 그의 내면에서 날카로운 기쁨의 소리를 내질렀다.

크리스티안은 조금 뜸을 들인 후 다시 현실로 돌아왔다. 숨을 몰아쉬며 가짜 잭이 다시 서서히 돌로 만든 골렘으로 돌아오는 모습을 지켜보았다. 하이아스가 놈의 가슴에 박혀 있었다.

그리고 검에서 희미하게 푸르스름한 흰 빛이 감돌고 있었다.

"생각한 대로야."

이데온이 고개를 끄덕였다.

"자네가 지닌 셰크의 힘이 하이아스를 되살린 걸세."

크리스티안이 골렘의 몸에서 검을 빼내 칼날을 살펴보았다.

"빛이 아주 약해요."

"자네가 검을 완전히 속이지 못했기 때문이지. 이 돌로 된 물건은 실제의 보잘 것 없는 대체물일 뿐이니까."

"그럼 정말 필요한 건……?"

크리스티안이 이미 답을 알면서도 물어보았다.

"용의 피지. 용의 피를 맛보게 하면 검은 제 힘을 모두 되찾을 걸세. 그리고 자네도 예전에 지니고 있던 힘을 회복할 거고. 자네가 그 여자애에게 여전히 감정을 지니고 있더라도 말이지."

이데온은 문제를 해결한 것이 대단히 만족스러운 듯했다. 크리스티안은 골렘을 상대로 싸울 때 어떤 기분이었는지 떠올려보았다. 눈을 감고 그 느낌을 다시 맛보려 했다.

잭을 죽인다면 검의 생명도 살리고 힘도 회복할 것이다. 아주 간단해 보이는 문제지만……

그는 동굴 바닥에 널브러진, 돌로 만든 골렘을 한동안 응시했다. 이데온이 다시 골렘을 일으켜 세우고 있었다. 그리 많이 파손된 것 같지는 않았다. 크리스티안은 하이아스의 상태가 온전했다면 마지막 일격을 가할 때 골렘을 산산조각 내어 터뜨려버릴 수도 있었을 거라고 씁쓸하게 생각했다. 이데온이 그의 눈빛을 알아챘다.

"이건 최악의 적으로만 변신하는 건 아니라네. 자네가 사랑하는 여자의 모습을 취할 수도 있지."

크리스티안이 표정 없는 골렘의 얼굴을 응시하더니 자신의 의견을 밝혔다.

"윽, 싫어요."

그는 등을 돌려 동굴 밖으로 나갔다. 하이아스는 바람결에 흔들리는 촛불처럼 희미한 광채를 발하고 있었다.

용의 피. 사실 너무나 간단하고, 너무나 명백해 보이는 문제였건만……

잭이 천천히 눈을 떴다. 조금 멀리서 빅토리아의 목소리가 들렸지만 무슨 말을 하는지는 알아들을 수 없었다. 간신히 고개를 들어 주위를 둘러보았다. 그는 톡 쏘는 듯하면서도 가벼운 동물향이 뒤섞인 독특한 냄새가 풍기는 붉은색 가죽 텐트 안에 있었다. 어찌 된 일인가 싶었다. 그것이 어떤 동물의 가죽인지 궁금해하던 잭은 자신도 이 더위에도 불구하고 가죽 한 장을 덮고 있다는 걸 깨달았다. 가죽을 던져버린 그는 빅토리아를 찾아 입구로 기어갔다.

잭의 눈에 처음 들어온 것은 검은 피부의 튼튼한 두 다리였다. 그 아래 벌거벗은 복숭아 뼈 주위로 여러 가지 금속 구슬 장식이 달려 있었다. 시선을 들어보니 그것은 매우 키가 큰 남자의 다리로, 흑옥처럼 검은 얼굴에 신기하게도 희고 붉은 머리카락을 늘어뜨린 그는 줄무늬 튜닉을 걸치고, 새하얗게 반짝반짝 빛나는 이를 드러내며 환한 미소를 짓고 있었다.

잭이 화들짝 놀라 뒷걸음질치려다가 모래에 주저앉았다. 장밋빛의 기이한 모래였다.

그때 빅토리아가 남자 곁에 서 있는 게 보였다. 빅토리아는 미소 짓고 있었고, 잭은 두 사람이 위험에 처한 게 아니라는 걸 알았다. 빅토리아가 남자에게 몇 마디 말을 건네자 그 사내도 빅토리아를 보고 웃더니 침착한 발걸음으로 멀어져 갔다.

잭이 호기심에 주위를 둘러보니 이런 텐트들이 많이 서 있었고, 방금 본 사내와 같은 종족의 남녀들도 많았다. 모두 키가 크고, 짙은 피부에 줄무늬 옷을 입었으며 맨발이었다. 머리카락은 두 가지 색으로, 흰 머리칼에 붉은색, 파란색, 검은색, 초록색 등이 섞여 있었다. 잭은 이들이 머리를 물들인 건가 생각했다가 곧 아니라는 걸 알았다. 그냥 그들 종족의 특징이었던 것이다.

"림야티 족이야."

빅토리아가 잭의 곁에 앉으며 설명했다.

"변방 민족이지."

"어디 변방?"

"사막. 카슈타르 사막 경계에 살고 있는 종족이야. 사막은 얀족들의 영토라 그 안으로 들어가지는 않고, 이 지역에서 제일 온화한 땅을 찾아 경계를 이동하며 다닌대."

"우리가 어떻게 여기까지 온 거야?"

잭이 어리둥절하여 질문을 했다. 그가 마지막으로 기억하는 건 나무들이 등장하는 악몽뿐이었다.

빅토리아가 애정이 담뿍 담긴 미소를 지으며 대답했다.

"우린 변화의 산맥을 떠났잖아. 그건 기억나지?"

잭이 미간을 찌푸렸다.

"대충."

"거인 나무가 우리를 공격했었어. 우리가 어떻게 살아서 빠져나왔는지는 모르겠어. 나도 기절했던 것 같거든. 깨어나보니 우린 둘 다 무사했고, 넌 의식을 잃었지. 나무는 완전히 불타버렸더라고."

"그럼, 그게 꿈이 아니었구나. 나무가 우리를 거의 죽일 뻔한 게 사실이구나."

잭이 고개를 가로저었다.

"너무 말도 안 되는 거 같았거든."

"그 나무들이 우연히 거기 있었던 게 아닌 것 같아. 우리를 함정에 빠뜨리려고 했던 게 확실해."

잭은 빅토리아의 말을 듣고 있지 않았다. 그 싸움에서 떠오르는 기억 중 뭔가 그를 당황하게 하는 것이 있었다. 하지만 그저 혼란스런 이미지들뿐이었고, 중요한 거라면 머지않아 다시 생각날 거라고 생각하면서 결국 잭은 포기하고 말았다.

"그 다음엔 어떻게 된 건데?"

빅토리아가 말해주었다.

"결국 우린 림야티 족을 만난 거지. 그들이 우리를 캠프에 받아주었고, 어제 오후부터 이렇게 여기 머물고 있는 거야."

잭이 뭔가 떠올라 고개를 들었지만, 묻기도 전에 빅토리아가 선수를 쳤다.

"그들은 우리가 누군지 몰라."

빅토리아가 나지막이 말했다.

"말하지 않았어."

"이 사람들을 안 믿는 거니?"

잭이 놀라 물었다. 잭이 보기에도 그들은 좋은 사람들 같았다.

빅토리아가 고개를 가로저었다.

"그건 아니야. 이 사람들은 북쪽으로 이동하고 있어, 알겠니? 아슈란이 카슈타르 남쪽에 군대를 집결시키고 있거든."

"우리가 어디로 가는지 알고 그자가 중간에서 막으려는 거야."

잭이 몸서리를 치며 상황을 파악했다.

빅토리아가 고개를 끄덕였다.

"그래서 이 사람들에게 문제를 일으키고 싶지 않아. 뱀들이 심문할 수도 있으니까 우리가 누군지 모르는 게 나을 거야. 우리 정체를 알면서 받아들였다고 생각하면 이 사람들을 죽일지도 모르니까."

"그래도 어쨌든 우리를 받아들인 거잖아. 우리가 누군지는 모른다 해도 말이야. 뱀들이 그렇게 생각하지 않을까?"

"이 사람들이 모르는 상황이었다면 그냥 내버려둘 거야. 저항군의 공범이라고 의심할 경우에만 해를 당하겠지."

"어떻게 그렇게 확신하는 거야?"

빅토리아가 잠시 망설이더니 나지막이 대답했다.

"크리스티안이라면 그렇게 했을 거니까."

잭은 이런 상황에서 크리스티안이 어떻게 행동할지 예측할 수 있을 정도로 그를 잘 아느냐고 물어볼 뻔했다. 하지만 대화의 주제를 바꾸는 게 낫겠다고 생각했다.

"어쨌든, 이 사람들이 북쪽으로 이동한다면 우리는 이들과 헤어져야만 해."

"벌써 이야기했어. 아위노르로 우리를 안내해줄 수색자를 구해준다고 했어."

"정말?"

잭은 기운이 났다.

"친절한 사람들이구나."

"기다려봐. 수색자가 아직 승낙하지 않았어. 여러 날째 밖에서 지내고 있는데 오늘 오후에는 꼭 돌아올 거라고 했대. 그러면 우리를 데리고 카슈타르 사막을 건너가줄지 물어볼 거래."

잭이 빅토리아를 쳐다보며 미소를 지었다.

"그 사람들하고 어떻게 그런 말을 했니? 난 무슨 말을 하는지 못 알아듣겠던데."

"그 사람들이 사용하는 사투리가 아주 옛날 말이라서 그래. 또 어쨌든……"

빅토리아는 손을 목으로 가져가 목에 걸린 부적을 보여주었다. 육각형 모양의 부적이었다.

"네 걸 빌렸는데 괜찮지?"

잭이 목에 손을 대보고는 빅토리아가 걸고 있는 목걸이가 그의 의사소통 부적이라는 걸 알았다. 두 사람이 처음 알게 된 바로 그날 밤에 빅토리아가 주었던 그 부적이었다. 잭이 새삼 미소를 지으며 말했다.

"그럼, 물론이지."

잭은 자리에서 일어나 저물어가는 석양빛을 받으며 기지개를 켰다. 어느 때보다 더 힘이 나고, 정신이 맑고, 기운이 넘치는 느낌이었다. 어디서 이런 기운이 나는지 궁금했다.

빅토리아가 물었다.

"이제 괜찮은 거야?"

"끝내주게 좋아."

잭이 미소를 지었다.

그때 뭔가가 주의를 끌었다. 부족 족장이 야영지를 가로지르며 누군가와 이야기하며 다가오고 있었는데, 보아하니 이제 막 도착한 사람 같았다. 거리가 너무 멀어 두 사람이 하는 말을 알아들을 수는 없었다. 막 도착한 사람은 말이 아주 빨랐고, 목소리는 부드러웠다. 여자가 아닌가 싶었지만 딱히 그렇다고도 할 수 없었다. 머리와 얼굴의 일부를 가리는 옷을 입고 있었기 때문이었다.

잭이 물었다.

"저 사람이 수색자인가?"

빅토리아가 어깨를 으쓱했고, 두 사람은 족장이 대화를 나누는 동안 두어 차례 그들을 가리키는 모습을 보았다. 상대방은 거부의 표시로 고개를 가로저었다.

"아위노르까지 우리끼리만 가야 할 모양이야."

빅토리아가 중얼거렸다.

그때 두 림야티가 잭과 빅토리아가 있는 텐트 입구로 다가왔다. 유심히 수색자를 지켜보던 빅토리아는 바람이 불어 헐렁한 옷이 몸에 붙자 그 아래로 여성스러운 몸매가 드러나는 걸 보았다. 하지만 그녀의 걸음걸이는 빠르고 힘찬 것이 림야티 여인네들의 우아하고 섬세한 움직임과는 상당히 달랐다. 빅토리아가 족장을 맞으러 앞으로 나섰다.

"귀찮게 해드리고 싶지 않아요. 제 친구도 이제 상태가 많이 좋아졌으니 날이 밝으면 떠나겠습니다. 길잡이가 없어도 말이에요."

족장이 걱정스럽다는 듯 고개를 가로저었다.

"위험하단다, 얘야. 그런 생각은 마라. 사막 건너편까지 살아서 도착할 가능성은 거의 없단다."

"거의가 아니라 아예 전혀 없는 거죠."

수색자가 재빨리 대답했다. 그때서야 빅토리아는 의심의 여지 없이 그 사람이 여자라는 걸 알았다.

호기심에 빅토리아는 그녀의 얼굴을 빤히 보았다. 림야티 족 특유의 짙은 색깔의 눈을 보게 되리라 생각는데 뜻밖에도 아니었다. 그녀는 불길이 피어오르는 듯 반짝이는 붉은색 눈을 지니고 있었다. 자신이 당황해하는 걸 눈치 채지 못하게 하려고 애쓰며 빅토리아가 말했다.

"아무리 그래도, 저희는 가야만 해요. 저희와 동행하는 일이 성가신 일이라는 걸 잘 알고 있으니 굳이 고집하지 않을게요. 어쨌든 저희는 날이 밝으면 떠날 겁니다."

"당신들과 동행하진 않을 거예요."

여인이 반복해서 말했다. 그녀는 굉장히 빠르게, 제스처를 많이 섞어가며 말을 했다. 그러자 빅토리아는 지금까지 자신이 보아온 이들보다 훨씬 키가 크기는 하지만, 혹시 이 여자가 얀 족이 아닐까 하는 생각이 들었다.

"두 사람과 동행하여 뱀의 소굴을 지나는 것보다 재미있는 일들이 훨씬 더……"

그녀는 돌연 입을 다물고 빅토리아 뒤에 있는 뭔가를 보려고 눈을 가늘게 떴다. 빅토리아가 무슨 일인가 싶어 뒤돌아보니 잭이 흥미롭게 그 장면을 지켜보고 있었다.

수색자는 잭을 강렬한 시선으로 한참 쳐다보더니 그제야 얼굴을 가리고 있는 스카프를 천천히 풀었다. 저물어가는 햇살이 낯선 용모의 얼굴을 비추었다. 이미 빅토리아가 눈치 챈 대로 커다란 눈은 붉은색이었고, 갈색 피부는 사막의 모래 같은 빛깔이었다. 숱이 풍부한 머리카락은 푸른 갈래가 섞인 흰색으로, 다른 림야티 족처럼 등 뒤로 풀어서 늘어뜨린 게 아니라 얀 족 스타일로 여러 갈래로 가늘게 땋았다.

그녀는 젊고 아름다웠다. 잭도 역시 그 여인을 빤히 쳐다보며 가만히 서 있었다. 이렇게 이국적인 사람은 본 적이 없었다.

"전 키마라에요, 얀 족 혼혈이죠."

여전히 불처럼 붉은 눈으로 잭을 뚫어지게 쳐다보며 수색자가 말했다.

"생각이 바뀌었어요. 두 사람과 같이 가겠어요."

옮긴이 **고인경**
한국외국어대학교 스페인어과를 졸업하고 동 대학원에서 후안 고이티솔로에 관한 연구로 석사 학위를 받았다. 주한 멕시코 대사관에서 근무했으며 스페인어권 통번역 프리랜서로 활동하고 있다.『전쟁의 풍경』『그리고 갑자기 천사가』『세계 최고의 극작가 셰익스피어』『천상의 선율을 담은 모차르트』 등을 우리말로 옮겼다.

문학동네 세계문학
이둔의 기억 3 제2부 트리아다

초판인쇄 | 2008년 2월 4일
초판발행 | 2008년 2월 15일

지 은 이 | 라우라 가예고 가르시아
옮 긴 이 | 고인경
펴 낸 이 | 강병선
책임편집 | 박여영
펴 낸 곳 | (주)문학동네
출판등록 | 1993년 10월 22일 제406-2003-000045호

주 소 | 413-756 경기도 파주시 교하읍 문발리 파주출판도시 513-8
전자우편 | editor@munhak.com
전화번호 | 031) 955-8888
팩 스 | 031) 955-8855

ISBN 978-89-546-0462-8 04870
978-89-546-0360-7(세트)

www.munhak.com